Choice

編輯的口味

讀者的品味

文學的況味

The Fifth Sally
Daniel Keyes

第5位莎莉

新譯本。

丹尼爾·凱斯——著
吳俊宏——譯

【推薦文】

我愛陌生人

——畏懼當庸碌女人的分裂人生

鍾文音

為什麼是第5位莎莉？

不是因為有五個叫做莎莉的人，而是這五個人都是莎莉的化身，同一個莎莉的體內還同時住著四個女人：杜芮、諾拉、貝蕾、金妮。這四個人都會在不同的時空裡跳出來「扮演」莎莉，真實的莎莉反而退位成第「5」位，其他的女生都搶著「消滅她」。

精采的敘述從一場海邊強暴開始，敘述者「我」叫杜芮，小說步步進入人格分裂自我者的生命迷宮，叫杜芮的我看著叫「諾拉」的她如何遭受強暴的可能，然後又襲擊強暴者，接著她在醫院醒過來，這時的她才頓然成為「莎莉」。如果不太明瞭這本小說的敘述位置，很容易讀起來錯亂而迷惘。但只要抓住一個敘述的線頭即可：也就是隨著不同的時空與情境，莎莉體內的四個女人會跳躍而出，扮演莎莉的「真我」。

其實這本小說是一場「真我」與「假我」的戰爭，正經八百而又毫無特色的莎莉其實內心有多重的「我」，反而一般人見到的莎莉才是假我，真我的渴望必須由其他四個女人來扮演。小說在莎莉去餐廳面試時最為有趣，她一開始以莎莉現身時，餐廳合夥人陶德沒有多看她一眼，住在莎莉體內的「我」知道莎莉會搞砸這一切，於是「我」搶著出來。「感謝上帝，也該是換我出來的時候了。」我一現身，陶德眼睛一亮，十分迷惑眼前這個女人是剛才所見的女人。「我」變得性感，晚上再度見餐廳另一個老闆艾略特時依然成功地擄獲男人的心，有趣的是小說寫到洗碗擺餐具那些無聊工作還是讓「莎莉」來做時，性感的「我」馬上又變回了無聊的「莎莉」，莎莉困惑於眼前的男人，於是她尖叫……讀者一定可以馬上感受到其實每個人的體內多少都住著「陌生的自我」，一個是進出光明的我，一個是想要走入黑暗的我，一個想要情欲，一個可能想要禁欲，一個想要行善，一個可能想要使惡，一個想要結婚，一個想要單身……分裂的自我永遠拉扯在生命的兩端。差別只是我們所謂的正常人擁有「自動切換的開關」，何時該開，何時該關，不會搞錯，甚至我們一般人潛藏的多重人格與角色扮演慾望多僅停留在「想像／作夢」層面，有人終其一生在道德與輿論壓力下都不曾讓「真我」跳出來，而有人則將「虛構」與「真實」融為一體，難分難辨。

讀這本小說時，我想起小時候有個父親的朋友常來家裡玩，那時這個叔叔英俊而瀟灑，等到我大了，有天他來按門鈴，我完全不知眼前這個穿著裙子的「女人」是誰？等到他開了口，又顯現某些我腦中習慣的動作時，我才啞然發現眼前這個女人就是當年那個叔叔，一直想要成為女人的男人，終於讓真我的慾望跳出來。

不過《第5位莎莉》則比「男變女」、「女變男」要複雜的多，小說處理得更龐大，小說處理「時間」、「多重」、「真假」，心理醫師艾許在這本小說裡其實是主角，他扮演整個社會清楚的認知機制，小說最常用「我」這個敘述觀點的角色是住在莎莉體內的杜芮，她愛的人是「艾許醫生」，而諾拉或者貝蕾愛的人是陶德和艾略特。問題是，莎莉體內的人會不會「自我扮演錯亂」呢？你可以想像這本小說多麼有趣之處了，當男人靠近莎莉時，他們喜歡的卻不是莎莉，而是她的其他化身諾拉、貝蕾等，且更常發生讓莎莉沮喪的是，男人可能常搞錯他們約會的究竟是「哪一個她」？更嚴重的還有，莎莉體內的我，一個想死，另外一個卻想活，當一個人的身體同時交戰著生死，不發瘋實在得生命夠剽悍。

「我所面對的不是生或死，我面對的是做一個不是我自己的人或死。」也就是在「做一個不是我自己的人」與「死亡」的兩個抉擇面前，「我還寧願選擇死亡。」這讓我想到電影「時時刻刻」裡拋夫棄子的女人老年面對他人的質疑時，她想到年輕時面對的那個世界是她不認識的世界時，她該如何自處？

在這由庸俗統領的世界裡存活，在這庸俗欲死的世界裡求生，讓許多人在年輕熱騰騰面對世界與真我時刻都有過這種沮喪的心情。莎莉認為自己會墮落成一個庸庸碌碌的人，心靈會困在一盆泥巴裡頭。艾許醫生在小說裡扮演的「大師」與「治療師」角色對她形容每個人其實比較像是一碗「心靈馬賽魚湯，雖然每個人都是裡頭的佐料，卻又不失各自的特色。」艾許醫生就像多數人會說的話：「放下不就好了。」「別想那麼多了。」「都是慾望驅使啊。」……其實這都是失效之詞，當這些字詞如螢光記號從嘴巴或文字跳躍而出時，意味著人已經不再探索，至少認輸了，因為這樣可以讓自己快速「服用語言的精神特效藥」，也是讓自己進入庸俗化世界的語言捷徑，「不用再探索自我，也毋須檢視自己存在的歷史，毋須清醒自己行過的年表了。」

這本小說最有力量之處即是書寫「莎莉」為自己生命的精神奮戰，很苦的穿越多重慾望的自我，最後將所有遺散的碎片拾回，重拾了可能分崩離析的自我完整。

所以「莎莉」也可以說是許多人的鏡子，但另一方面我們也可以說絕大多數的人都不像莎莉，因為人本身大多是懦弱的，我們大多「被收編成」一個只敢在安全領域庸庸碌碌過活的人，寧可心靈塵埃日積月累也不願引一波波洪水來洗滌一番，畢竟面對「我」是殘酷的。

然而被現實照射而碎裂的這片真我之鏡下，人如何單一存在？人如何分裂而完整？人如何度過漫漫時間長河卻保持清醒？我們如何統合我們內在的小女孩與大女人？如何讓被恐懼與憤怒製造出來的「我」退位？

「只有重新接受才行。」小說提出一個簡單易懂卻難行的話，人人懂「重新接受」四字，然如何才算真正的接受？心裡是否能夠對往事毫無任何的雜音？

沒有真正的解答，只有真正的面對。

一個人過著五種人生，一個男人愛一個女人就等於愛上五個人，難以捉摸的女人具有交往的刺激感……這讓這本小說的「愛情」具有十足的犯罪欲與社會性介面，將我們庸俗的人生視野拉到如此繽紛的萬花筒世界，且都由同一個人來演出。這太有趣，但也太危險了。莎莉最終被艾許醫生泰半療癒了，至少她「已經強大得能夠面對自己了。」

莎莉體內的女人可以說是所有女人的再現，也就是說我們每一個人都不可能是單一人格的，沒有顯現不代表沒有，如前面所言我們所謂的社會正常人只不過是比較清楚地知道何時該「開」，何時該「關」而已，但問題是我們也沒有比較快樂。

有時黑暗會把人帶到深淵，但彈出深淵者力道之強大也讓人肅然起敬。

莎莉的人生是一則精神疾病者的奮鬥史，但更寧願把莎莉視為我的好友，莎莉也是我的分身，莎莉照妖鏡了「我」，讓「我」目睹體內自我繁殖的各種「她」：想遠走高飛的浪女、紅塵慾望熟女、退隱山林女尼、瘋狂女藝者、永遠不想長大的小女孩……她們互為關係，她們都是某個我的碎片，也是我刻意遺忘或者壓抑的「部分本我」，完整的人意味著接受每個時間下的碎片自我。

小說具有療效功能，此為其一。

當然，我更願說《第5位莎莉》不僅是心理疾病探索的書寫類型，其文本本身即是一本好看的「心理小說」，甚至初寫作者還不妨將這本書視為「如何將敘述人稱轉換自如」的小說文本，當然也要讀讀精采的丹尼爾．凱斯如何將多元分裂人格統合在一本小說裡，在迷人的敘述下，看著莎莉如何對付其他四個從體內變換而出的女人，如何在清醒時刻見到不同樣貌的陌生自我，然後在不同時空下愛上不同的男人類型，多重人物如何既交融又獨立……迷人的小說永遠給閱讀者難題，因為閱讀者同時也在理解自我的多重或複雜性，因之我們不過度簡化自己的人生，也不將那種庸俗社會下所產生的「勵志性格言」強行放在自己的腦海，而是將自己的人生歷程如莎莉一般地進入各種實踐之旅：發生—思考—面對—探索—接受—重生—上路……保持清醒。

第一部。

1

好吧，我叫杜芮，之所以被拱出來記下事情的來龍去脈，是因為除了我之外，沒人知道我們究竟發生了什麼事，總得有人把它記錄下來，其他人才能瞭解。

我得先澄清一件事，說要在下著雨的四月夜裡離開公寓的可不是我。一切都是因為諾拉滿腦子都是那些她常讀的希臘悲劇，讓她沮喪得很。她想起兒時的夏日海濱，決定要再看一次海。她從曼哈頓搭地鐵到康尼島，然後開始步行。所有遊樂設施都被封了起來，馬路上，除了門口有幾個醉倒的酒鬼，可憐兮兮裹著報紙發抖外，海神大道和美人魚大道之間的街道一片荒涼。這樣的景象讓她覺得更難過，彷彿時間也結凍了，只等夏日的人潮來臨。四月夜裡陰雨霏霏的康尼島恐怕是世上最荒涼的地方了，她想。

納桑斯熱狗店是唯一的例外。她還記得納桑斯熱狗店全年無休，猶如一方光與熱的綠洲，此刻她正朝它飄去。店門前的人行道上，幾個人一面喝著保麗龍杯裡的咖啡，一面享用薯條和那「世上最有名的熱狗」。要不是我正在節食，我一定會去挑一根最多汁的，塞滿芥末和酸菜好好享受享受。下著毛毛細雨的晚上，再沒有什麼比得上熱狗和薯條的香味了。但諾拉就是想去看海。她停下腳步，看看時鐘，對了一下手錶，把時間牢牢記在腦海中，十點四十五分。

我看見三個穿著補靪牛仔褲和鉚釘丹寧外套的年輕小伙子。他們把酒裝在棕色紙袋裡傳著喝，諾拉走過納桑斯熱狗店和冷凍牛奶蛋糕攤之間的暗巷時，他們三人不停上下打量著她。諾拉朝海邊走，腦中浮現二十年前的夏天，她在人潮洶湧的沙灘蓋完沙堡後，轉身溜進水裡洗淨身上殘沙的那一幕。

她走在漆黑的木棧道底下，嗅到海沙潮濕的氣味。她一腳踢開鞋，讓赤裸的雙腳感覺趾間的沙。長久以來，在大海懷抱中結束生命的念頭一直在她腦中徘徊不去。她一步步走向墨黑的海水，想起詩人荷馬筆下醇酒般深濃的海，她脫下塑膠雨帽扔在沙地上。海灘上滿是垃圾和屎尿，還有被沖上岸的保險套，彷彿來自久遠以前的信息。但她自己也想不透，當她這樣一個生命旅程中的處女，正打算讓自己的命運胎死腹中時，為何竟會想起保險套？或許她也該留下隻字片語，說她再也忍受不了這支離破碎的生活，而比起割腕，溺水要好得多了。

一想到這她就頭痛。空無一人的海岸上，她朝著轟鳴不已的海浪繼續前進，隨手褪下身上的短衫和裙子，讓雨就打在皮膚上，感覺真好。越靠近海，腳下堅硬的沙就越潮濕，走著走著，浪花打上她的雙腳，海水退去，浪也把腳下的泥帶走，只留下幾許細流。她凝視著發光的手錶，牢牢記住此刻的時間。

十一點二十三分。

夜裡，海水比空氣來得溫暖，諾拉全身發冷，漸漸失去知覺，唯有一雙腳活了過來。她想，蘇格拉底喝下毒芹汁後，兩條腿從上而下漸漸變成石頭，感覺一定和她相反。

現在真不是頭痛的時候。她奮力抵抗頸部的疼痛，一個聲音從腦海深處傳來，不斷重複著不……不……不……她頭痛欲裂。有個人正試圖阻止她。

溫暖的海水漫過膝蓋與股間擁抱著她，她佇立原地，任由海水輕撫。再過不久，她就將投入眾神的懷抱中。她和雅典娜一樣，都是活生生從宙斯的腦袋裡蹦出來的。在海水的擁抱中，她顫抖著往更深處走，卻突然發現，當你思考死亡時，你的肚臍就成了全宇宙的中心。

在海水中呼吸是什麼感覺？如果她是條美人魚的話，不但不怕溺水，還可以深深潛入湛藍的海洋世界裡。尾巴輕擺，就可以和尼莫船長❶一起遨遊海神的國度……哦，天啊，她從來沒把《白鯨記》讀完過。或許，從來沒讀完一本書是種罪，使她必須在靈薄獄裡永無止境地漂浮❷。又或許，不停翻動的書頁會無視於她逆流而上，不斷將她沖往未完故事的馬尾藻海❸。

海水如同一位惡魔戀人，輕吻著她的胸部，舒服極了，她繼續朝浪走去，肩膀也沉入水中。她一步步慢慢前進，覺得越來越暖和，睡意也越來越濃。

她身後傳來幾聲大吼：「嘿！她在那裡，在水裡！快抓住她！」

轉頭回望，她看見三道漆黑的身影越過海灘，朝她而來。

「不要管我！」她嚷著。

她身後濺起激烈的水花。她試著潛入水裡吸入海水，身體卻怎麼也沉不下去。她覺得有點頭暈，海水從鼻子和嘴巴流了出來。有人扯住她的頭髮，又一把抓住她的雙臂，當他們將她拉出水面時，她早已氣喘不止，淚流滿面。

哦，天啊，讓我死了吧……

她整個人癱軟在沙灘上，以為他們會替她做人工呼吸。但他們卻把她拖到木棧道底下，其中一個還把褲子脫了下來。抓住她右手臂的人嚷著：「嘿，我先！」

「放屁！」脫了褲子那人說：「是我先看到她的，你第二，他第三。」

「第三？放你的狗屁，老兄！」

這時她才知道，他們不是為了救她才把她從海裡拖上來。「求求你們！」她喘著氣說：「放我走吧！」

排第三那個人笑了笑。「反正妳本來都要餵魚了，先讓我們享點樂子再把妳扔回去，好不好？別擔心，妳不過是晚點死而已。」

「沒錯，」排第二的人說：「我們只是先借用一下而已。」

惱人的頭痛還沒消失，不停折磨著她，絲毫不肯罷休，但她可沒屈服。這種情形她可以自己搞定，她可有不少成功脫困的經驗，以她的口才，要擺平他們不是問題。

排第二和第三的兩人把她的手腳拉開成大字形，讓排第一的爬到她身上。

「老兄，你不會想在沙地上幹那檔事吧，」她說：「還是到我家去？喝點紅酒，我有些陳年的巧達起司，再配點音樂——」

他張開滿是濃濃威士忌酒味的嘴親了過來，打斷她的話。她奮力扭動身體，不讓他得逞。

「好像在跟鱷魚摔角一樣。」排第三的說。

「我們應該等她溺死才對。」排第二的說。

「救命啊！」她大喊。「強暴！……來人啊！救救我！」

此時，諾拉分裂了。

❶尼莫船長是十九世紀法國科幻小說家朱爾．凡納的《海底兩萬里格》（或譯作《海底六萬哩》）中的潛艇艦長。
❷原文Limbo，意為「地獄的邊緣」。天主教認為，人死後，若未能進入天堂，又未因重罪而下地獄，靈魂則會安息於靈薄獄中。
❸北大西洋北部的一片海域，因海面漂浮著許多馬尾藻而得名。

金妮發現自己全身濕透，赤裸裸地躺在沙灘上，兩雙手壓得她動彈不得，還有個傢伙脫了褲子正準備強暴她，馬上明白到底發生了什麼事。

「是哪個該死的傢伙把我搞成這樣？」她大吼著。

「再安靜個一分鐘，」壓在她身上那人笑著說：「妳一定會很爽的。」

「混帳！給我滾下來！」

金妮左扭右拐，奮力想要掙脫。她使盡全力把頭轉過一邊，一口咬住排第三那人的手，鉗子般緊咬不放。他慘叫一聲，把手鬆開，金妮的右手順勢往下，一把抓住排第一那人的睪丸，使盡全力一捏。霎時間，他彷彿變成一匹野馬，只見背部高高拱起，隨即癱倒在她身旁。

排第二的在驚慌中也鬆了手，像隻仰翻的螃蟹，沒命地往背後爬，準備溜之大吉。金妮見狀，趕緊抓起一把海沙撒向他的眼睛，連忙追上去。

金妮一陣拳打腳踢，還在他肩上狠狠咬了一口，她口中嚐到了血腥味。他奮力掙脫金妮，連忙跑開。排第三的見狀也跑了。只剩排第一的留在現場，還沒恢復意識。她狠狠在他臉上揍了幾拳，打斷他的鼻梁，但她覺得還不夠，開始在海灘上四處尋找漂流木或舊木板之類的東西，打算把他給閹了。她要他死在當場，變成沙灘上的一具腐屍，讓海鷗啄食。

頭上傳來汽車的聲音。金妮抬起頭，從木棧道的縫隙中，看見閃爍的紅藍光線。她最討厭面對警察了。她一點都不希望被帶到警察局，讓警察問她：是不是妳引誘他們的？妳是故意讓他們找上妳嗎？妳一個人光溜溜的在海灘上做什麼？妳跟他們要錢嗎？妳是否有和陌生男人發生性關係的經驗？

雖然她本來想在外面晃晃，偷部車去兜風，或是去看賽車，但她覺得現在還是趕快離開比較好。每次都是這樣。某人起頭做了什麼事，後來發現解決不了，騎虎難下，就丟給金妮來收拾。木棧道上的腳步聲逐漸逼近，手電筒照得她好刺眼，她心想，好吧，讓其他人來收拾殘局吧。

莎莉在康尼島總醫院醒來時，完全不記得前一天晚上發生了什麼事。她看見一位有媽媽味道的胖護士微笑著站在她的病床前。幾年下來，莎莉早就學乖了，昏厥之後還是保持沉默比較好，這樣才能搞清楚到底過了多少時間，又發生了哪些事。她不希望其他人覺得她是怪胎。她飛快瞄了一眼牆上的鐘，九點五十三分。

護士凝視著她，好像就等著她開口問：我在哪裡？發生了什麼事？不過莎莉沒那麼笨。她看見黑底白字的塑膠名牌上寫著：薇娜麗。

「妳知道妳在哪裡嗎？」薇娜麗那張胖臉上的笑容彷彿是用糨糊黏上去的，她針頭般的尖細嗓音，聽得莎莉渾身不自在。

莎莉皺皺眉頭。「我為什麼會不知道自己人在哪裡？」

「妳差點被人強暴，還幾乎把那些傢伙給分屍了，妳一定很煩吧？」

「沒錯，」莎莉平靜的說：「我當然煩，那還用說。」

「妳記得發生了什麼事嗎？」

「我為什麼會不記得？」床單下，莎莉雙手緊握。她其實很害怕，但已經學會如何隱藏。

「警察發現妳的時候，妳已經失去意識。」

莎莉轉過頭，鬆了口氣。「喔，那我恐怕什麼都不記得了，失去意識的人大概什麼都記不起來。」

「我需要知道一些妳的基本資料，」薇娜麗邊說邊從側邊口袋抽出筆來，理了理寫字板上的紙，「妳叫什麼名字？住在哪裡？」

「我叫莎莉・波特，住在西六十六街六百二十八號。」

薇娜麗的眉毛微揚，彷彿在問：妳大老遠跑到康尼島的木棧道底下幹什麼？但她仍笑著問：「有沒有其他親人？結婚了嗎？有哪些家人？」

「我一年前離婚，十歲雙胞胎的監護權歸我先生，除此之外沒有其他親人。」

「妳有工作嗎？」

「現在沒有，但我正打算要找。」

「妳有醫療保險嗎？」

莎莉搖搖頭。「直接把帳單寄給我。我有贍養費，付得出錢。」

「醫生說妳沒事，想走隨時能走。」她放下寫字板，小心翼翼把筆放回側邊口袋。

「我想找人說說話，」莎莉說：「精神科醫師或心理學家都好，我搞不清楚他們誰負責什麼。」

「要治療的話得找精神科醫師，」薇娜麗的眉毛又挑了起來，「妳為什麼想見他們？」

莎莉往後靠，深深嘆了口氣。「光是這個月我就自殺了三次。我的內在有個東西逼著我去做些事。求求妳，在我發瘋前幫幫我吧。」

薇娜麗立刻拿起寫字板，有條不紊地抽出筆，按了按，記下些事情。「如果是這樣，」她的聲音有種摩擦的金屬聲，「我會安排妳見我們的精神醫學社會工作師。」

半小時後，她用輪椅推著莎莉，坐電梯上了五樓，穿過閃閃發光的長廊，來到社會工作師的辦公室。門上掛著布區維爾女士這個名字。

「我把莎莉交給妳了，」薇娜麗邊說邊把資料放在桌上，「她剛離開急診室。」

布區維爾女士大約六十歲，嬌小的身材像隻小鳥，臉上戴著丑角的眼鏡，配上染成藍色的頭髮。莎莉覺得，如果自己說的話嚇到她，她大概會倉皇地飛走吧。

「讓我瞭解一下妳的背景。」布區維爾女士說：「妳幾歲？」

「二十九歲，離過婚，高中畢業。有一對雙胞胎，一男一女，監護權歸我前夫所有。」這段說詞她重複過太多次，聽起來就像電話答錄機裡的錄音一樣。她知道，布區維爾女士一定想知道，為什麼監護權會判給她前夫。

「我需要協助。」莎莉說：「我需要找個人說說心裡的感受。」

布區維爾女士盯著放在最上面那張資料，皺起眉頭。「莎莉，在我們開始之前，妳必須瞭解，自殺解決不了任何問題。我希望妳能在這張表格上簽名，表示妳同意以門診病患的身分，與我或任何一位我推薦的人配合，並在治療期間不會嘗試自殺。」

「我沒辦法簽名。」莎莉說。

「為什麼沒辦法？」

「我覺得無法控制自己的行為，可能沒辦法實踐我的諾言。」

布區維爾女士放下手中的鉛筆，凝視莎莉的雙眼。「可否請妳說得清楚點？」

莎莉雙手緊握。「我知道這聽起來可能有點瘋狂，但有時候我覺得身體裡面有其他幾股力量，我會因為某個人或某件東西做的事情而被責怪。」

布區維爾女士往後靠，手中的筆不停敲打桌面，然後又傾身向前，在便箋上寫了些字。她撕下便箋，遞給莎莉。

「這是我認識的一位精神科醫師的姓名地址，他在曼哈頓城中醫院心理健康中心工作，也有自己的私人診所。他通常不接受曾經嘗試自殺的人，但因為妳覺得似乎無法控制自己，他可能願意破例。」

莎莉望著便箋上的名字，醫學博士羅傑・艾許。「妳覺得我瘋了嗎？」

「我沒那麼說。我受的訓練和擁有的設備無法處理妳的問題，妳應該去找個更能幫助妳的人。」

莎莉靜靜坐著，點點頭。

「我會打電話給艾許醫生，把妳的情況告訴他。但我希望妳能先在這份協議上簽名，表示妳不會再次嘗試自殺。」

莎莉拿起筆，慢慢寫下名字莎莉・波特。我也溜出來，簽了我的名字：杜芮・荷爾。布區維爾女士雖然假裝沒看見，但她的眼睛睜得大大的，當她站起來表示面談結束時，莎莉明白布區維爾女士已經飛走了。

離開醫院後，莎莉朝兩條街外的布萊頓海灘線高架車站走，沿路試著回想自己是怎麼到這兒來的，又發生了哪些事，腦中卻只有一片空白。在往曼哈頓的地鐵上，她一直提心吊膽，覺得煩躁不安。一小時後，她在七十二街下了車，搭巴士穿過市區來到第十大道，往南走了六條街回到她住的公寓。天色幾乎全黑了，她摟緊皮包，緊張兮兮地四處張望，一路朝那棟褐色沙石造建築走。她很高興看見隔壁葛林柏先生的裁縫店裡還有客人。她總是趕在葛林柏先生打烊前回來。儘管這位個頭不高的裁縫已經至少七十五歲了，但走在路上時，知道還有個人在那裡，總會讓她感到安心。

她一口氣衝上三段樓梯，仔細檢查大門，確定沒有破壞痕跡後，立刻閃身進門。她逐一檢查屋內的四個房間、壁櫥、床底，還重複檢查了每扇窗上的鎖是否正常，確定沒有遭人闖入後，連忙鎖上門上的三道鎖，把門栓推到定位，轉身倒在床上。

她想，明天就有人可以幫她了，那位精神科醫生會知道該怎麼做，她會把所有事情都告訴他。

我原本打算明天出來，上街買些東西，但想想還是先在旁邊觀察觀察比較好。有何不可？聽莎莉試著向個精神科醫生介紹我們，應該會滿有趣的。

2

莎莉穿上最喜歡的碎布洋裝，來到羅傑·艾許醫生在萊辛頓大道旁五十七街的私人診所。她把黝黑的長髮編成皇冠，就像泛黃照片中她的波蘭祖母一樣。如果是我，我會戴頂金色假髮。

她坐在接待室裡，雙手交疊在大腿上，彷彿在等人開始為她服務。好不容易等到護士請她進去，她才發現那位精神科醫生很帥，嚇了她一跳。我很欣賞他，他是我最喜歡的領袖人物型。年紀大約四十出頭，身材頎長，我敢打賭他大學時一定是打籃球的。頭上一撮黑髮三不五時滑進眼裡，不過，最讓我心動的還是他那兩道又濃又密，幾乎連成一線的眉毛，你懂不懂？我發現成熟穩重的男人很有魅力。我一定會乖乖和他合作。

我很想出來跟他聊天，拚了命讓她頭疼，她卻沒有被我打倒，只是不停撫摸著頸後。她不敢在他面前失態，這讓我很難過，因為我實在很希望他遇見的是我。從他看她的方式，我敢肯定他對她一點意思也沒有。他那深邃的雙眼只透露出冷靜與專業，大部分男人都這麼看待莎莉。她一點特色都沒有，不可能會有人對她感興趣。我告訴自己：「杜芮，總有一天輪到妳。她不可能永遠把妳鎖在裡頭。」

「布區維爾女士打電話來，跟我談了一下妳的狀況。」他說：「我很期待跟妳見面，莎莉。我可以叫妳莎莉嗎？」他的嗓音低沉渾厚，猶如晚間新聞主播。

她點點頭，望著地板，這讓我很不高興，因為我想看他的眼睛。

「我是來幫助妳的，莎莉。先告訴我有什麼事困擾妳好嗎？」

她聳了聳肩。

「一定有東西在困擾妳，莎莉。妳對康尼島總醫院的薇娜麗護士說，這個月妳已經三次企圖自殺。她還提到，妳說妳的內在好像有某些東西逼著妳去做某些事。」

「我不希望你覺得我是個瘋子。」她說。

「我不認為妳瘋了。怎麼會呢？但如果要幫助妳，我得更瞭解究竟是什麼在困擾妳才行。」

「失去時間一直讓我很困擾。」

他凝視著她，「妳是什麼意思？」

她全身顫抖。她從來沒想過，自己竟會把這秘密告訴其他人。但她腦中有個聲音不斷重複：相信他，是讓其他人知道的時候了，是尋求幫助的時候了。

「我知道這聽起來有點詭異，」她說：「不過，你知道，每當有男人靠近我，每當我覺得危險，或者必須在壓力下有反應時，我的頭就會很痛，然後當我再次抬頭確認時間，就會發現已經過了很久，而我已經到了另外一個地方。」

「妳自己是怎麼看待這種情況呢？」

「一開始，我一直以為每個人都是這樣。有些人氣沖沖地走出房間，回來的時候卻滿臉微笑，也有人正好相反。有時候兩個人明明對彼此很友善，其中一個卻會突然暴力相向。我以為他們也昏了過去，跟我一樣失去時間。不過，現在我知道不是這麼回事。企圖自殺這件事也讓我很害怕。艾許醫生，我有些地方很不正常。我不知道究竟是什麼，但這真的是種痛苦的折磨。」

「莎莉，先試著放輕鬆，把妳的過去告訴我，我必須儘可能多瞭解妳一點。」一開始，她就像每次需要談論自己的時候那樣亂了分寸，但她深呼吸幾口氣，開始飛快地自我介紹。

「我二十九歲，沒有兄弟姊妹，離過婚。為了逃離我繼父，高中畢業後一年就嫁給賴瑞。我的生父奧斯卡曾經當過郵差，有天卻突然消失，從此沒再回來過。六個月後，弗瑞德娶了我媽。我從來沒有任何朋友，就算是年紀很小的時候，我也都是自己一個人。」她停下來喘口氣，艾許醫生滿臉微笑地看著她。「別急，莎莉，慢一點，告訴我一些妳母親的事。」

莎莉凝望著地板。「她從來不許我發脾氣，我一生氣，她就揍我。我離家沒多久，差不多十九歲左右，她就割腕自殺了。有很長一段時間，我不相信這會是真的，因為她是天主教徒，弗瑞德是浸信會教徒。」

「妳有宗教信仰嗎，莎莉？」

「現在我已經很少上教堂，」她說：「我想，我搞不太清楚宗教，很多事情我都搞不太清楚。」

「告訴我一些妳前夫的事。」

「賴瑞是成衣公司的業務。他幹得很成功，因為他是個天大的騙子。喔，天啊，一想到他跟法官說過那些關於我的謊話，我就受不了。他說，有時候我會連續好幾個星期消失無蹤。你知不知道，他甚至說我性格暴戾，有一次衝出公寓，一路殺到大西洋城，賭光我們的五千塊錢積蓄。天啊，他就這樣不停說謊、說謊、再說謊，法官竟然把那對雙胞胎的監護權判給他。最後一個月，賴瑞在法庭上告訴法官，說我在深夜打電話騷擾他，要他跟孩子的命。你能想像嗎？他還說我在夜總會當熱舞女郎。這也是謊話，因為我在那裡的工作只是負責清理桌子而已。我敢保證，我的穿著絕對整齊。這不只是為了錢。我的意思是，贍養費絕對夠我用。但我得工作，我得找些事情來做。但法官就是相信賴瑞的謊話，取消了我的探視權。」

她驚覺自己的聲音高得嚇人，連忙摀住嘴。「喔，艾許醫生……真對不起……」

「沒關係，莎莉，表達情緒沒什麼需要對不起的。」

「我從來不尖叫的。」

「妳剛才也沒有尖叫。」

她眨眨眼。「沒有嗎？在我腦子裡聽起來像是尖叫。」

「好吧，」他說：「今天我們談得夠多了。看得出來，回憶往事對妳來說有多痛苦，我們一次一點慢慢來。」

如果莎莉願意讓我出來，我一定會把事情一五一十全告訴他，讓我們大家都省點力氣。我又試了一次，但她還是把我打回來，她脖子後面和頭頂的肌肉繃得很緊，不停抽搐，我很擔心她會突然痙攣。天啊，我只不過想幫幫忙而已。好吧，我瞭解了，我會耐心等待時機。

羅傑・艾許醫生非來找我不可。

「我到底怎麼了，艾許醫生？」她問。

「這就是我們必須釐清的地方，莎莉。今天我會替妳做些檢測，還有詳細的全身檢查，明天希望妳能到城中醫院心理健康中心來找我做巴比妥鹽測試。」

「那是什麼？」

「是一種藥，一般都叫它吐真藥——」

「你不需要這麼做。我不會說謊。」

「我知道妳不會，莎莉，但那不是重點。這種藥物能夠讓妳放鬆，讓我們能越過阻礙，深入妳的想法和感受，瞭解究竟是什麼在困擾妳。」

「我希望能再恢復健康，艾許醫生。我希望能正常生活，不必一直盯著時鐘看，好怕又失去五分鐘、一小時甚至一整天的時間，卻不知道它們跑哪去了。完全不知道自己去過哪裡，做了什麼事，你沒辦法體會這有多可怕。你一定得幫幫我，艾許醫生。」

「我會盡力而為，莎莉。不過，妳也必須承諾會遵守妳跟布區維爾女士簽的這份協議才行。」他拿起資料夾，搖搖頭說：「她一定告訴過妳，我通常不接受曾經企圖自殺的病人。不過，因為妳失去時間的問題，還有妳對內在種種壓力的描述很不尋常，讓我開始對妳的情況很感興趣。妳和我常接觸的病人很不一樣，我希望能幫助妳。但妳必須承諾，不會再傷害自己才行。」

「我會試試看。」莎莉噙著淚水，點了點頭。

「這樣還不夠，」他指著桌上的資料夾說：「不能只是試試看而已。我要妳給我個明確的承諾。」

「好吧，」她說：「我發誓不會再傷害自己。」

真希望她問問醫生，他為什麼不接受曾經企圖自殺的病人。她的承諾無法保證什麼，因為想尋死的不是她，而是諾拉。我想了想，也罷，我會試著看好諾拉，看看這個羅傑・艾許能夠幫上什麼忙。

⚘

莎莉離開艾許醫生的辦公室時，我可以感覺到她很害怕。她跳上計程車，直奔回家。付過車錢後，一心只想趕快進家門，但裁縫店的葛林柏先生正對著窗外的她揮手。葛林柏先生是個乾癟的小老頭，滿頭白髮，佝僂著身子，看起來彷彿在鞠躬。

一開始，莎莉不確定他想找的人是她，但葛林柏先生來到門邊，對她喊道：「波特小姐，妳有些衣服已經放在這裡很久了，妳想拿回去嗎？我說，妳想拿回去嗎？」

「衣服？我的嗎？我不記得了。」

莎莉跟著他走進屋內，一轉身，嚇了一大跳，一旁的櫥窗裡竟站著一個打扮成警察樣子的男性假人，警帽、警徽、警棍，應有盡有。

莎莉笑了出來。「我還以為是真的警察呢。」

屈著身子的葛林柏先生得轉過頭才能看見她。「他叫墨菲，」他說：「我剛買的，二手貨。他很英俊吧？晚上我打算把他放在玻璃門後，嚇嚇那些小偷。我已經被偷了四次──我說，已經四次了。他們竟然把客人的西裝都偷走，真是可怕。」

「可是，假人能有什麼用呢？」莎莉問。

葛林柏正在架上找衣服，他拿下幾件，攤平在櫃台上。「假人什麼也不能做，但門口掛著一套警察制服能發揮一些心理作用。小偷可能會改變心意，去偷其他店家──我說，其他店家啊。」

「你為什麼叫他墨菲？」

葛林柏聳了聳肩。「如果叫他柯漢——我說柯漢的話，他恐怕就沒辦法跟其他警察處得那麼好了。」

他把衣服推向她。「一共是十八塊九毛八。」

莎莉望著那件亮紅洋裝、量身訂做的黑色套裝和那一襲藍色緊身衣。

「這些衣服不是我的。」她說。

葛林柏先生往上覷了她一眼。「妳是什麼意思？這三張紙條上都寫著：『波特，六百二十八號，西六十六街。』」

她仔細打量那些粉紅紙條，不想讓他發現心中的困惑。以前她常在衣櫥裡發現一些不記得什麼時候買的衣服，她總能找到信用卡簽單或付現的收據。不過，這是她頭一次忘記曾經把衣服帶到裁縫店來，但她不能讓他知道這件事。

「而且啊，」他說：「我還記得妳是什麼時候要我把紅洋裝的滾邊拆掉的，竟然那樣取笑一個老頭。我告訴妳，我的年紀都已經夠當妳爺爺了。我說，妳的爺爺啊。我之所以記得，是因為妳要我把藍色洋裝放長，還有把黑色套裝上的裂縫補起來的時候，看起來跟現在不一樣。」他打開別在套裝上的一個小塑膠袋。「妳忘了套裝口袋裡還有這個銀質飛魚胸針呢。」然後，他對她笑了笑，滿口假牙喀噠作響。「不過，不管任何時候，只要妳要我幫妳拆滾邊，我都很樂意——我說，我會很樂意的啊。」

莎莉真的一點都不記得了，她慌張地付了錢，轉身衝出屋外，差點就撞倒了穿著警察制服的假人。手裡拎著衣服，一路衝上公寓，她的腦袋一片混亂，竟然把二樓的房間誤以為是自己的家，直到在門上沒看到自己的名字，才退了幾步，一路跑上三樓。

一如往常，她先檢查門鎖和金屬片，看有沒有被人侵入的痕跡，然後才打開厚重的灰色金屬大門，閃了進去。莎莉環顧四周，剎那間，不知要怎麼處理手邊的衣服才好。她認真打量它們，試著喚起一些記憶。但一切只是徒勞。她把衣服掛在房間衣櫥裡最後一排。收據上為什麼會有她的名字，葛林柏先生又把誰誤認為是她，總有一天，她非得把這些事搞清楚不可。他年紀大了，又有近視。一定是這樣沒錯。他一定把她誤認成另一個人了。

她脫下鞋子，仔細放進鞋袋，再把衣服整整齊齊掛在衣架上，然後才去洗褲襪。之後，她替自己弄了份電視雞肉餐，又吃了包奶油蛋糕當甜點。雖然屋內已經一塵不染，她還是撢了撢灰塵，用吸塵器把客廳清理一遍，接著又順手把床上的填充動物玩偶整理一下。

她不瞭解，明明才八點，為什麼就已經覺得累了，早上起床時還是覺得很想睡，一整天幾乎都無精打采。明天她得去找份工作才行。她想，光靠贍養費沒辦法支付看精神科醫生的費用。她才開始思考要找什麼樣的工作，就忍不住打了個呵欠。還是明天早上再想吧。她沖了澡，順便也洗了頭，喝完一杯溫牛奶後，隨手挑了本偵探小說到床上看。等到她真的躺下來時，早就已經睡著了。

她不知道，我喜歡熬夜看那些深夜節目。這星期，美國廣播公司正好在播一系列亨弗萊・鮑嘉的電影。當莎莉睡著後，我就跑出來，弄了些爆米花，縮在椅子上欣賞「非洲皇后」裡鮑嘉和凱瑟琳・赫本的精湛演技。我真是愛死這些老電影了。

清晨莎莉醒來時，發現自己坐在電視前的扶手椅上，嚇了一大跳。她撥電話給接線生確認今天的日期，這才鬆了口氣，幸好沒有憑空又失去一天。

用過咖啡和玉米鬆餅後，莎莉決定開始找工作。她不知從何找起，操作機器把塑膠把手套上螺絲起子這種和上一份工作類似的工作，一直不停出現在她腦海。

這時我已經放棄和莎莉說話了，因為聽見有人對她說話總會嚇到她。但我發現，如果集中心思，還是可以影響她。我記得，幾天前出門慢跑時，曾在城東一家名叫「黃磚路」的餐廳看到徵求女侍的啟事。於是我把注意力集中在那家餐廳的名字上。一開始，似乎沒什麼效果，只見她翻開電話簿的黃頁（至少顏色弄對了！），從A開頭的餐廳一家家打去問，需不需要經驗豐富的女侍。我想，這樣她永遠打不到Y開頭的餐廳。於是我又加了把勁，可以感覺到她越來越困惑。最後，我乾脆朝她大吼：「黃磚路在找女侍！」

她嚇了一跳，兩眼直瞪著掉在桌上的話筒，然後才撿起話筒「喂」了幾聲。她猜聲音一定是從接線生或其他人那裡透過電話傳來的，但除了嘟嘟聲，沒有其他聲音。她強自鎮定，手指在許多餐廳名字旁一路往下，總算來到了黃磚路，七十二街和第三大道口。幸好他們的廣告很大，上面寫著：咖啡、餐點，餘興節目、午夜熱舞。她撥了通電話過去，接電話的是個名叫陶德•克雷默的男人，他說自己是合夥人之一，如果她對這份工作有興趣，最好先來面試。

莎莉翻遍衣櫥，不知道什麼樣的穿著最適合面試。我試著讓她挑諾拉那套棕色褲裝，或我那件藍色洋裝。但她偏偏選了件老太婆穿的碎花洋裝。我放棄了，再怎麼試都沒用的。

黃磚路的黃色遮陽棚，從雙層玻璃門一直延伸到馬路邊。莎莉走在棚下，沿著黃磚圖案的地毯，走下樓梯，穿過走廊，經過兩扇標示著「男廁」和「女廁」的門，來到翡翠城酒吧前的黃色螺旋圖案，吧台後一個胖酒保正在擦拭玻璃杯。這地方一片漆黑，只有舞池另一邊，幾個人在打牌的那張桌子上方亮著一盞燈。

這裡看來十分高雅，莎莉不由得害怕起來，轉身打算離開。

「需要幫忙嗎，小姐？」酒保問。

「我和陶德・克雷默先生約了要見面，我是來應徵女侍的。」

酒保用他清理吧台的抹布比了比那張牌桌。「金髮那個。」

「或許我不該在他打牌的時候打擾他。」

酒保盯著杯上的污漬。「這樣的話，妳恐怕一輩子都別想跟他說到話。」

是該打斷他們這局牌，還是該在面談前就離開，莎莉覺得很為難。最後，她抓緊皮包，走向那張桌子，鞋跟在空盪盪的舞池發出巨響，讓她覺得很窘。

就在她靠近時，牌桌旁的男人不約而同抬起頭來。金髮那位長得很帥，額頭略高。她從沒看過這麼藍的雙眼。他嘴裡叼著根牙籤，一副不可一世的模樣。他讓莎莉想起電影中在船上打牌的賭徒，只不過他身上穿的是牛仔褲和皺皺的丹寧襯衫。

「克雷默先生嗎？」

他抬起頭，興味索然地上下打量她一番，視線又回到手上。「跟五枝。」他說著扔了些牙籤出去。讓人訝異的是，他的聲音竟然那麼輕柔低沉。

「抱歉打擾你，」莎莉說：「我是莎莉・波特。我打過電話來應徵女侍，但我可以晚點再回——」

「等一下。」他說。只見他彎身向前，緩緩注視桌邊的人，露出微笑。「三張十。」

「抱歉，陶德，」一個臉長得像海豹的矮小男人說：「我剛好有一付順子。」他得意揚揚地把那堆牙籤收了進來。

克雷默氣得把手裡的牌一扔，推開椅子跳了出來，卻不小心把椅子碰倒。「媽的！」他大吼。「竟然輸了好幾把。」

他起身走在莎莉前面，只對她勾勾食指，甚至沒有回頭看她一眼。「真他媽天殺的順子，」他嘀咕著，「我真的覺得那該死的傢伙出老千。」

他把她帶到酒吧前的一張凳子，在她身旁坐下。她慌得手足無措，知道這次面談一定會被自己搞砸。於是，我搶著出來。莎莉通常會和頭痛對抗，但每次工作面談時她都會很慌張，這次也不例外，她感覺一陣寒意襲來，只看到自己慢慢退去。最後，她沒忘記在我們還是小孩的時候學會的老招，抬頭看了吧台上的時鐘一眼，這樣才知道自己失去意識後過了多少時間。

三點四十五分。

感謝上帝，也該是換我出來的時候了。

陶德．克雷默歪頭看著我，眉毛皺成一團，彷彿在研究他的底牌。「有什麼不對嗎？」

「嘿，哪有什麼不對？」我說：「你要找女侍，三十歲以下的人裡頭，你找不到比我更有經驗、手腳更俐落的人了。西區辣妹我就是你這裡最需要的人。」我凝視著他，微笑著把一條腿盤到另一條腿上，露出一截大腿。

他吞了吞口水。「妳怎麼像開電燈一樣，馬上變了個人？」

「我向來這麼收放自如。我以前是時裝模特兒，」我撒了個小謊，「等燈光亮起、鏡頭就緒，我們才會展現出這一面。我注意到你們這裡也有餘興節目，雖然我不是茱蒂・嘉蘭❹，可是假如氣氛對了，要唱要跳全難不倒我，而且我穿短裙的樣子可迷人了。」

「這我一點也不懷疑。」

「你願意試用我嗎？」

他用那對藍色眼睛打量著我，我已經勾起他的興趣。「五點半再回來見我的合夥人，我們要聘人都得經過艾略特同意才行，以後妳會比較常需要跟他配合。我是這裡的合夥人，但我不出聲，還有其他事要忙。」

「比方說？」我問。

他挑起眉毛。「就是一些事情。」

「我真的很感興趣，」我說：「我喜歡知道其他人在做些什麼。」

「賽馬季的時候，我會在紐約賽馬場兼點差，但大多時間我都在這裡。」

「喔，是馬啊。我很喜歡馬，你在那做什麼？你的體型太大，不可能是騎師。」

他笑了出來。「我有個朋友是那裡的專案經理，如果有人有政治活動、會議或募款計畫，我會協助他執行點宣傳工作。」

❹Judy Garland，美國著名影歌星，知名歌曲包括電影「綠野仙蹤」主題曲〈Over the Rainbow〉。「黃磚路」餐廳和「翡翠城」酒吧即是取自「綠野仙蹤」裡的地名。

「聽起來很有趣。」

「就只是工作罷了。」

「我可以再問些其他事嗎？」我說：「我無意打聽你的隱私，純粹好奇而已。」

他點點頭。

「那些牙籤值多少錢？」

他從口袋抽出一根放進嘴裡。「一大盒只要四十九分錢，」他說：「但我們是整箱買的。」

「我是指在牌桌上。你們用牙籤當籌碼，對吧？你們賭多大？」

「我們沒賭。」

「沒賭？」

他看我的眼神，就像有些人戴上老花眼鏡後打量別人的眼神，只不過他臉上沒有老花眼鏡。「我現在打牌已經不賭錢了，」他邊咬牙籤邊說：「只是跟朋友玩玩，純粹殺時間。」

「希望你別介意我問東問西。」我說。

他搖搖頭，仍舊一頭霧水的樣子，彷彿很想要弄懂我。「五點半見。」

我走出店外，決定在跟陶德的合夥人面談之前不讓莎莉出來，她肯定會把面談搞砸。既然大部分工作都要由我來做，我想我可以優先決定去逛逛街，買件自己喜歡的衣服。我永遠不明白，為何莎莉的服裝品味可以那麼糟，裙子長度總是比時尚風潮慢上兩年。每次我出來，發現其他人總是一臉可悲地望著我時，總是羞愧得無地自容。有一次我從《週日倫敦時報》時尚版剪了些照片，順便寫了張紙條給莎莉，希望她能改變一下造型。但她看了照片和紙條後，差點沒氣瘋，後來我就再也沒試過了。

我到布魯明黛百貨挑了套藍色春裝，晚上好穿去和艾略特面談。我好不容易擠進那件十號的衣服裡，決定今晚只吃乾酪當晚餐。其他人從來不在意身材，負責減重的人永遠是我。

五點半，我回到黃磚路餐廳，裡頭的人已經開始為晚餐做準備。水晶吊燈轉了起來，地板、天花板和牆上滿是翠綠色光點。身穿翠綠亮片露背裝和短裙的女侍正在擺設餐桌。

牌局剛結束，陶德正把牙籤放進一個小塑膠袋裡。「艾略特幾分鐘內就到，」他說：「妳就在他辦公室等他好了。」

「希望他會喜歡我。」

「妳是女人對吧？別介意。」

這話逗得我大笑。「一點也不。」

他帶我走進後頭一間辦公室，牆上掛滿照片，照片中大多是些還沒發跡的女明星抱著個身穿條紋西裝、體型臃腫的灰髮生意人，上頭還有簽名，寫著：「給我的好友艾略特」。

五分鐘後，辦公室門打開，一個人走進來，卻怎麼看都不太像照片上的人。眼前這個人很瘦，穿著一件棕黃色休閒褲，藍色絲質運動衫領口敞開，露出胸前那條粗大的金鍊。鑽戒在雙手上閃閃發光，黑色頭髮看得出是染的。

「我是艾略特．尼爾森。」他見我張大了嘴，一副不敢置信的模樣，於是對照片點了點頭。「很不一樣，對吧？去年我狠下心來節食，減了一百多磅。看來煥然一新對吧？對四十五歲的人來說很不錯了。」

他微微笑了笑，下巴突出，雙眼皺成一團。他給人一種精瘦強悍的感覺，但臃腫的臉頰、雙下巴和眼袋，讓他看起來像隻友善微笑的牛頭犬。

「你看起來年輕了二十歲。」我這麼騙他。我猜他一定經歷了某種中年危機，我非常能夠理解為何他要節食。

「妳想當女侍。有任何經驗嗎？」

「從油膩膩的小餐館到高檔飯店我都待過，我之前在紐華克的群魔亂舞餐廳工作。」

他點點頭，飢渴地看著我。「好，就讓妳試試。今天晚餐時間就可以開始。陶德一定對妳印象深刻，不然他通常不會瞄女人第二眼的。」

「你一定不會後悔，」我說：「我的動作又快又俐落。」

他一手環上我的腰。「俐落是很好，但可別太快啊。」

我拍拍他的臉頰說：「我可是空手道黑帶喔，手腳都很俐落。」

他大笑著舉起雙手。「只是開開玩笑。說不定可以找個時間來過兩招。來，我帶妳去找艾薇，我們的女領班，她會告訴妳怎麼做。」

艾薇給我一件鑲滿黃綠兩色亮片的制服，告訴我哪裡可以更衣。她把我介紹給其他女侍、廚師、廚房助手和洗碗工，告訴我菜單的位置，又把點菜流程對我說了一遍。

「妳唯一要注意的是艾略特。」她說。

「這是什麼意思？」

「自從他減肥成功後，就成了花花公子。那個老不修毛手毛腳的，來者不拒。」

「我會提防他的。」我笑著說。

「當他把妳困在櫃台後面或廚房裡可就不好玩了。他把我的屁股跟大腿捏得到處瘀青。他結過三次婚，曾經和七個女侍有一腿，這還只是我知道的而已。」

「另外一個呢？」

「妳說陶德嗎？以前整天忙著賭，根本沒空理女人。他現在加入戒賭協會，天知道會發生什麼事，他可能會另找地方發洩精力吧。」

「謝謝妳的警告。」我說。

身為最資淺的侍者，我被分配到最遠的一區，有機會可以觀察帶位員如何引導客人入座。我觀察艾薇怎麼替客人點菜，回吧台叫飲料，再把菜單交給廚房。簡單得很。

最後，有六個人被帶到我負責的區域。他們是三對看來很不好搞的中年夫妻，我的直覺告訴我，這場處女秀恐怕不輕鬆。

「要來點喝的嗎？」我問。

「來杯不甜的伏特加馬丁尼。」其中一個男人眨著眼對我說。他塊頭很大，脖子粗得像美式足球員，我猜他是中古車商。

「想都別想，」他太太說：「李奧納，如果你敢喝，我馬上走人。」

他只好取消那杯馬丁尼，看來悶得很。其他人也都沒要點飲料。點完他們的菜回廚房的路上，我要酒保替我做杯不甜的伏特加馬丁尼裝在水杯，不放橄欖。回頭拿酒時，好不容易才沒讓艾略特捏我一把。

回到桌邊，我假裝李奧納的水杯有點問題。「先生，這杯水裡有灰塵。讓我替你換一杯。」說著就替他換上那杯馬丁尼，眨了眨眼，讓他知道我的意思。「水不用錢。」

當我端著海鮮和肋排回來時，李奧納把空杯遞給我，使了個眼色。「麻煩再給我些水。」

他多付了我一點錢，謝謝我替他弄酒，另外還給了我五塊錢小費。他要離開時，我問他是做哪行的，他說他是家魚貨店的老闆。

其他桌我也應付得又快又有效率，有時逗逗女客開心，有時男客打情罵俏我也奉陪，其實還滿有趣的。莎莉做過的所有工作中，餐廳侍者一直是我最喜歡的，不論什麼樣的餐廳，我都喜歡認識不同的人，猜猜他們從哪裡來，做什麼工作。客人離開時，有時會在桌上留些錢，有時會在信用卡帳單上加一大筆小費來謝謝你的服務，老實說，這總讓我十分興奮。

不過，不管是收拾善後，還是補充鹽、胡椒、調味料，清理番茄醬瓶，擺設桌巾和餐具等這些替下一餐做準備的工作，我可一點都不喜歡。我想，最好還是讓莎莉處理比較好。把小費換成鈔票塞進內衣之後，為了保險起見，我退了下來。

莎莉回過神來，覺得有點恍惚。她只依稀記得坐在吧台椅上問陶德・克雷默關於工作的事。她抬頭瞄了時鐘一眼。六小時又一刻鐘過去了。現在是晚上十點，而她竟然一身低胸亮片露背裝和短得不能再短的短裙。安靜的餐廳裡幾乎空無一人，餐桌上一片杯盤狼藉，走道上滿是紙屑和餐巾，其他女侍正坐在吧台前數她們的小費。

「嘿，寶貝，再來杯威士忌蘇打如何？」

她聽見他的聲音，眼角餘光也瞥見那個又矮又胖的客人，但莎莉不確定是不是在叫她。她身不由己，動彈不得，只能呆立原地。

「有什麼不對嗎？」一個溫柔低沉的聲音說。

莎莉抬頭，望見陶德關切的眼神，他正嚼著一根牙籤凝視著她。「沒事，只是有點頭痛。我……我……」莎莉望見手裡的菜單。「我找不到鉛筆。」

「在妳的頭髮上。」他伸手抽出鉛筆遞給她。他摸摸她的手臂，想讓她安心。「今晚妳表現得很好，妳是很棒的女侍，我想客人都希望得到妳的注意。」

莎莉轉身走向那個對她揮著玻璃杯的胖男人，他向莎莉點了杯威士忌蘇打，她才剛轉身，就感覺到他的手順著她的臀部滑下，捏了一把。

莎莉一聲尖叫，手裡的玻璃杯摔得粉碎。她倉皇離開用餐區，衝進化妝室，試著讓自己鎮定下來。

現在你該懂我的意思了吧。她幹嘛那麼大驚小怪跟他認真？她應該跟他開開玩笑，哈啦幾句。男人就愛這套。然後，一切相安無事，還會有一大筆小費進帳。如果他對妳又摟又抱怎麼辦？不過摸幾下而已，又不虧本。但莎莉可不這麼認為。連男人的小指頭碰到胸部，她都會馬上火冒三丈。她坐在廁所裡，不停告訴自己要撐下去。過去這種事也經常發生，但現在艾許醫生要幫她瞭解背後的原因，他必須幫助她控制自己的心。

她覺得內衣裡頭有東西鼓鼓的，伸手進去，竟然發現一小捆鈔票。四十三塊錢。不管她今晚做了些什麼，看來都做得不賴，她想。陶德・克雷默說她是個好侍者，這點小費可以證明。

走出化妝室時，莎莉已經恢復自制，但還是有點緊張。艾略特上來關心她的狀況，讓她嚇了一跳。她不認識他，只覺得他看起來和舞池中那群中年羅蜜歐沒啥兩樣。

「只是有點累。」她略帶防備地說。

艾略特微微笑了笑。「下班吧，」他說：「我會找另一個女侍幫妳清理善後。頭一天晚上都不容易，陶德跟我希望妳別擔心，這份工作是妳的了。」

原來他是僱用她的那個合夥人，莎莉怎麼也想不到。

她向艾略特說了聲謝謝。她看見其他兩位女侍走進那間「員工專用」的房間，於是也跟了進去。她找不到早上穿來的那件洋裝，覺得有點困惑，只好先站在一旁，等其他人換衣服。她們拿出衣服，再把制服掛回去，但還有三個人的衣服留在當場，一套綠色褲裝、一件藍色洋裝、一件黃紅相間的襯衫和另一件毛衣。她走回廁所，一直坐到其他兩人都離開了才出來。她試了試唯一留下的那件藍色洋裝。有點緊，但她希望這是她的衣服，否則又有得解釋了。

她一走出來，艾略特就對她眨眨眼。「明晚見。」

莎莉點點頭，但心裡其實壓根不想再回到這裡。這裡的人都很好，但對她來說，這裡實在太忙，步調太快了。

3

隔天，莎莉來到萊辛頓大道與第五十二街口的城中醫院。外觀上，心理健康中心那一側和其他玻璃帷幕辦公大樓沒什麼兩樣。艾許醫生的護士瑪姬•荷斯頓瘦瘦的，臉頰看似花栗鼠，領著她進入一間檢查室後，就待在一旁做紀錄。

「現在，我會儘可能詳細地向我的病人解釋。」艾許醫生說：「巴比妥鹽能夠讓我們跨越妳心中的障礙，幫助妳想起已經遺忘的往事。一旦妳進入狀況後，我會利用一種叫年齡回溯的方法，帶妳回到童年時期，揭露一些對妳的問題可能有幫助的人物或事件。」

莎莉真的很害怕，我可以感覺到她在發抖。艾許醫生替她注射後，要她從一百開始倒數。數到八十八時，她已經開始跳著數了，數字亂成一團，話也說不清楚，她感覺嘴裡好像含著一大坨棉花球。

「莎莉，」他說：「別睡著了。醒醒，試著集中精神。讓我們回到妳的童年。當我數到五，妳會回到還不曾昏厥或遺忘的時候。當妳睜開眼，過去的一切都會浮現眼前，一幕幕出現在電視螢幕上，就像發生在別人身上一樣。然後，把妳看到、聽到、聞到的一切說給我聽。妳瞭解嗎？」

莎莉點點頭。

「好。一——二——三……四……五！」

她睜開眼，凝視著心中的電視螢幕，把出現眼前的景象告訴艾許。

她年紀很小，父親奧斯卡臉上留著一道稀疏的鬍子，眼裡滿是睡意，身材單薄，總駝著肩。他常帶莎莉一起出門送信，讓她把信放進信箱，或送去給那些倚門而立的女士，她們常拍拍她的頭，稱讚她是個好女孩。有個女士給了她一塊派，她吃得很開心，裡頭熱騰騰的蘋果餡還掉到她那身綠色洋裝上。但奧斯卡沒發現，好似作夢般傻笑著，自顧自地離開了。當他送完信，皮製郵袋空了之後，他會把莎莉放進去，背著她走。她開心極了。她知道他很愛她，她喜歡他每天晚上陪在她床邊，從那個魔法郵袋裡變出一個又一個數不盡的童話故事說給她聽。不過，在她四歲那年，有一次他到酢漿草酒館去小喝兩杯時，把她放在郵袋裡拎到吧台上，嚇得她直發抖，因為之前有兩次他喝得爛醉，自己一個人離開，留她單獨在那裡。還有一次，他口袋裡裝著一小壺酒，帶她到麥迪遜廣場花園看馬戲表演，結果竟然喝醉把她給搞丟了。還有一次搭地鐵，他自己上了車，卻把她忘在車外。她又哭又叫，在人群中不停往前擠，等警察找到她時，她忍不住尖叫說：「我爸爸不見了！我要找我爸爸！」

有天，他搞丟了一整袋郵件，從此之後就再也沒出現過。媽媽說，他大概喝醉了，跌到哈德森河裡淹死了，但莎莉從來不相信。直到今天，她只要看見郵差制服，總會衝上前去，看看是不是她那留著淡淡鬍鬚，滿臉倦容，眼神充滿哀傷和睡意，傻笑不已的爸爸。她很確定他知道自己和莎莉走丟了，正在找她。

「非常好，莎莉，放輕鬆，過去的事都回來了。妳可以看見妳繼父和妳媽媽嗎？」

頻道轉換，那只有一個房間的家出現在莎莉眼前，她開始描述。那是一個晚上，房裡一片凌亂，亂七八糟的大雙人床旁就是她的嬰兒床。爐裡的木頭燒得嗶剝響，媽媽正在縫衣服。她變胖了些，穿著一件沒什麼剪裁的居家便服，深棕色頭髮在腦後挽成一個髻，眼下的皺紋看來像是哭過了頭。

莎莉坐在地板上和她的娃娃玩，看見繼父弗瑞德・偉恩關掉電視，從柳條編的安樂椅上起身說：「薇薇安，把孩子抱開。」

媽媽說：「我累了，弗瑞德。我頭有點痛──」

弗瑞德惡狠狠地瞪著她，扯下那頂即使在屋內也總戴著的鴨舌帽，光禿禿的頭頂上，露出那道酒醉鬧事被人打傷的凹痕。

「我告訴妳，把孩子抱開，給我到床上去。」

媽媽肩膀一沉，嘆了口氣。從前，她的臉龐溫柔又美麗，如今雙頰和眼袋卻臃腫而蒼白，看起來就像一團鬆垮垮的麵團。

她把手裡縫的衣服扔進籃裡，把莎莉和她的四個娃娃抱進衣櫥，怕黑的莎莉低聲哭了起來。

莎莉說，腦中的螢幕只剩漆黑一片，她聽見某個東西抵住衣櫥的門，猜想大概是把椅子。她努力往外推，衣櫥門卻動也不動。幾分鐘後，彈簧床開始發出吱吱嘎嘎的聲音，她想像他們正在床上跳來跳去。她在床上跳的時候就會發出這種聲音，媽媽只要一聽見，就會扯著喉嚨要她停止。她想像他們兩個在床上跳來跳去，才會發出這種聲音，但她不明白為什麼他們不讓她看。她猜，在床上跳來跳去一定很不好，因為每次她這麼做的時候，媽媽都會尖叫著要她停止，所以當他們自己要這麼做的時候，她就會被關在衣櫥裡。

她媽媽開門放她出來時，躺在床上的弗瑞德早已嘴巴大開呼呼大睡，莎莉爬回嬰兒床時，經過床邊，看見他的前排牙齒都已掉光。

有時她媽媽會忘了拉椅子過來，或沒有抵住門把下方。這時莎莉就可以把門推開一點，看見夜燈昏黃的光線下，他們兩人赤裸的身體。莎莉想到這裡，忍不住淚流滿面，微微顫抖。他們不是在床上跳。她媽媽翹著屁股跪在床上，弗瑞德趴在她身上，像路邊的狗一樣前後抽動身體。他滿臉通紅不停呻吟，和他瘦小的身軀比起來，他的頭實在太大太圓了。

當弗瑞德抽身離開，莎莉看見他剛才用來刺她媽媽身體的東西，嚇得當場昏倒。

回想到這裡，莎莉失控尖叫，身體止不住前後晃動，斗大的汗珠從臉上滾滾而下。她感覺到脖子和眼睛的刺痛，就這樣在檢查室裡暈了過去。

貝蕾睜開眼四處打量，不知道究竟發生了什麼事。不過，當她的眼神掃到艾許醫生時，立刻活了過來，潤了潤嘴唇，用梅．蕙絲❺般低沉沙啞的嗓音說：「嗨，帥哥……」

艾許醫生瞪大了眼，原本打算說些什麼，但又沒說出口。他飛快瞥了瑪姬一眼，引起她的注意，微微搖搖頭，表示警告。眼前的景象讓她瞠目結舌。

當貝蕾發現自己躺在檢查桌上，立刻坐起來，雙腿伸下桌旁，雙手順著身上的曲線來到臀部。她還是繼續用梅．蕙絲的沙啞聲音說話。

「醫生，不管我怎麼了，希望你都不會因為這樣不來看人家。」

貝蕾看他們兩個仍舊不說話，才恢復正常的聲音大笑起來。「你們兩個看起來一副病人死而復生的樣子，我希望這不是種反社會傾向的病。」

艾許醫生總算說得出話了，但聲音很沙啞。「可不可以把妳的名字告訴我，以便記錄。」

「你在拍紀錄片嗎？我怎麼沒聽見音樂？」

「我指的是我們談話的紀錄。」

「喔，是那種紀錄。我叫貝蕾，義大利文『美麗』的意思。我不會說義大利文，不過有個對我非常有興趣的星探是這麼告訴我的。」

艾許醫生點點頭，我看得出他很努力地保持鎮靜。

「可不可以告訴我妳的年齡？」

「十八歲多一點。」她呵呵笑著說。

「妳知道妳在什麼地方嗎？」

她看看四周。「我在一張檢查桌上，你又身穿白袍。說不定這裡是個醫院的場景，而我正在試演某個角色。」她張開雙臂，雙手抱頭，擺出極盡挑逗的姿勢。「為了演出，要我做什麼都行，我可是非常有天分的喔。」

「我是醫生，貝蕾，我是來幫助妳的。」

貝蕾爆出一聲大笑。「喔，這招我早聽過了。」

「這位是我的護士瑪姬・荷斯頓。我是羅傑・艾許，妳的精神科醫生。」

她突然坐了起來。「精神科醫生？慢點，你這傢伙。我可沒瘋啊。」

「妳當然沒瘋。」他說：「但我是來幫助妳解決問題的。」

❺Mae West，美國著名影星及劇作家，曾以性感女神的姿態風靡一時。

「我一點問題也沒有。」
「妳對莎莉．波特這名字有沒有任何印象？」
她往後靠，一臉嫌惡的模樣盯著天花板。「喔，真該死！原來是這麼回事。」
「所以說，妳認識她囉？」
「不認識，但我聽一個認識她的人提過。」
「誰？」
「杜芮。」
「哪個杜芮？」
「就是杜芮，我只知道她的名字。不過，我看過莎莉的衣服，也讀過她的幾封信，我可以跟你說，她是我所聽過世界上最乏味、最死板、最無聊的人了。」
「怎麼說？」
「杜芮說，莎莉只想待在家裡整理家務。除了把兩個雙胞胎孩子從她那個爛前夫那裡搶回來之外，什麼也不想。她從來不想出門看場電影或表演，她從來不瘋一下。我的天啊，她怎麼有辦法活成這樣。」
「她跟妳之間有什麼關係？」
貝蕾思考了一陣子。「我還真說不上來。」
「妳們是怎麼接觸的？妳們兩個人曾經直接聯繫嗎？當莎莉在的時候，妳曾經出來過嗎？」
「嗯，」她說：「就像妳想上洗手間，卻發現洗手間裡每一扇門都上了鎖，上頭寫著

『使用中』，妳進不去，只好先在一邊等。然後妳聽見尿尿和沖水的聲音，但每次每間只能給一個人用。不過，就像我剛才說的，跟她有關的事，都是杜芮告訴我的。」

「所以妳不知道莎莉心裡在想什麼囉？」

「我不知道她還有心。」

「妳沒出來的時候，能不能察覺到四周發生的事情？」

「只限於那些我能理解的事。比方說，去年他們離婚前，有一次我跑出來，發現她在一場婚宴上。這很不尋常，因為參加宴會的通常是我。不過，莎莉跟她前夫賴瑞受到邀請。我突然發現自己在舞池裡，被一個男人緊緊抱在懷裡，我可以感覺到他用那硬邦邦的傢伙頂著我。這時我才瞭解，我為什麼會在這裡。莎莉完全沒辦法處理男人的事。

「我就跟那男人跳了一整晚的舞，後來才知道他是新娘的朋友。我甚至連新人都不認識。不過那傢伙可真有活力，我們到他住的旅館去，他在床上剝光我的衣服，親我的胸部，接下來的事我就沒印象了。隔天一大早，我在雨滴落在窗上的聲音裡醒過來時，身邊已經沒有人。後來我聽杜芮說，莎莉跟賴瑞因此大吵一架，我猜那是壓垮他們婚姻的最後一根稻草。」

「莎莉曾經企圖自殺，妳知道這回事嗎？」

貝蕾看來很訝異。「她想自殺？」

「妳沒聽說過嗎？」

「其實，我已經好一陣子沒跟杜芮聯絡了，不知道最近有什麼新八卦。不過，最後她還是會跟我說的。她對每個人還有他們做的事都很感興趣。她喜歡談各式各樣的事。你應該見見她，你會喜歡她的。」

「我會的。不過不是今天，現在晚了，或許等我們下次碰面吧。我想謝謝妳，貝蕾，妳幫了我很大的忙。」

「沒問題，醫生，誰叫你這麼可愛。」

他侷促地看看瑪姬，對貝蕾露出彆扭的笑容。「謝謝妳，貝蕾。現在是妳閉上眼睛，回去睡覺的時候了。我會開始數數，等我數到五的時候，莎莉會醒過來，覺得渾身舒暢，只要她願意，這段談話的所有內容她都不會忘記。莎莉，妳可以記得所有事情，或者其中一部分，或完全忘記。」

當他數完，莎莉醒了過來，一臉驚慌失措地環顧四周，什麼也記不得。這讓她很沮喪，因為感覺起來這跟昏厥沒什麼兩樣。

「我受不了了。」她忍不住哽咽。「我希望過正常的生活。我希望早晨醒來的時候，心裡無憂無慮，這種感覺很糟。我瘋了嗎，艾許醫生？」

「妳千萬別這麼想，這不是發瘋。」艾許醫生說。

「那這到底是什麼？」

他遲疑了一會兒，先是瞄了瑪姬一眼，又望向莎莉，彷彿對他要說的話不太有把握。

「我知道這可能不太容易接受……」

「求求你，」她說：「我覺得我的世界快要崩潰了。」

「當然，我沒辦法確定，不過我相信妳面對的是種近來越來越常見的心理狀態。到一九四〇年代中期為止，大約只有一百五十個有紀錄的個案，在精神病學的分類上屬於解離型的歇斯底里性精神官能症。之後出現了上千個個案，現在這種情況有專屬的分類，稱做『解離症』。」

她皺起眉毛，搖搖頭。「我聽不懂。那是什麼意思？」

他猶豫了一下，彎身向前。「妳有沒有看過『三面夏娃』這部電影？」她搖搖頭。「我從來不上電影院。」

「那妳有沒有看過一本叫《變身女郎》的書？」

她又搖搖頭，身體已經忍不住開始發抖。「我沒讀過，但聽人提過。這跟我有什麼關係？」

「別人提起《變身女郎》的時候，說了些什麼？」

「一個有多重人格的女人……」莎莉睜大雙眼瞪著他。「你是說……」

「我不確定，莎莉。不過我有理由相信，妳有一部分問題是這種多重人格症候群。」

莎莉完全慌了手腳，她知道他絕對搞錯了。這是她聽過最荒謬的事，但她不想反駁，反駁醫生是不對的。如果說她不相信，他可能會請她離開，永遠不再幫助她，可她知道自己需要協助。唯有她的狀況改善，法官才有可能把孩子還給她。她必須小心，免得惹惱艾許醫生。

「你有很多這種病患嗎？」她問。

「妳是我第一個。」他說。

「是不是因為我的多——因為你說的原因，你才願意治療我，儘管你通常不接受企圖自殺的病人？」

「我可以很誠實地告訴妳，沒錯。」

他從來沒碰過這樣的狀況，莎莉不知這是好是壞。她可以肯定自己沒有多重人格，可她不打算和他爭論這點。只要他覺得她身上有他感興趣的東西，他就會繼續治療她，這才是重點。

「莎莉，妳在失控暈倒前，有沒有什麼症狀？」

「通常在開始頭痛前，會有種奇怪的感覺，像是有股寒意和電流突然憑空出現。」

他記下這點。「這聽起來像是癲癇的前兆，也就是發作前的症狀。」他靠在椅背上，若有所思地用鉛筆敲打桌面。「我們試著解決問題的過程中，妳應該可以正常工作、生活、和外界互動。可能要花點時間才能發現問題關鍵，不過，我們會盡全力幫助妳。初期我希望妳一星期來兩次，週一和週五早上十點，之後再看需要調整，請妳星期五再來一趟。」

「我相信你，艾許醫生。不論我有什麼問題，我知道你都會找到方法治療我的。」

「我們會的，莎莉，」他說：「至少我們會做嘗試。」

莎莉離開醫院時，試著揣摩身體裡有不同人的人格是什麼感覺，但她光想都覺得愚蠢。她想，他弄錯了，這毫無疑問。但如果艾許醫生繼續治療她，就會發現真正的問題，然後就可以拯救她。

穿越市區的巴士上擠滿了人。莎莉握著扶手，一個滿臉青春痘的壯碩年輕人手插口袋，從她身後往前擠，不停在她身上磨蹭。她試著改變姿勢，但他每次也都跟著移動，讓她覺得既困惑又窘迫，難為情得不知如何是好。那人食髓知味，變本加厲。她可以清楚感覺到他用那硬邦邦的傢伙頂著她，不停蹭啊蹭的。一陣寒意襲來，這就是艾許醫生說的前兆。莎莉開始覺得頭痛，接下來會發生什麼事，我可清楚得很，站在一旁等著看好戲吧。

金妮飛快出現。她狠狠踩了他一腳，用一些我說不出口的話咒罵他，還使出全身力氣，擎起膝蓋，朝他胯下死命一頂。那人一聲慘叫，車上其他女人紛紛鼓掌叫好。我們到站時，金妮悄悄溜開，莎莉愣在原地，驚覺全車幾乎都空了。

她下車時，駕駛對她笑了笑。「妳真的狠狠教訓了他一頓，我猜他以後再也不敢了。」

莎莉只是一頭霧水地望著他。

有時我真替她難過。艾許醫生正慢慢認識我們其他幾個，等到最後她真的瞭解也接受了他的看法時，我敢肯定她一定會發瘋。我們就像一罐蟲子。我知道艾許醫生最後一定會要把我們分開，他很聰明。不過，他又能如何呢？我的意思是，我們全都在這兒。不過，如果他能把我們全都殺死，當然另當別論，這樣一來他連屍體都不用費心處理，想必會是起最完美的謀殺案。

這星期過得飛快。我很享受在餐廳工作，小費滾滾而來。艾略特對我刮目相看，他試著約我出去，而我藉故推託。我真的巴不得星期五快點來，我想見艾許醫生。

十點整，莎莉出現在他的私人診所。

「莎莉，今天我們要試些不同的方法。」艾許醫生說：「今天不用藥，我打算催眠妳，這樣一來我們可以找出許多妳已經遺忘的童年往事。妳覺得如何？」

莎莉點點頭。

「現在我要妳看這枝金筆在燈光下反射出的光芒。我希望妳凝視它，仔細聽我的聲音。認真注視它，專心聽我說的話，很快妳就會開始覺得很睏。」

真是太神奇了。除了在電影裡，我從來沒看過人被催眠。老實說，我不認為這會有效，因為我曾聽說，你必須要夠聰明才會被催眠，而莎莉可蠢了。不過，她很努力試著取悅他，一直緊盯著那耀眼的金光。在艾許醫生輕柔低沉的聲音裡，她逐漸失去知覺，腦中如半夢半醒般一片空白。這通常是我出現的時刻，但我沒採取行動，靜靜觀察他接下來打算做些什麼。

「當我數到三，妳會睜開雙眼，但還是處於被催眠的狀態。我會問妳問題，妳可以回答我，也可以輕鬆自然地和我對話。我說我會數到幾？」

「三……」

「很好。一……二……三……」

「告訴我，莎莉，妳認不認識一個叫貝蕾的人？」

「我小時候有過一個娃娃，我都叫她貝蕾。」

「跟我聊聊她。」

「我會假裝她是真人，會跟她說話。」

「她曾經回答妳嗎？」

莎莉沉默了一陣子，小聲地說：「那時候學校有齣白雪公主和七個小矮人的舞台劇。劇中貝蕾皇后是個非常滑稽的女巫，我假裝我的娃娃就是她，從那之後，她就開始跟我說話。」

「妳還曾經替其他娃娃取名字嗎？」

她點點頭。

他等了一下，但莎莉就坐在那裡，心想等他發問。

「那是什麼時候的事情？」

「前後有好幾次。」

「她們叫什麼名字？」

「諾拉。」

「還有呢？」

「杜芮。」

「還有誰嗎？」

「金妮。」總算說出這個秘密，莎莉如釋重負般嘆了口氣。

「有人知道這些娃娃的名字嗎？」

她搖搖頭。「我從來沒告訴其他人，她們是我的密友。杜芮的名字來自灰姑娘的名字『仙－杜芮－拉』中間這部分。」

「我瞭解了。妳為什麼想用灰姑娘替她取名？」

「因為我的小貓叫這個名字。」

他等她繼續說下去，但她沒開口。

「妳的小貓怎麼了？」

「雖然牠應該要有九條命，但還是在第一生就死了。我繼父弗瑞德騙我。」

「杜芮是妳替娃娃取的第一個名字嗎？」

「不是。」

「把她們出現的順序告訴我。」

「金妮是第一個，然後是杜芮、貝蕾，諾拉是最後一個。」

「莎莉，仔細聽好。我想跟第一個金妮說話，妳覺得她會願意跟我聊聊嗎？」

莎莉聳聳肩。

「好吧。當我說『走進光明』，妳會立刻睡著，其他人會出來跟我說話。而當我說『退入黑暗』，出來的人就會回到她原來的地方。我剛才說了些什麼？」

「走進光明還有退入黑暗。」

「很好。莎莉，現在我想跟金妮說話。我希望金妮走進光明。」

我很訝異他竟然想跟金妮說話。貝蕾告訴他一些和我有關的事情之後，我以為他會想跟我說話。我不知道他會想照順序來，不過，這可不是叫金妮出來的好時機。如果他執意這麼做，肯定會有大麻煩。他對金妮一無所知，根本還沒做好跟她碰面的準備。或許這麼做不對，但當他說「走進光明」時，我馬上現身。要是金妮出來，肯定會搞得天翻地覆。

「嗨，」我說：「我知道你找的是金妮，但我想我們最好先碰個面，談談有關金妮的事，因為她是個非常危險的人。」

「妳是誰？」

「杜芮。」

「妳好嗎，杜芮？」

「還不賴。」

「有什麼不對嗎？」

「以前我要出來可比現在容易多了。一開始，溜進莎莉的心對我來說，就像把手伸進手套一樣簡單。現在，我出來透氣的時間少得多了。」

「妳想要什麼，杜芮？」

「我想成為一個真正的人，隨時可以出來，這樣我就可以去滑雪、航海、飛行，我想試試高空跳傘。」

「這些活動妳試過嗎？」

「有次我『週末出遊』的時候在佛蒙特滑過雪。莎莉從來不知道左腳踝是怎麼扭傷的。現在，我比較常慢跑。」

「妳覺得莎莉這個人怎麼樣？」

「在我認識的人當中，她大概是最無趣的一個吧。整天在家不是看連續劇和遊戲節目，就是整理家務，這種日子有多無聊你絕對沒辦法想像。今天用吸塵器清理地板，明天洗衣服，後天洗窗戶，還有其他一大堆有的沒的。幫幫忙好不好，這些是一定會髒的，沒多久又要全部再來一次。我可不想過這種生活。我只有招呼客人的時候覺得開心。」

「可不可以告訴我，為什麼妳會代替金妮出來？」

「我聽你說想和她說話。我猜我最好先出來一趟，稍微警告你。你無法想像金妮心裡有多少怨恨，而且她很精明狡猾，會把你玩弄於股掌之間，讓你怎麼死的都不知道。」

「她會傷害我嗎？」

「我只能說，如果你要跟她說話，最好先確認她手裡沒有武器。」

「金妮殺過人嗎？」

「還沒。不過我告訴你，殺人對她來說絕對不是問題。而且，她越來越強壯了。她認為生命就像一場盛大的撞車大賽，你最好趕快跳上車，趁別人還沒追上你的時候，先把他們撞爛。」

「看來妳很瞭解莎莉和金妮。莎莉談到妳的時候，只把妳當作回憶中的娃娃。妳可以告訴我這是怎麼回事嗎？」

「當莎莉和其他人出來時，我是唯一一個知道她們在想什麼、做些什麼的人。我也是唯一一個即使沒出現，也能看見發生什麼事的人。但我無法控制她們。她們每一個都是截然不同的人，誰出來，就可以隨心所欲做自己想做的事。其他人都知道我，我也曾經告訴她們關於其他人的事。只有莎莉例外。她還不知道我們的存在，但她已經發現事情不太對勁了。」

「妳沒出現的時候是什麼情況？妳怎麼知道發生了什麼事？」

「我出來的時候，是透過自己的感官來覺察這個世界。而當其他人出現，我就像隱伏在她們心靈的某個小角落一樣，所以我才能知道發生了哪些事。不過，我只能透過那個人的角度看世界。比方說，金妮不太感覺得到痛。所以，當她掌控這個身體時，我不怕被人揍。諾拉有近視，如果她沒戴眼鏡，所有東西都是一片模糊。如果是貝蕾在跳舞，我可以感受到音樂的節奏。我用很多不同角度來看這世界。我沒唸過多少書，但我從其他人那裡可學了不少東西。」

艾許醫生凝視著我，點點頭，扯了扯耳朵。「杜芮，可不可以告訴我，妳們幾個究竟是從哪裡來的？」

「我們就在這兒，」我告訴他，「自從莎莉替娃娃取了名字之後，我們一直都在這。我不清楚究竟是怎麼發生的，但有了名字之後，我們就變成有血有肉的真人，只不過她還不知道這點。我可以問你個問題嗎？」

他看起來很訝異，但還是答應了。

「好，」我說：「是有關你正在替莎莉進行的治療。這是不是代表我們其他人會死？」

他一臉錯愕，支支吾吾，好像從來沒想過這個問題似的。「不，當然不會。我的意思是，妳們不會死。妳們會……嗯……讓我這麼說好了。治療會讓莎莉慢慢覺察妳們每個人的存在，先從理性面，再從情感面接受妳們所有人。之後，我們會讓莎莉和其他人格對話，好讓妳們能夠彼此合作，盡量相安無事。最後，藉由催眠療法，我會試著把妳們所有人融合成一個心靈。妳們不再會是五個人，而是一個。」

「聽起來真糟糕！」

「怎麼會呢？」

「因為我就是我啊！」我說：「如果有人命令你放棄自由，還把你和其他四個人一起扔進鍋裡，叫你不必擔心，出來之後就會有個像大雜燴一樣的新人格，你會喜歡嗎？」

「不是妳想的那樣，杜芮。」

「你怎麼知道？你跟莎莉說，從來沒處理過像我們這樣的案例。」

「沒錯，我是不曾處理過類似的情況。」

「其他醫生似乎也沒什麼進展。」我告訴他。「諾拉對《變身女郎》和『三面夏娃』可熟得很，裡頭的醫生都試圖摧毀其他人格。至少他們自以為成功了。不過，她後來又讀到一篇文章說，摧毀這些人格沒有用，因為其他新的人格會繼續出現。」

「這就是我為什麼不打算把妳們其中任何一個分離或殺死。在分裂之前，妳們是同一個人格。現在我想把妳們放在一起，讓妳們合而為一。」

「就算是國王所有的人馬也辦不到。」

他皺起眉頭，我知道自己激怒了他。我向他道歉，說我願意盡全力配合。

「和莎莉合作對妳有好處，」他的食指在桌上點個不停，「幫她保住這份工作，最先得到這份工作的人是妳，不是嗎？」

我點點頭。

「那就幫她保住這份工作，讓她能夠餬口，維持穩定，有事情可以投入。」

「好讓你把我給弄走？」

「不會這樣的。」

「該消失的人是她。」

「妳是什麼意思？」

「也沒什麼，」我說：「她不認識我們任何一個，對目前的狀況也沒有任何瞭解，但我不一樣。我知道每個人在想些什麼，又有什麼感覺。所以，那個真正有血有肉的人應該是我，不是嗎？」

「不盡然如此，杜芮。妳知道嗎，根據許多這個領域內治療師的看法，大多數多重人格患者會發展出一個人格面具，他瞭解其他所有人格，就像妳一樣。我們稱之為共存意識。他們把這個人格面具稱做『記錄者』。事實上，一般建議治療師盡快和記錄者有所接觸，好瞭解其他人格，請他協助配合。但記錄者並非真正的人。」

我失望透了。我還以為，知道所有人的想法，代表我才是那個如假包換的真人，而莎莉只不過以為她自己是真實的而已。「記錄者？記錄者杜芮，聽起來還滿重要的嘛。好吧，我會合作，但有條件。我要跟你談個交易。」

他一副驚訝的表情。「什麼樣的交易？」

「你必須叫她改變生活形態，叫她換換新髮型，買些像樣的衣服，少吃些肥滋滋的甜點幫我節食，這樣我才願意合作。當我忙著記錄的時候，至少要享受些生活樂趣。」

「我會跟莎莉談談這點。」從他坐在椅子上轉啊轉的模樣，還有他看我的眼神，我知道他準備要我離開了。我轉身消失。

他喚回莎莉之後，把我剛才說的話，向莎莉提出一些建議。然後他說，以後他想催眠她的時候，只需要說他知道黑暗裡有什麼，她就立刻會被催眠。他先前說的走進光明和退入黑暗這兩句話，代表在不同人格間轉換。

「但只有在我說這些話的時候，妳會有反應。除了我之外，不論是誰說這些話，對妳都毫無作用。妳瞭解我的意思嗎，莎莉？」

她點點頭。他告訴她，當他數到五，她會神清氣爽地醒來，只要她願意，她能夠記得所有事情，或者其中一部分，或完全忘記。

她完全忘得一乾二淨。

那個週末真是無聊透了。我一直在等待，她會不會如艾許醫生承諾的那樣有些改變，以回報我的合作。但她走來走去，提心吊膽、坐立難安，弄得我差點放棄希望。大約一個星期後，艾略特在她下班離開時攔住她，約她一起出去。沒錯，不是約貝蕾或約我，他約莎莉一起出去。當然，這是他自己的問題，就在她準備開口拒絕時，腦中突然閃過一些艾許醫生說過的話，於是紅著臉答應了他。

「星期三晚上妳沒班，」他說：「我和妳約在雄獅皇冠酒吧喝點東西，然後再去其他地方晃晃。」

星期三那天，她搖搖擺擺在家裡晃來晃去，覺得有點暈。她一度忘了晚上還有約會，開始清洗窗戶。她抬頭望著公寓屋頂反射過來的燦亮陽光，試著回想有什麼事要做。好像是要去什麼地方……見什麼人。

我帶著她的指頭在窗戶的灰塵上寫下：艾—略—特。她以為這是她自己寫的，才猛然想起應該要在雄獅皇冠酒吧和他見面喝兩杯。

她看了一眼身上穿的這件黑白格子洋裝。實在太土了，她第一次這麼覺得。剛買的時候她還很喜歡，但突然間覺得有點不太適合……尤其不適合穿去和艾略特在酒吧碰面。她突然覺得非穿那件藍色洋裝不可，自己也說不上為什麼。通常她會壓抑這種衝動，不過艾許醫生告訴她，如果有想改變一下打扮的念頭，大可不必壓抑。雖然她實在很看不起那件沒氣質的藍色洋裝，但她得遵守諾言。只希望艾略特不會以為她是為了他才這麼穿。

莎莉六點整到雄獅皇冠酒吧時，裡頭已經擠滿了人。這家麥迪遜大道上的英式酒吧裡清一色是深色系牆板和木製桌椅。艾略特從後方座位對她揮揮手。他身上的紫色絲襯衫領口敞開，配上一件寬鬆長褲、白色外套和一條鯊魚牙項鍊。

「泥們要電什麼？」服務生帶著布魯克林區獨特的義大利腔問。

「我要健怡百事可樂。」她說。

艾略特點了一品脫苦啤酒。

不久，服務生送來他們的飲料。艾略特指著她的健怡百事可樂，「我以前就靠那東西過活。妳也看到我辦公室的照片，那時我可真肥。」

她點頭，啜飲她的飲料。「你看起來完全變了個人。」

艾略特一臉得意。「妳有沒有聽過這樣一種說法，說什麼每個胖子身體裡面，都有個瘦子大喊著要出來。妳現在看到的是我體內真正的那個人。現在，我總算出來了。隨那個胖子怎麼喊吧，我出來了。」

莎莉不知為何打了個寒顫。她雙手發抖，弄得杯裡的冰塊叮噹作響，趕緊把可樂放下。

「我相信，你一定覺得舒服多了。」她說。

「感覺像是回到年輕的時候。這就是我去瑞士的原因。一個客人告訴我，瑞士那裡有間診所，還有一座如假包換的青春之泉。讓人保持年輕的秘訣，那些瑞士醫生全都知道。飲食調節再加上腺體萃取精華，花了我將近一萬塊錢，但我覺得能夠讓時光倒流的話還滿值得的。我的醫生看到我差點沒昏倒，他說我現在的身體像三十歲一樣。」

他說這些話時，一直凝望著莎莉眼神深處，彷彿在向她求愛。

「只要你健康就好。」她說。

「莎莉，過去這幾天，我一直想起妳。妳真是個大美人，風趣、善變、捉摸不定，我永遠摸不透妳下一步會怎麼做，真讓我心癢難搔。上一秒，妳還遠在天邊，拒人於千里之外，好像只要我碰妳一下，妳整個人就會崩潰。下一秒，妳又冷靜得很，彷彿一切都在掌握中。我沒看過哪個人像妳一樣，連客人多的時候都還能那麼遊刃有餘。妳就像個清楚知道自己是誰、在做什麼的女人，三兩下就把那些小伙子打理得服服帖帖，但有時妳又像個迷了路的小女孩。我很納悶，怎麼有人可以有兩種截然不同的個性。妳懂我的意思嗎？」

莎莉啜飲杯中的飲料，慢慢放下玻璃杯，靠著冰冷的皮椅背說：「我——我對這沒什麼好說的，尼爾森先生。不過，你也知道，女人是很善變……很喜怒無常的……」

他凝視著她，搖搖頭。「我覺得不只這樣，請叫我艾略特。」

「聽著，我不知道你想從我身上得到什麼，尼爾森先生。我答應和你見面，卻沒想到我們會聊起和我情緒有關的沉重話題。你應該知道，有時候女人就是會情緒緊繃、陰晴不定，就這麼簡單。」

「很抱歉，我無意惹妳生氣。」

「我頭有點痛，痛得很難過。抱歉，尼爾森先生，我得去一下化妝室。」

她走出包廂，跌跌撞撞走向化妝室。雙眼中間和腦後的疼痛讓她受不了。一陣寒意襲來，冷得她全身發抖，彷彿正在充電。進到化妝室後，她站在洗手台邊，往臉上潑了些冷水。她很清楚，只要放輕鬆，滑入心靈的黑暗深處，這令人難耐的疼痛就會消失，但她不希望就這麼暈過去。每次遇見和性有關的場面，她就想逃開，躲到某個人身後，她一定要堅持下去，一定要和這股衝動對抗才行。她一定要……她一定要……喔，天啊……求求你……不要……

貝蕾對鏡子裡的自己笑了笑。

她伸出舌頭舔舔嘴唇，看著自己的牙齒。她在皮包裡東翻西找，看看有沒有唇膏、唇蜜或其他東西，卻什麼也沒發現。而且連眼線筆也找不到，真的什麼都沒有。她蒼白的臉看來死板板的，一點立體感也沒有。不過，感謝老天，她至少穿了件像樣的衣服。雖然不是貝蕾買的，但勉強過得去。她扯了扯領口，露出更多乳溝。她想去看表演、跳跳舞……她要好好享樂一番。

她經過艾略特身邊，一路往酒吧門外走去。

「莎莉，妳要去哪裡？」他朝她大喊。

她轉身往回走，貝蕾很清楚自己從沒見過這個人。她猜他應該是個中年人，但那身紫色衣服讓他看起來像是也愛跳舞的人。她走到桌邊坐下。

「嗨，」她說：「哇，你真可愛。」

他一頭霧水。

「妳怎麼了，莎莉？妳好像有點怪。」

「叫我的小名貝蕾就可以了。」

「貝蕾？」

「我該怎麼稱呼你？」

他四面打量一下，彷彿在檢查有沒有人在觀察他們。「大部分朋友都叫我艾略特。」

「我沒看見你的結婚戒指，艾略特。」

他大笑著說：「沒錯。兩年前，我第三任老婆跑了之後，我就一直享受著單身之樂。」

她的指頭在他的絲襯衫上來回游移，嘟著嘴說：「對了，就是要有樂子。艾略特，我敢打賭你一定很會跳舞。我突然很想來點音樂，扭動一下。我已經好久沒跳舞了，你把我抱在懷裡好嗎？」

「妳又變了個人。」

她微微笑，舌頭又在唇上一舔。「這樣才能迷住你啊，親愛的。」

「妳還記得妳到化妝室之前，我們在聊些什麼嗎？」

她想了想。「沒什麼印象，我猜我當時不是很專心。管他的，我們是出來找樂子的，不是嗎？我不太想談些嚴肅的話題。你喜歡跳舞嗎，艾略特？」

「當然喜歡，不過，我在想晚餐去哪吃，或許再看場電影。」

「拜託，誰想看電影啊。不過，我倒是滿喜歡現場演出。我想做點有趣的事。我想去看場表演、跳舞、喝他個爛醉，再好好翻雲覆雨……不過也不一定要照這順序就是了。」

「沒問題，貝蕾。妳想先吃飯嗎？」

「不要，什麼時候吃都可以。我要音樂、燈光和節奏，我已經一千年沒跳舞了。」

「走吧，寶貝，」他說：「我突然也想跳舞了。我知道有個很棒的地方。我常到那裡去。」

艾略特付過錢，兩人衝到外頭搭計程車。攔下一輛之後，他替貝蕾開門，隨後跳上車，坐在她身旁，告訴司機去黑貓俱樂部。

「我還是不瞭解，現在妳到底變了多少。」他說。

她雙手環住他的脖子，緊靠在他身上，給了他一個吻。

「天啊，」貝蕾放開他之後，他難以置信地說：「我還以為妳想跳舞。」

「我是啊。」

「可是如果妳一直讓我心癢難搔的話，我怎麼跟妳跳舞？」

她一陣竊笑。「我忘了，對不起。」她伸手在他大腿上捏了一把。

「好痛！」

「冷靜，孩子！冷靜！」

「妳說得倒容易。」他伸手抱住她，卻馬上被她掙脫。

「不行，我們先跳個舞瘋一下，然後看場表演，晚點再到你家享受春宵。」

她靠過去，舌頭伸在嘴角旁，一副撩人模樣。

「妳就算要挑逗，也該事先警告一下嘛。」他假裝抱怨著。

抵達黑貓俱樂部時，艾略特還在付錢，貝蕾就忍不住衝下車。這裡很顯然是單身族聚集之處。

「嘿，等等我。」他喊。

「我等不及了，」她說：「落幕前，我要盡情舞動。」

他付過入場費，一路氣喘吁吁追了上去。「天啊，妳怎麼突然急成這樣。別著急，慢慢來，整晚都是妳的。」

「絕不能慢下來！」她在震耳欲聾的樂聲中大喊，身體隨著節奏起舞。「沒時間了！只有現在，沒有未來，我要把自己在這一刻徹底解放。」

「我聽不見！」他大喊著，僵硬的動作看來像是上了發條的玩具。

「別管了！」她對他喊回去。

音樂充滿貝蕾全身，她越跳越起勁。音樂的脈動從大腿、臀部一路往上，內衣輕輕摩擦著雙乳，全身每個細胞都隨之舞動。她好想扯下衣服，裸身狂舞。

「妳真美。」他好不容易才把她帶回桌旁。

「再多說一點。」

「妳是我這輩子見過最狂野、最瘋狂、最讓人血脈賁張的女人。」

「那還用說。」她低聲回應。

「也是我見過最最神秘、最善變、最令人摸不透、最誘人——」

「誰？小老太婆我嗎？你說的是小老太婆貝蕾嗎？」

「只有一件事讓我害怕，貝蕾。」

「什麼事？」

「我怕妳會變。我怕妳一走進化妝室，出來後又變了個人。或是我一轉頭、一眨眼，妳又變了個人，讓我根本來不及抱住妳，來不及——」

「因為我是世上最偉大的女演員，但是，我可不想聊嚴肅的話題。我是來這裡找樂子的。」

「可是我們非得聊聊不可。」

她立刻起身。「如果你一定要這麼嚴肅，那我就要走了。我不是那種嚴肅的人，艾略特。如果你喜歡我，就得接受我現在的模樣。如果你質疑我是什麼或我是誰，那我馬上走人。」

「老天，仙杜芮拉，千萬別走。我沒別的意思，求求妳，別走。」

她坐了下來。「我不是仙杜芮拉，絕對不要再那麼叫我，其他任何角色都行，我就是不演她。」

「好，好，對不起。」

「告訴我你的事情，艾略特，你是做哪行的？」

他一頭霧水盯著她，她馬上察覺自己說錯了話，準備起身走人。但他一把抓住她的手腕。

「貝蕾，妳在我開的餐廳上班，我是黃磚路的合夥人之一。」

「這我當然知道，」她試著掩飾，「我只不過在逗逗你。」

「世界上沒幾個女演員像妳這麼厲害。」

「那是我一直以來的夢想。我一直相信，只要有機會當主角，我的歌聲和舞藝一定可以讓我名利雙收。」

「我也相信。」

「而且，不只跳舞而已，」她說：「我在舞台劇演出過幾個角色，也參加過在格林威治村的咖啡館和外百老匯舉行的朗誦會。他們說我真的很優秀。」

「對了，」他說：「妳乾脆在黃磚路替我們表演如何？我們三不五時會有些表演娛樂客人，妳可以唱歌跳舞，隨妳高興。」

「聽起來不錯，我一定要試試。」貝蕾拉過艾略特，輕吻他的唇。

「妳想走了嗎？」他問。

「到哪去？」

「我家？還是妳家？」

「我想跳舞。」

「我的天啊！妳該不會要跳一整晚吧？」

「那還用說？晚上是跳舞最好的時候，早上和下午不適合跳舞。」

「我的腳在痛。」他說：「而且我餓了，我想吃點東西，也想要妳。」

「我只想跳舞。」

她站起來，自己一人獨舞，然後又去和別人共舞，身軀和雙臂隨著急促的節奏搖擺。她必須讓音樂抹去所有現實，只剩此時此刻，才能緊緊抓住這個世界。她覺得只要一停下舞步，布景立刻會變，這一幕馬上就會結束，在她還來不及準備之前，幕就會落下，她好害怕。她感覺後腦一陣疼痛，試圖抵抗。這不公平，她才出來這麼短的時間。她的呼吸越來越困難。眼前一片模糊，貝蕾倒地不起。

莎莉睜開眼時，發現自己被一旁氨水的味道嗆得喘不過氣。

她環顧四周，腦中一片茫然，恐懼慢慢升起。「我在哪裡？發生了什麼事？」

「妳在舞池裡昏倒了。」老闆蓋上手裡的氨水。「妳還好嗎？要不要叫醫生來？」
「舞池？我——我以為我在化妝室。」
老闆望著艾略特。「化妝室？」
「沒錯，她是去了化妝室。她身體不太舒服。我會搭計程車送她回去。她會沒事的。」
「現在幾點？」她問。
「十一點三十。」
「噢，我的天啊。」她慌張地說：「送我回家，艾略特，麻煩你現在就送我回家。」
門房替他們找了輛計程車。上車後，她發現艾略特正打量著她。
「妳要告訴我發生了什麼事嗎？」他總算開口。
「我暈倒了，就這樣。」
「才不只這樣，貝蕾，還有其他事情。」
莎莉猛然轉身。「你為什麼叫我貝蕾？你是不是在我的飲料裡下了藥？」
「拜託，妳到底在說什麼？」
「我們原本在雄獅皇冠酒吧。你替我點了杯健怡百事可樂，然後我就發現自己躺在舞池中間，一定有人在飲料裡放了什麼東西。」
「聽我說，貝蕾——」
「不要那樣叫我，你知道我叫——莎莉。」
「好，莎莉，聽我說。我不是很清楚要怎麼處理現在的狀況，不過，今晚我一直很仔細觀察妳。陶德說得沒錯，妳還真的有雙重人格，妳知道嗎？上一秒妳還是莎莉，從化妝室出來就變成貝蕾，一連跳了三小時舞，倒在舞池裡，醒來竟然又變回莎莉。或許妳是演技高超的演員，不過——」

「我不會跳舞，艾略特，我從來不跳舞的。」

他瞪著她。「拜託，少跟我來這套！」

「真的，我這人笨手笨腳，沒有節奏感跟韻律感。」

「那妳答應要替我們表演又怎麼說？朗誦會和歌舞表演呢？」

「不可能！我寧死也不要上台。」

他把頭靠在椅背上。「要不是我親眼看見……親耳聽見……今晚妳的兩種行為舉止和妳平常在餐廳的樣子都不一樣。」

她不發一語，努力克制眼看就要奪眶而出的淚水。

「妳在看醫生嗎？妳需要找個人幫妳，妳需要一個精神科醫師。」

她點點頭。「這就是我來上班的原因，光靠贍養費不夠我看醫生……」

計程車緩緩駛向第六十六街和第十大道口莎莉住的那棟褐石建築，一路上艾略特都沒說話。他付過車資，跟在莎莉後頭。快到的時候，他在隔壁裁縫店那片熄了燈的窗前停下腳步。

「有警察在裡面。」他說。

「不，」她說：「那是葛林柏先生的假人，他叫墨菲。」

「什麼？」

她帶他走近玻璃門，門後正在站崗的墨菲左手拿著警棍，右手高高舉起。「他是葛林柏先生的巡警。光是去年，他的店就被侵入四次，客人的西裝也被偷得精光，所以葛林柏先生打烊前會把墨菲放在外面的人看得見的地方站夜哨。」

「可是，只要稍微仔細看，誰都不會被騙啊。」

她聳聳肩。「葛林柏先生說，大多數人不會認真看，如果有人匆匆忙忙想闖空門，光看見墨菲的制服就有可能改變主意。他說，這是種心理作用。」

艾略特大笑。「我的天啊，天底下真的什麼人都有。晚安，墨菲警官。」

她往隔壁走，在最高一階樓梯上坐了下來。艾略特低頭注視著她。

「妳應該沒事吧，莎莉？」

她點點頭，要他坐到她身邊。「我現在還不想上樓，和我說點話吧，跟我說些你的事情。」

他在樓梯上坐下。「這可是我最喜歡的主題，妳想知道些什麼？」

「你和陶德是怎麼變成合夥人的？你又是怎麼進入餐飲業這行？」

他一手撐著上一階樓梯，面露微笑說：「七〇年代中期之前，餐廳都還是我自己一個人的。我老爸送我去唸獸醫，我也拿到學位，誰想得到，之後我竟然開始對動物皮屑過敏。」

他笑得前俯後仰。「就我自己來說，那種生活太講究了，當時的我正在尋找更刺激的生活。」

「後來你是怎麼找到的？」

「順著西維吉尼亞州山上的黃磚路一路走下來。」

「這是什麼意思？」

「其實，黃磚就是騙子用來騙那些蠢蛋用的假金磚。我老爸是個騙子，不過，他沒拿一文不值的金磚騙人，而是跑遍全國兜售一文不值的煤礦股權。那些煤礦裡的硫磺成分之高，只有在地獄裡才派得上用場。他最後來到紐約。就在他失去一切，準備蹲苦牢前，用我的名字買下這家餐廳。這是我繼承的遺產。」

「陶德不太過問店裡的事，他是怎麼變成合夥人的？」

「七〇年代經濟衰退的時候，店裡生意很差。還記得第一次阿拉伯石油禁運嗎？那時我差點保不住這家店。碰巧陶德打牌剛贏了一大筆錢，他看我快撐不下去，所以決定投資。後來，他的手氣一直很背，一直到六個月前才總算決定戒賭。這家店是他唯一的財產。妳或許想不到，兩個不同世代的人竟然可以成為合夥人，但我們處得很融洽。」

「我覺得這樣很棒。」

艾略特沉默了好一段時間，才開口說：「輪到妳了，今晚到底發生了什麼事？」

莎莉臉上的笑容驟然消失。

「妳在雄獅皇冠酒吧上化妝室，一直到妳在那個經理的辦公室裡醒來，這之間的事妳真的完全不記得了？」

她搖搖頭。「一片空白。」

「貝蕾這名字妳有任何印象嗎？」

她低頭看著雙手。「有些自稱認識我的人偶爾會那麼叫我。不過，通常都是些陌生人。一定有另一個長得很像我的人——」

「妳從化妝室出來後就說妳叫貝蕾。」

「不可能。」

「而且舉止完全就像另一個人。妳性感又狂野，充滿活力，一直跳舞跳到昏倒為止。」

莎莉凝視著他，忍不住流下眼淚。

「天啊，我不是故意的。我想，妳一定要知道發生了什麼事情，才好想辦法處理。妳應該告訴妳的醫生，他會把妳治好，讓妳恢復正常，然後就沒事了。我想讓妳知道，如果有什麼困難可以來找我。隨時打電話給我，我會幫妳解決。不必擔心工作的事，生活過不去的時候，還有我在。」

「謝謝你，艾略特。」莎莉擦乾淚水說：「你是我見過最體貼的人了。」

艾略特送她到門口。莎莉伸出手，他緊緊握住，道了聲晚安。

她進屋後，四處察看，確定家裡只有她一個。隨後馬上走到鏡子前，端詳裡頭那張臉，確認自己還認得。她很怕她已經忘了。

「妳快瘋了。」她對自己說。

她躺上床，直盯著天花板。

她好不容易睡著，又夢見自己和艾略特在沙灘上跳舞。不，那人不是艾略特，是墨菲，而她也變成一具叫貝蕾的假人。他們倆就這麼一路舞進海裡，陣陣大浪捲來，浪花中兩人支離破碎，淪為波臣。

4

隔天晚上，莎莉又作了相同的夢。星期五，她告訴艾許醫生這件事，他要她躺在躺椅上，從她夢境中跳舞的假人開始自由聯想。她腦中出現一連串的畫面……假人……衣服……光滑……堅硬……跳舞……分裂……赤裸……死亡……仙杜芮拉……

她在這裡卡住，無法再聯想到任何東西。

「我們往回走一點，分裂讓妳想起什麼？」

「什麼也沒有。」

「莎莉，妳的潛意識裡有東西想跟妳對話。妳必須敞開自己，接受心中那股嘗試幫助妳的力量。」

「我不懂你的意思，艾許醫生。」

「我可以幫妳沒錯，莎莉。不過，我們必須從妳心底深處出發，才能真正瞭解並治療妳的問題。仙杜芮拉會讓妳想起什麼？」

「死亡。」

「為什麼？」

「我的小貓咪叫仙杜芮拉，牠已經死了。」

「怎麼死的？」

「我不記得。」她雖然這麼說，臉上卻已掛著兩行熱淚。「我有好多事記不起來。」

「跳舞會讓妳想到什麼？」

莎莉坐立難安。一段漫長的沉默後，她突然開口：「等等，我想起一些和仙杜芮拉有關的事。我想起杜芮這個名字。我替其中一個娃娃取名的時候，就是用中間……噢，我告訴過你嗎？」

「妳記得告訴過我嗎？」

「不記得，只是覺得可能跟你說過。我有嗎？」

「妳說過，」他說：「在妳被催眠的時候，不過當我把妳叫出來之後，妳完全不記得曾經說過些什麼。」

「我暈倒的時候就是這樣，我不記得曾經說過或做過什麼，只有一點點模模糊糊的感覺。」她再度沉默。

「妳剛才正準備要對跳舞進行自由聯想。」

她一臉茫然望著他。「是嗎？」

他笑著點點頭。「妳卡住之後，就把話題岔開了。」

莎莉重新在躺椅上調整好姿勢，感覺身體的重量往下壓著皮椅，彷彿她想整個人陷進躺椅裡面。

「我不會跳舞，」她說：「我從來就不懂怎麼跳舞。我的手腳很笨拙，又沒有節奏感。我恨死跳舞了。」

他點點頭，等她繼續說下去。莎莉覺得有點窘。夢中情景浮現，一道披著紅色長髮的身影狂舞著，貝蕾這個名字突然閃現。

「昨晚，我和我的一個老闆艾略特在一起。他說我在跳舞，還用另外一個名字叫我自己。」

「什麼名字？」

「貝蕾。」

「妳平常會用這個名字嗎？」

「不，當然不會。但我曾經有個叫貝蕾的娃娃……」

「妳為什麼不繼續說？」

「我想，這我也已經告訴過你了。」

他點點頭。「妳告訴過我那些娃娃的名字。」

「在被催眠的時候？」

「沒錯。」

「為什麼我不記得？」

「因為這會讓妳聯想起痛苦，所以妳不願記住。」

「可是，我得記住才能痊癒，對吧？」

「慢慢來，」他說：「妳會記得的，不必急。」

她望著地板。「我有沒有告訴過你，那些娃娃後來變成我想像中的朋友，我還會跟她們說話，假裝她們會回應我。」

「妳提過貝蕾會說話。」

「她們彼此之間不會說話，只會跟我說。我從來沒跟任何人提過她們。我假裝我們組了個叫做『秘密五人組』的俱樂部。有杜芮、貝蕾……還有一個叫諾拉……我──我記不得剩下那個的名字……老是惹麻煩那個。我們幾個會聚在一起，我會假裝把茶倒在杯子裡給她們喝，還會假裝一起吃手指餅乾，聊聊學校發生的事，聊聊那些男生和一些重要的事。」

「那些想像中的朋友後來怎麼了？」

「我不知道。」

「妳最後一次遇見她們，或跟她們說話是什麼時候？」

「我想，從我開始和賴瑞約會，那個俱樂部就解散了。」

「那是什麼時候的事？」

「高中畢業以後。」

「妳是怎麼把秘密五人組解散的？」他問。

她轉頭回望艾許醫生，不知道自己為什麼這麼相信他，願意把這個未曾透露的秘密讓他知道。他皺眉凝視著她，眼神中透著無比關切。

「我告訴她們，我再也不想見到她們了。」她說：「可是，杜芮說沒那麼簡單。她說，她們一旦被創造之後，不可能就這麼消失。諾拉說，她們也有她們的權利。」

「那妳怎麼做？」

「我讓自己很忙，把她們逼出腦海。」

他點頭要她說下去。

「從那時候開始，我忘記事情的狀況就越來越嚴重。有時候，過了很長一段時間，但我完全不知道，還有人會告訴我一些我不記得自己做過的事。像是一些我絕對不可能做的事……例如……」

「例如什麼？」

「例如，前幾天晚上艾略特就說，我叫自己貝蕾，還跳了一整晚的舞……」

「妳覺得這一切代表什麼，莎莉？」

「我不知道。我以為我瘋了，但你又說我沒瘋。」

他搖搖頭，斬釘截鐵地對她說：「瘋狂、失去理智、精神病等等這些用語，是我們用來形容那些完完全全和現實脫節，無法正常運作的人，或那些對自己或他人有極度危險，因此必須隔離的人。這些都與妳無關。」

「那我到底怎麼了？」

「妳的症狀過去稱為精神官能症。不過，現在這個領域的人瞭解，情況遠不只如此。這類症狀現在叫做『解離症』，包括了失憶症、漫遊症、夢遊症等等，另外還有一種叫多重人格的症狀，最近常有相關的報導。」

莎莉點點頭。「我會夢遊沒錯，我還有救嗎？」

艾許醫生起身走向他的辦公桌。「應該沒問題，但第一步是要先接受現狀。先從理性面開始，再擴展到情感面。妳必須用全副身心去相信、去感覺、去瞭解自己究竟是誰。唯有如此，才可能出現轉機。」

她聽得出他的言外之意。「你是指我不只有夢遊症？」

他點點頭。

「該不會是……不會是多重……」

他把雙手放在她肩上，試著安慰她。「莎莉，我相信這就是我們現在面對的問題。我認為，妳想像中的玩伴已經有了獨立的生命，發展成其他人格。這也是為什麼有些人說妳做了些事，妳卻一點也不記得。妳是在其他人的控制下做出那些事的。」

莎莉點點頭。「我瞭解了，這麼說有道理多了。我從來沒想過……」她心裡想的其實是：這簡直胡說八道。她不相信有這回事，無論他怎麼說都無法說服她。

「我們需要花費許多心力，」他說：「現在我們對多重人格幾乎一無所知，治療方法大多也仍在實驗階段。不過，隨著妳越來越清楚自己的狀況，我想我們可以發展出一套處理策略，甚至進而使妳痊癒。」

「謝謝你，艾許醫生，不論你說什麼我都願意做。」

「我們下星期見。」

離開時，莎莉打算永遠不再回來，把自己的錢浪費在一個想說服她有多重人格的江湖郎中身上，門都沒有。一定還有其他原因。

那天夜裡，莎莉躺在床上翻來覆去，輾轉難眠，只好起身找些東西來看。書架上有好多她不記得曾經買過的書，有康德的《純粹理性批判》還有喬伊斯的《芬尼根守靈記》。她瀏覽一下內容，眨了眨眼，竟然連半個字都看不懂，隨手便扔在地板上。如果她根本看不懂，為什麼還會買呢？

她翻到《新女性：現在就要平等》這本小冊子的封面，上頭有人手寫了個大寫名字：諾拉，看來像印上去的。諾拉。諾拉。她拿起其他被扔在地上的書，發現上頭都有諾拉這個名字。可能是她剛寫的又忘了，她的腦袋在和她開玩笑。

她在書後發現一個盒子，裡頭放著一支按摩棒，還有一份緊緻柔膚乳液的說明書。她也不記得曾經買過這些東西。她在書後面還發現兩本捲起來的《花花女郎》。她翻開雜誌，看見中間的摺頁後大吃一驚，倒抽了一口氣，真噁心。那些雜誌是她買的嗎？不可能。她連男人裸體的照片都不會看。

以前賴瑞會看《花花公子》，裡頭淨是些女人裸體的照片。性愛指南裡那些猥褻的照片他也會看，和一個心思這麼齷齪的人結婚真可怕。

她試著回去睡覺，但每次半夢半醒之際又會夢到那片海。這次，她夢到的不是墨菲和貝蕾，而是她的那對雙胞胎，漂浮在海上。她看見他們被沖上沙灘，滿身水草，頭和腳扭曲得很詭異。

莎莉坐起身，差點喘不過氣。她知道現在還太早，但她得打電話給賴瑞確定孩子沒事才行。電話那頭傳來賴瑞半醒的聲音，顯然很不高興。

「別生我的氣，賴瑞。我夢到潘妮和派特，是個惡夢，不，是個異象，我看見他們受傷了。」

「他們沒事。」

「我可以和他們說話嗎？」

「他們睡著了。拜託，現在還不到凌晨兩點。」

「我有權跟他們說話。」

「妳什麼權利也沒有了，莎莉。」

「拜託，賴瑞，至少去看一下，我有預感。」

「妳總是有預感。等一下，我去看一下再告訴妳。」

賴瑞轉身去看小孩，莎莉守在電話旁聽著話筒那頭的動靜。一個女人的聲音傳來，問是誰打來的。

接著安娜拿起電話。「妳為什麼還不放過他？妳為什麼要這樣日日夜夜不停打電話騷擾我們，妳快把我們逼瘋了。如果妳再不停止，我們就要報警了。」

「我哪有？我已經好幾個月沒打電話給他了。」

「妳這騙子。昨天晚上、前天晚上妳都有打，打猥褻電話來的人就是妳。前一天妳才說希望他回到妳身邊，隔一天妳又威脅要把他跟妳自己的兒子碎屍萬段。我告訴妳，法官說：『如果妳再不收斂一點，這輩子就永遠別想恢復探視權。』」

「不！」莎莉失聲尖叫。「妳不可以那麼做，妳不會的。他們是我的孩子——我和賴瑞的孩子。妳沒有權利——」

「沒有權利的是妳，妳這瘋言瘋語、神智不清的怪胎。妳如果再打電話來騷擾、恐嚇——」

她聽見賴瑞在旁低聲說：「夠了，安娜。別理她，她發瘋了。」

「她根本巴不得我們兩個早點死。」

他們爭執了一會兒，賴瑞才重新拿起電話。「聽著，莎莉，他們兩個睡得很熟，安全得很。我知道妳現在很難過，不過安娜說的有道理。妳不可以再這樣不分晝夜對我們疲勞轟炸了。」

「可是我沒有啊，賴瑞。這是我幾個月來第一次打電話給你。我不知道她在說些什麼。我還愛著你，賴瑞。」

「妳又要玩這把戲了嗎？我的天啊，我還以為妳不會再騙人、再玩弄人了。光是這個月，這已經是妳第三次在凌晨兩點到四點之間打電話給我了。妳總是打電話到我家還有辦公室給我，根本不管幾點。妳到底把我當作什麼，莎莉？就是這種毫無理性的行為毀了我們的婚姻。我們離婚已經一年多了，妳為什麼還是依然故我？我還以為妳決定痛改前非了。」

「我正在努力，賴瑞，狀況已經越來越好了。我現在正在看一位精神科醫生。而且我有一份正式的女侍工作，不會再跟你要更多贍養費。我不想騷擾你，可是我一直忘不了你，我好痛苦，而且我也擔心孩子。」

「沒什麼好擔心的，我們很照顧兩個孩子。」

「安娜不是他們的媽媽。我才是他們的媽媽，你的妻子。」

「聽著，莎莉，這一切都已經過去，已經結束了。現在安娜是我的妻子，而且她把他們當作自己親生孩子一樣疼愛。」

「不，」莎莉語氣越來越激動，「她不能這麼做，她不能這麼做。孩子是我的，我不准其他人擁有他們。我寧願看見他們……」

他們肢殘體缺的景象再次浮現。她原本想說什麼？腦中想的又是什麼？

「噢，賴瑞，對不起。我沒那意思，我很抱歉，我只希望回到以前的時光……」

一聲喀啦的尖銳聲響從電話另一頭傳來，莎莉知道賴瑞把電話掛了。她把話筒放回托架，躺回枕頭上。至少孩子沒事。她總算睡著了。

現在正是我自己一個出去晃晃的好時機。我一點也不想睡，我正在回想白天艾許醫生和莎莉說的話，於是穿上衣服，下樓去找墨菲聊天。我知道和櫥窗假人聊天聽起來有點瘋狂，不過，我沒辦法和太多人聊最近發生的事。我當然可以找艾許醫生，但跟墨菲說話還是讓我覺得很輕鬆。他是我想像中的朋友。

他左手拿著警棍，右手高舉，站在玻璃門後值勤。

「我需要找人說說話，墨菲。」我坐在他前面的那階樓梯上。

「我可以體會你的感受，墨菲，」我說：「夜復一夜，看著尋歡的人來來往往，而你卻得在這站崗，保護這個地方。我敢打賭你一定作過和我同樣的夢，夢裡上帝會把你變成真人。還記得《木偶奇遇記》嗎？奧斯卡讀這個故事給莎莉聽的時候，我總是很開心。最後，小木偶變成真正的人，這也可能發生在你身上。一定有數不清像我們這樣只存在想像中的人，渴望變成有血有肉的真人。」

他不發一語，我也不期待他有任何回應。有人願意聽我說話，這樣就夠了。「墨菲，問題在於莎莉不相信艾許醫生的話。如果她接受自己有多重人格的事實，試著認識我們其他人，不知道這樣好不好？艾許醫生告訴我，幫助莎莉痊癒並不代表我會死，這我相信。但他確定嗎？」

墨菲帶著哀傷的微笑靜靜聆聽。

「如果莎莉或諾拉自殺成功，我們其他人會怎麼樣？以前我認為，既然死後就只剩身體這個臭皮囊，我們的靈魂，所有的靈魂，都會獲得解脫。然後，再依據每一個靈魂過去這一生是什麼樣的人、做了哪些事，有的得到救贖、有的遭天譴。金妮或貝蕾做的事，我不認為上帝會要我承擔。莎莉和我很純潔，我們應該能夠上天堂才是。你覺得呢，墨菲？

「我還不太瞭解諾拉。基本上，她是個好人，教育水準很高，但她是個無神論者，根本不把上帝當回事，還會口無遮攔大肆批評政府。我猜她支持集體生活和一些激進理念。就拿平等權利修正案來說吧。當她思考這個問題時，我敢肯定這麼做沒錯，還會舉雙手支持自由和平等。可是貝蕾卻激烈反對，她說現在的情況對她比較有利，因為女人知道如何控制男人去做我們要他們做的事，我也認為她說的有道理，而諾拉的看法有問題。諾拉支持墮胎，我不知道這樣一來她怎麼有辦法上天堂。我不是說她幹了什麼壞事，雖然她的確偶爾會順手牽羊，但她的想法不好。如果你只有壞念頭但沒有行動的話，會不會下地獄？如果你企圖自殺不成，又會如何？」

如果墨菲會說話，我知道他會怎麼說。他會說他不知道，沒人能肯定。

「我有時候會想，」我說：「既然我們的腦袋這麼特別，艾許醫生說這叫多重人格，應該有可能讓我們其中一個死亡，去看看來世的模樣，其他人繼續正常生活。這樣我就可以知道死後會有些什麼，而不需要親身經歷。這樣就太有趣了……」

我覺得墨菲和我有同樣的看法。

「那個真正的人應該是我，墨菲，你不覺得嗎？噢，天啊，我好想變成真正的人喔。」

我和墨菲針對一些心靈層次的深刻問題一直聊到凌晨四點左右，好似我在祈求他幫助我一樣。

墨菲高舉右手祝福我，讓我覺得好過多了，和墨菲聊天讓我更瞭解自己。即使莎莉願意接受事實，我相信這世界還是會留給我一個容身之處。

隔天早上，莎莉醒來時，對自己前一晚打電話給賴瑞感到十分愧疚。她原本想打去道歉，又怕這樣會讓他更生氣。她想找件衣服穿，不知為何，竟覺得沒一件看得順眼。她想，該是買些新東西來提振精神的時候了。

莎莉決定去荷頓百貨逛街。她搭地鐵，一路提心吊膽、神情緊繃地往三十四街去。她常聽說地鐵上發生的攻擊事件，忐忑不安地看著每張男性的臉龐，年輕人尤其令她恐懼。這年頭青少年變得越來越暴力。人人都暴露在危險之中。他們會把偷來的東西變現，拿去換毒品。紐約彷彿成了個活生生的夢魘。換車時，她緊張兮兮地把紅色側背包夾在腋下，四處張望是否有人在跟蹤她。

直到跨進荷頓百貨熟悉的大門，她才總算鬆了口氣，卻仍舊按照電視上警方打擊犯罪宣傳廣告的建議，把手臂穿過提把，抱住那個紅色側背包。

莎莉買了兩套洋裝、一條長褲和一件浴袍，款式和她平常挑的都不太一樣。她覺得自己的品味變得更年輕、更流行了些。買完後，剩下的錢只勉強夠她回家。她想，她真的應該在這開個帳戶才對。

她搭電扶梯下樓時，一個滿臉坑坑疤疤，身穿牛仔褲和褐色風衣的男人一直盯著她看。她在二樓轉搭電梯，那人也跟在她身後閃了進去，雙手插在牛仔褲的口袋裡。她背靠牆，頸背開始覺得疼痛。她打算等他先出電梯，再轉去其他樓層。等她到了頂樓，那人竟然還是不出去。頭痛稍微舒緩了些，但她的身體開始發冷、顫抖……

諾拉走出電梯，不瞭解自己在荷頓百貨做什麼。

自從上次到海邊後，這是她第一次出來。她還記得納桑斯熱狗店、綿綿細雨、腳趾間潮濕的沙，還有三個男人把她拖到木棧道底下。她得問問杜芮，自從她離開康尼島站之後，究竟發生了哪些事。

她看了一下包包裡的東西，發現那件短浴袍，心想來逛街的肯定不是莎莉。不是貝蕾，就是杜芮。好吧，既然她人都已經在這裡了，就順便買些美術用品吧。她翻遍皮夾，只找到一塊五毛錢，連搭計程車回住的地方都不夠。而且更糟的是，她也忘了帶支票本出來。

不論是誰讓她落得這麼悽慘，她都饒不了她。諾拉往美術用品區走，趁著店員轉過頭的瞬間，悄悄把三大條油畫顏料塞進購物袋，然後又神不知鬼不覺地把需要的兩把刷子弄到手。

她確定沒人發現。搭電扶梯時，她注意到一個滿臉坑坑疤疤，身穿牛仔褲和褐色風衣的男人就站在她身後。她心想，如果這個蠢蛋要搶她的皮包，肯定搶不到多少錢。

諾拉走出大門後，那人終於追了上來。

「小姐，」他走在她身邊說：「我是店裡的保全人員。可不可以麻煩妳跟我回店裡一趟？」

諾拉惡狠狠地瞪著他。「你是什麼意思？」

「麻煩妳進來一趟。」

「我怎麼知道你是保全人員？」她說：「依我看，你八成是要搶我的皮包。」她繼續往前走，希望能夠甩開他。

「小姐，」他走在她身邊，「請妳等一下。」他掏出皮夾，拿出一張上面寫著「荷頓百貨保全人員」的證件。而且當他伸手掏皮夾時，風衣底下的槍套裡插著一把槍。

「我什麼也沒做。」她說。

「跟我來，我們檢查一下。」他說。

她轉身和他一起往回走。「我的律師會來找你，」她說：「我要告你跟這家店非法拘留。」

他帶她來到一部「員工專用」的電梯前面。走進電梯後，他對她說：「我們可以去辦公室請警察來處理，或者是……」

他聲音越來越小，眼神不停在她身上來回打量。諾拉從他的眼神可以看出，他打算跟她談條件。

「或者怎樣？」

「我們可以到地下室去。那裡有間儲藏室，我有時候會在那裡打個小盹。絕對沒人會發現。」

「然後呢？」

「妳讓我爽一下，我就不為難妳。」

「我可以保留袋子裡的東西嗎？」

他聳聳肩。「有何不可？又不是我的錢。」

她伸手按下往地下室的按鈕，想多爭取點時間，好讓她應付眼前的局面。

電梯一路往下，他伸出手在她臀部上來回撫摸。

「妳真是個美人。」他低聲說。

「我知道，」她說：「正好是你喜歡的那型。」

他們來到地下室，電梯門緩緩打開。他帶她穿過兩旁堆滿紙箱的走道，來到一個空無一人的小房間。剛才那股勇氣突然消失無蹤，諾拉頓時覺得自己被困住了。他伸手撫摸她的胸部。她覺得一股寒意襲來，忍不住全身顫抖。「嘿，寶貝，」他拉下牛仔褲拉鍊，「原來妳跟我一樣很想要嘛。」諾拉別過頭，閉上眼睛。

那個滿臉痘子的男人雙手抱住諾拉臀部，拉近身旁，金妮突然一把推開他，大吼著：「把你他媽的髒手從我屁股上拿開！」

他被突然改變的聲音嚇了一跳，手還抓著金妮的手臂，更是大錯特錯。金妮使出柔道絕活，抓住他的手，反手把他摔在地上，一手抵住喉嚨，膝蓋順勢猛頂胯下。

「我應該把你給宰了，你這該死的混蛋。」

金妮掐住他喉嚨，痛得他眼珠子差點掉出來。她伸手從風衣底下的槍套裡，把槍掏出來。

「這以後能派得上用場。」

金妮舉起槍，他臉上露出恐懼的表情。她用力在他腦袋上一敲，當場他就暈了過去。

「看你還敢不敢欺負無辜的女人。」

金妮挪動他的身體，讓他看起來像是在角落睡覺，接著就把槍塞進皮包。她關上儲藏室的門，在成堆紙箱裡摸索一陣子，才找到那部員工專用電梯。她走進電梯，按下通往一樓的按鈕。步出電梯後，她迅速走入人群，從面對第七大道的出口走了出去。

金妮搭地鐵回到市郊公寓。她在購物袋裡東翻西找，看到剛才買的那些衣服和油畫顏料，忍不住露出嫌惡的表情。她檢查一下那把點三八短左輪，發現裡頭裝滿子彈。得找個沒人會不小心發現的地方好好藏起來才行。她從廚房找出一個塑膠袋，把槍包好。等天黑之後，才到地下室找了把鏟子，穿過後門，來到這棟大樓後面的小院子裡，四下無人。她挑中右前方最偏遠的角落，一旁不遠就是根電線杆。金妮挖了個約一呎深的洞，把包好的槍丟進去，填好土，再找了些雜草來掩飾剛才挖的洞。

她回到房裡，在沙發上沉沉睡去。

莎莉睡到隔天接近中午才醒，環顧四周，試圖回想她去了哪些地方，又做了哪些事。記憶中，她最後是在荷頓百貨的電梯裡，擔心那個滿臉痘子的人會搶她的皮包。在那之後發生了什麼事？她的手很髒，連她自己也不知道原因。她究竟做了什麼事？

她在房裡四處尋找購物袋，好不容易在衣櫥裡找到，這才鬆了口氣。她把洋裝拿出來掛好，還看見那兩支刷子和黃色、深藍、赭紅等三種油畫顏料。這些東西是哪來的？她在包裝紙堆裡東翻西找，只找到衣服的發票，卻怎麼也找不到那些美術用品的發票。這怎麼可能？如果是她買的而她忘了，應該會有發票才對。如果沒有發票，唯一的可能就只有……

她打斷心裡的念頭。

莎莉淋浴更衣，換上一件舊印花洋裝，忐忑不安地吃完早餐。她已經在努力了，真的很努力，卻沒有一絲進步。昏厥的情況每況愈下，她還是會記不起自己去了哪裡、做過什麼事情。如果艾許醫生不趕快提出解決之道，她恐怕難免會被送進瘋人院。出門搭公車的路上，她買了份《每日新聞報》，第二版上登了一則荷頓百貨保全遇襲的報導。她凝望著照片上那張坑坑疤疤、長滿痘子的臉。

保全說，他被一個女賊攻擊，對方背著紅色皮包和荷頓百貨的購物袋，偷了些美術用品。這段描述看得莎莉膽戰心驚。保全說，女賊約中等身材，一頭深色頭髮，臉上驚慌失措的表情讓他起了疑心。當她讀到那段跟槍有關的描述，還有她轉眼兇性大發，簡直像頭兇猛的母老虎一般，莎莉不可遏抑地全身開始顫抖。她不能繼續想下去。她還需要去上班，她把這一切趕出腦海。

午餐時間，陶德代替艾略特值班，這讓她很高興。她不想回答任何和約會有關的問題，也不想迴避在吧台後方步步逼近的艾略特。但她發現今天陶德很仔細地觀察她。好幾次，他朝她走來好像想問些什麼，卻又突然別過頭，用力嚼著嘴裡的牙籤。他也看到了《每日新聞報》上的報導嗎？他是不是開始起了疑心？

午餐時間過得非常緩慢，我決定讓莎莉自己處理。她做得不錯，沒出太多紕漏，也沒人挑逗她，於是我決定下午放個假。

走出餐廳時，莎莉沒注意到陶德正跟著她。她滿腦子都是那個長滿痘子的保全和那把槍，突然一個聲音冒出來對她說：教堂。說話的不是我或其他人。只不過是那種突然閃過腦海的念頭罷了，但即使對我來說，聽起來也像是某個人在說話。莎莉等著過紅綠燈時，我又發現陶德的蹤跡。他就站在對街，但莎莉並沒看見。聖麥可大教堂只離黃磚路餐廳兩個街區，她想起艾許醫生對她那些內在力量的建議，綁上方巾，走了進去。

教堂裡幽閉的黑暗讓她不禁發抖。她睜著眼試圖看透眼前這片黑暗，突然覺得，那一間間告解室看來好像一排電話亭，想像自己走進其中一間，撥了通長途電話給上帝，問祂為什麼她的腦袋總是忙線中，又為何三不五時就會斷線。天堂裡有電話嗎？不知道那裡的區域號碼是幾號。你可不可以直接撥給上帝，還是必須透過接線生轉接？她害怕電話簿裡查不到上帝的號碼。

她應該去告解一番，她很想這麼做，卻又記不起來自己曾犯的罪。如果她從不曾犯罪，那也未免太說不過去。有人順手牽羊偷了些東西，但她的心很清白。話說回來，如果她不曾犯罪，為何如此抑鬱難安？她為何覺得如此無助？會不會是她做了之後又忘了？

她站在中央走道上，發現其他人望向她的目光，馬上屈膝在胸前畫了道十字，閃進其中一排長椅，跪了下來開始禱告。她感覺有人進來到她身旁，抬起頭，沒想到竟然會是陶德。或許他知道了，或許他看了報上的報導，認出裡頭的女賊就是她。她張口想說些什麼，頭卻痛得說不出半個字。她的錶顯示著兩點二十三分。她雙手摀住臉，垂下頭，還來不及唱完「萬福瑪利亞，滿被聖寵者……」就已不省人事。

5

諾拉正準備衝出儲藏室讓保全去報警。但當她抬起頭，映入眼簾的卻是祭壇、搖曳的燭光和十字架上的耶穌，她忍不住哀號：「噢，不……」

她轉過頭。眼前不是那個長滿痘子的保全，而是一位金髮碧眼的年輕人，目不轉睛地注視著她。他身穿牛仔褲和一件白襯衫，襯衫袖口捲到肘邊。

「妳還好嗎，莎莉？」

她沒理他，起身朝教堂外走。他緊跟在她身後，一走出教堂就對她說：「妳今天的行為很奇怪，莎莉。妳需要找人說說話嗎？」

她停下腳步，轉身對他說：「你為什麼覺得我需要找個人說說話？」

「妳今天上班的時候很奇怪，離開餐廳時悶悶不樂的，我以為妳需要幫助，所以就跟了上來。」

「有什麼地方不一樣？」

「妳當時的表情有點絕望和痛苦，現在卻又看不見了。妳又變了。」

「麻煩說清楚點，你是什麼意思？」

「妳跟剛來和我面談時很不一樣。那時候，妳似乎很靦腆、很不起眼，突然間卻變得很活潑開朗。妳說妳是平面模特兒，一開始我還真信了。但艾略特把你們約會的情形告訴我，說妳有多狂放，整晚只想要跳舞，我就開始覺得事情沒那麼簡單。」

她不知道艾略特是誰，但記得杜芮曾提過貝蕾是個愛跳舞的瘋子。這樣看來，和艾略特約會的一定是貝蕾。

「那現在呢？」

「妳現在比較嚴肅，妳說話的方式不太一樣，比較能言善道。」

「我是個很善變的人。」她說。

「我想這也是讓我有興趣的地方。」

「有興趣做什麼？」

「不只當妳的老闆，我希望能更瞭解妳。」

「好吧，」她說：「你可以請我去格林威治村喝杯卡布奇諾。」

他們正好經過一面玻璃櫥窗，諾拉看見自己身上那套俗不可耐的印花洋裝，再也按捺不住。「我的天啊！穿這樣去格林威治村簡直丟死人了，我得回家換套衣服，我們晚點再碰面如何？」

「我跟妳一起去。」

「你擔心我會爽約嗎？」

「艾略特警告過我，妳很難以捉摸。」

「聽著，」她說：「如果你想一起來等我換衣服的話，沒問題。不過，我不知道會花多少時間。今晚我有很多想做的事，但做愛可不在行程表上。如果你打的是這主意，勸你還是別浪費時間吧。」

「我只不過想跟妳四處晃晃而已，」他說：「真搞不懂妳。」

她決定對他實話實說，免得把整件事搞砸。「我是個有情緒的人，陶德。有時我是一個樣子，喜歡某些事情，然後突然間，毫無來由地又會來個一百八十度大轉變。」

「妳跟其他女人不同，妳很惹火。」

「只要你別惹火我就行。」

「莎莉，我——」

「叫我的小名——諾拉。」

「又是另一個小名？」

「有些人還不是喜歡蒐集啤酒罐。」

他們搭上一輛計程車，下車時，諾拉堅持付錢。還沒進公寓之前，陶德瞄了一眼葛林柏先生的店，揮了揮手。

「嗨，墨菲。」

她轉頭看著他。「你在做什麼？」

「艾略特跟我提到妳對他說的一些事，就是有關葛林柏先生保全系統的事。」

諾拉瞪大了眼。「我覺得放個假人來站崗簡直蠢斃了，竟然還替他取名字，給他警察制服穿，更是蠢到極點，又是個沒大腦的男人。」

陶德點點頭。「我同意妳的看法，完全同意。」

「不知道他為什麼要叫他墨菲？」她說。

「妳應該知道墨菲定律吧。」他說：「『會出錯的事情，遲早會出錯』。我猜老葛林柏是個悲觀的人。」

上樓進房後，她請陶德在客廳稍坐，自己進臥室換衣服。她換上最喜歡的丹寧襯衫、灑滿顏料的牛仔褲和一雙涼鞋。

她突然發現，自己的書被扔到床另一邊的地板上。拜託，莎莉為什麼非得亂動她的東西不可？她向來很有分寸，從來不去動莎莉的東西。她撿起地上的書，站上一把椅子，把書藏進壁櫥的架子上。可惡，書可是很重要的，是她拓展視野、掙脫心靈束縛的方法之一。她覺得自己和其他四隻看不見的動物囚禁在一起，得小心翼翼免得闖入她們的領土。她雙拳緊握，心想她們最好也別來冒犯我。

她踩著重重的步子走出臥室，看也不看陶德一眼，氣沖沖地說：「走吧。」

「妳聽起來不太高興。」

「你到底走不走？」

他們攔了輛計程車。她恨透了地鐵，恨透擁擠的人潮，陶德坐得離她遠遠的，她很高興他察覺到她需要自己的空間。儘管她暗自期待他付車錢，最後還是堅持自己付，她不喜歡勉強別人。

「我們要去哪？」他問。

「去『馬車夫瞭解她❻』。」

「什麼？」

「這是個笑話的笑點、一個雙關語，也是格林威治村一家咖啡館的店名。」

❻原文Horseman Knew Her之發音接近Horse Manure（馬糞）。

「喔。」
「下次提醒我跟你說那個笑話。」
「一定很好笑，」他說：「妳臉上總算有笑容了。」
一走進「馬車夫瞭解她」，許多人便圍過來問她最近到哪去了，她好長一段時間沒露面，大家都很想念她的文學作品朗讀。她很喜歡這裡，這裡是她所能找到和巴黎左岸最相似的地方，讓她有種活在作家和藝術家當中的感覺。
店裡正在擴建，準備連通隔壁閒置的店面，時時可以聽見工人敲牆的聲音。你可以聞到老舊灰泥的味道。這家店走的是法式咖啡館的裝潢風格。厚實的楓木桌，壁上貼滿泛黃的法文、義大利文和德文報紙，看起來還真有幾分寒酸，猶如沒錢裝潢似的。店裡的椅子五花八門，有些是木質餐椅，有些椅背上有金屬紋飾。還有一面牆壁底下放著一排老式公園板凳和小圓桌。蒂芬妮（Tiffany）桌燈在光禿禿的地板上灑下微紅的光芒。巨大的義大利咖啡機在櫃台後方閃閃發光，金屬機身上各有一隻老鷹雕飾，複雜的操縱桿看得人眼花撩亂。
她瞧見陶德眼中不以為然的神情，心裡很不是滋味。「我知道看起來很假，」她沒刻意壓低聲音，「但這是我喜歡的風格。」
「我什麼也沒說。」
「你不需要開口，你的表情會說話。」
「那台咖啡機也很會說話。」他自得其樂地笑說。
她哼了一聲。
「諾拉——寶貝！」

她一聽就知道是誰在跟她打招呼，半轉過身，伸出手，那個把燈芯絨外套披在肩上當披肩的矮胖男人在她手背輕吻一下。

「科克——寶貝，你最近還好嗎？」

「我一直在等妳，諾拉。」厚重眼鏡後方那雙眼睛凝視著她。「妳每次都說會來參加我星期五晚上的聚會，但妳一次都沒來過。」

諾拉把他介紹給陶德。「科克在中央社區學院教經濟學，但那份薪水只勉強夠他經營正業，也就是每星期五晚上在家開派對，每個人都一直討論他。科克會在城裡四處閒晃，只要看到有趣或特別的人，就會邀來參加他星期五的聚會。」

「你們倆一定要找個星期五過來一趟，」他說：「只要帶瓶酒就好。」

他又吻了一次她的手，閃身離開，挨近一個身材細長、肩膀瘦削的女人，那人身穿歐洲農村風襯衫和一雙高得嚇死人的皮靴，只聽到科克說：「……星期五晚上……帶瓶酒來。」

咖啡館老闆看見諾拉，從櫃台後繞出來，給她一個擁抱。

「梅森到處在找妳，」他說：「她需要那筆房租。」

「我正要去拿錢給她，」諾拉說：「只是先來這喝杯卡布奇諾，看看有誰在這兒。亞伯，這是陶德．克雷默。陶德，這是亞伯．哥倫布。」陶德伸出手，亞伯伸手在他手上拍了一下，又在諾拉頸上輕吻一下，就轉身回到收銀機後。

「亞伯．哥倫布？」陶德壓低聲音問。

諾拉笑了笑。「他父親是附近小義大利區哥倫布家族的異類，跟個漂亮的猶太女人結了婚，亞伯也有樣學樣。在那邊替人點餐的是莎拉。」

她覺得很有趣，大部分人都搞不清楚這裡的女侍誰是誰。因為她們臉上都上了白色的妝，好搭配身上的白圍裙、黑色緊身衣和黑帽。她們都穿著黑色芭蕾舞鞋，圍裙上垂著條皮帶，另一頭是寫了菜單的小黑板，無聲無息四處飄移。

莎拉瞥見莎莉，順手把寫著菜單的黑板遞給陶德。「諾拉，諾曼．華爾敦找了妳好幾次。他有些朗讀會正在等他，他想妳一定會有興趣。」

「嗯，這陣子我不太有時間，」她說：「有空的時候我大多在畫畫，不像以前那麼常出來。」

莎拉記下他們點了兩杯卡布奇諾，隨即消失在人群中。

「妳在這裡朋友真多。」陶德說。

「熟人而已，不算朋友。但身為藝術家，我喜歡跟有創意的人在一起。」

「我還不知道妳是個藝術家呢，」他說：「我想看妳創作。」

「你是說，你想到我的工作室看看嗎？」

「沒錯。」

「哦，那當然，然後再喝點小酒，就著浪漫的燭光在地板上享受點魚水之歡是吧。」

「聽著，別把我跟艾略特混為一談，誰都知道他是花花公子。妳可以去問問認識我的人，我不四處拈花惹草的。但我得老實說，妳是我大學時代以來，第一個真正讓我有興趣的女人。」

諾拉大笑。「那也沒多久前嘛。好吧，那我就試試。但我警告你，如果你膽敢跨雷池一步，後果自行負責。」

他們離開「馬車夫瞭解她」，沿著豪斯頓街來到蘇活區，她在這裡向一位名叫梅森的藝術家租了閣樓的一個角落。諾拉和陶德走進閣樓，發現梅森坐在畫架前的地板上抽大麻。她的鼻子又扁又塌，一頭棕髮框住那張方臉，總讓諾拉覺得像條北京狗。

「嗨，」梅森搖搖晃晃站起來。她沒理陶德，自顧自地小聲對諾拉說：「來看看我最新的作品。我正在嘗試新的色彩和樣式。」

諾拉凝視著那些方塊和地鐵噴漆塗鴉的組合。「真是太有創意了，我喜歡妳的技法，非常創新。」

「我也這麼想。」陶德說。

梅森瞪了他一眼，回頭和諾拉說：「我希望跟這一代反社會體制的年輕人溝通。」

諾拉帶陶德到工作室裡屬於她的角落時，梅森悄悄走了出去。

「她怎麼了？」陶德問。

「她不喜歡男人。」

「妳呢？」

「連女人也不太喜歡。」

「這是什麼意思？」

「沒別的意思。就那個意思。」

「天啊，我搞糊塗了。我沒辦法跟上妳的思緒。」

「抱歉，陶德，我沒辦法改變思緒來配合你。如果你跟不上，就只好繼續糊塗了。」

他搖搖頭。「糊塗的人是妳，妳為什麼要捉弄我？」

「你是什麼意思？」

「莎莉、貝蕾、諾拉，妳到底是誰？」

「我就是我，不管其他人叫我什麼名字。」

「妳真的是妳嗎？」

她別過頭。「你不是想看我的作品嗎？」

「妳就像水銀一樣，」他說：「想要抓住妳，卻又被妳從指縫溜走。」

「這已經是好一陣子前的作品，我很久沒動筆了，最近不太常有機會出來……」

她把面牆疊好的畫布排出來給他看。

他簡直不敢相信自己的眼睛。

她知道對陶德這樣的人來說，這些她夢裡的人、物體和生物看來就像但丁的〈神曲：地獄篇〉一般可怕。她自己也不知道這些畫面是從哪來的。她作畫時會陷入一種極度激昂的情緒中。沒有臉孔的女人，臉頰、額頭、下巴四分五裂的孩子，雙眼遲滯瞪著觀賞者，一絲生命力也沒有。一系列與死亡有關的作品。她自殺從來沒成功過，只好用油畫來完成。還有另一個多重系列：一張臉上張著許多高聲尖叫的嘴、一顆被屠刀劈成兩半的腦袋。

「為什麼畫這些畫？」他問。

「這是我控制情緒的方式之一。這是一種控制內在的方式，透過把情緒投射到自身外，長久固定下來，凝視進而理解、控制。」

他搖搖頭。「天啊！我知道被撕裂的感覺，也知道走過生命低潮的感覺，但這些簡直是愛麗絲鏡中世界才有的東西。」

她點點頭。「你跟一般男人不同，他們……」

「他們怎麼樣？」

「算了。」

「莎莉也跟這一切有關嗎？」他問道。

她瞪著他。「誰告訴你的？你到底知道多少事？」

他指著畫裡臉孔四分五裂的女孩。「根據我的瞭解，我賭一賠十，妳不是現在表面上看起來的這個人。」

「我瞭解了，那我看起來是怎樣的人？」

「一個聰明、開放，對文化藝術有興趣的女人，冷靜、銳利、理智。」

「那在表面之下，我究竟是什麼？」

「蛋頭亨迪・鄧迪❼。」他說。

「國王所有的人馬——」

「這一切的一切都是狗屁。」

她凝望著畫裡，碎鏡中女人臉龐的倒影。「——也無法把亨迪・鄧迪重新組合起來。」

「妳不需要重新組合。我是跟著感覺走的人，我會接受妳現在的樣子。」他說。

「我究竟是什麼？你又是什麼？告訴我你是誰。」

❼Humpty Dumpty是英國童謠中的一個角色，童謠內容為：「亨迪・鄧迪坐牆上，亨迪・鄧迪摔下牆，就算國王所有的人馬，也恢復不了亨迪・鄧迪原來的樣。」後亦曾出現於《愛麗絲鏡中奇遇》中。

「在不同的時間裡，我們都是不同的人。在六〇年代的哥倫比亞大學，我是反戰分子。七〇年代我是個賭鬼。現在我是個生意人，同時也是社會體制下的一分子。我們都有很多不同的面向。」

她搖搖頭。「你說的是一個人生命中不同的階段。大多數人就像反射光芒的鑽石稜柱表面，擁有許多不同面向。我不一樣，我是一條五顆珍珠項鍊上的一滴淚水。」

「讓我著迷的就是這點，妳身上有些東西重新激起我對生命的熱情。沒有賭博的刺激，我就和死了沒兩樣，是妳喚醒了我。我不想假裝我瞭解妳到底是怎麼回事，但不停改變的妳卻把我迷住了。不過，千萬別誤會。我並不覺得妳是那種得了精神官能症的女人，我覺得妳是我一生見過最迷人的人。跟妳一起生活絕對不會無聊。」

她搖搖頭。「你沒有權利想跟我一起生活。」

「我控制不了自己，自從第一天見到妳，妳就一直在我腦中徘徊不去。」

他那雙孩子氣的藍色雙眼懇求著她，她覺得他好迷人。

她讓他擁入懷中，沒有反抗。他緊抱著她親吻，她沒有回應，也沒有反抗。但他撫摸她的胸部時，嚇了她一跳。諾拉渾身顫抖，想要逃避。她渴望他的手停在那兒，輕撫她的胸部，輕輕吻它，但她知道如果他不停止，她就會失控，有人可能會穿過旋轉門溜出來。

為什麼？為什麼她不可以留下，心甘情願委身於自己喜歡的人？只能被迫透過書和雜誌來體驗生命，這一點都不公平，她渴望他的手輕柔撫摸她的身體。

他抱她上摺疊床，她希望留下來跟他做愛。但被人進入體內的畫面趕跑了所有激情，焚身慾火逐漸消退，她慢慢變冷，進而麻木，她知道自己感受不到激情或痛苦。怒意漸起，她被推進旋轉門……

⚘

金妮發現自己被推了出來。她抬頭望見一個陌生男人的雙眼，還有隻手在她雙股間遊走，便一把抓住他手腕，指甲深深插進他肉裡，跳了起來。

「你以為你在幹嘛？」

「我要妳，」他說：「我為妳瘋狂。」

她把他的手拉開，賞了他一耳光。

「你這個畜生！把你的髒手給我拿開！」

陶德飛快往後退開。「噢，天啊！」他驚叫。「又變了一個人。」

金妮抓來一把椅子，橫掃過去，沒打到陶德，砸在壁上彈了回來，把諾拉的一張畫扯破了一個洞。陶德抓住她雙手手腕，把她壓在床上。金妮又踢又叫、左扭右滾想把他弄下來，但陶德畢竟比較強壯。

「我要殺了你，」她大吼，「我要拿槍來轟爛你的腦袋。」

「沒得商量嗎？」

「你想強暴我，竟然還想跟我商量？」

「我不是要強暴你。諾拉，妳到底怎麼了？」

金妮慢慢覺得不那麼緊張。她飛快環顧四周，才知道發生了什麼事。她從杜芮那聽到的是，會和男人發生關係的通常是貝蕾。現在竟然連諾拉也開始搞這該死的勾當。先是跟百貨公司保全有一腿，現在又跟這男的。

陶德越來越用力，制得她動彈不得。她痛恨受到限制的感覺，不是因為痛，她很少覺得痛，頂多是微微覺得不太舒服。但全身無法動彈卻讓她恐懼不已，彷彿有人正準備掐死她。

「好！」她喘著氣說：「給我滾下來。」

他爬下摺疊床，雙手仍舊箝著她的手腕。她發現自己氣喘吁吁，好像才剛跑完步，但她知道那是因為她的憤怒。天啊，她真恨那種感覺，陶德慢慢鬆開手。

她在工作室裡來回走動，打量諾拉的作品。這些畫讓她很不舒服，她對畫裡一張張臉孔依稀有些印象。來到那張臉孔碎裂、眼神空洞的女孩旁邊時，她不禁打了個寒顫，這種感覺好似在一長排鏡子裡看見自己。她抓起一把刀，朝那些畫猛砍。陶德每想靠近阻止她，金妮就朝他刺過來，幸好他總能夠即時跳開。等她好不容易罷手，工作室裡的每一幅畫，連同梅森的畫在內，全都被她毀了。

陶德放棄阻止她的念頭，頹坐在摺疊床邊望著她。結束之後，金妮喘著氣站在房間中央，一副筋疲力竭的模樣。

「這樣會讓妳好過點嗎？」他問。

「去你的！」她吼。

「妳已經發洩了不少怒氣，現在應該夠冷靜，可以談談了吧？」

「跟你？」

「有何不可？」

「你們男人都一個德行，腦袋裡只想一件事，用過我們之後，就像舊車一樣把我們扔進垃圾場裡。」

「諾拉，這樣我們沒辦法——」

「閉嘴！」她尖叫著說：「我不想聽。」她拿刀撲向他。他閃身躲開，但刀還是輕輕擦過他左手小臂，留下一道鮮血淋漓的傷口。「瞧，」她說：「這顏色比較適合你，聽著，如果你敢跟上來，我就會把你身上這幅畫畫完。」

她把刀扔在地上，衝出工作室。入口旁的階梯上坐著一個年輕女人，那張臉看來幾乎跟狗沒兩樣，身上的牛仔褲灑滿顏料。金妮經過時，她大叫：「嘿，諾拉，妳要去哪裡？那傢伙呢？」而金妮理都不理她。

金妮連跑帶走，一路來到華盛頓廣場公園南側，凝視著來往人群的臉。靠近遊樂場時，她停下腳步，在旁觀察。

沙坑裡有個小男孩正在欺負一個小女孩，又是個令人作嘔的可惡男性。他一直用腳踩她的沙雕，女孩伸手推開他的腳，他竟然一把抓住女孩的頭髮。金妮往前靠近，男孩見狀慢慢退向翹翹板。

她還記得，莎莉的繼父弗瑞德每次要懲罰她，就會伸手抓她頭髮，把她架在大腿上，脫下褲子，狠狠打她屁股，從不手軟。就算還只是個小孩，她也不太感覺得到痛。弗瑞德會一直不停地打，好不容易罷手之後，眼神總和現在眼前那男孩一樣呆滯無神。她飛快伸手掐住男孩的喉嚨，一吋吋縮緊。

孩子裡有個人對金妮大叫，金妮才一閃神，我就乘機衝了出來，丟下小男孩，飛也似的跑開。通常我是不會插手的，但真要讓她殺了那孩子嗎？天啊，我可以想像我們五個人在獨居監禁牢房裡被關上一百年的模樣了。

我跑進麥道格街上一座電話亭裡，撥了通電話到艾許醫生的辦公室告訴瑪姬，金妮剛才想殺死一個小男孩，艾許醫生必須趕快想點辦法才行。瑪姬說，艾許醫生現在人在醫院，要我在急診室入口和她碰面。

我有點不知所措，一想到這雙手毀了諾拉的畫作，還差點勒死一個小孩，忍不住害怕得發抖。一定要趕快處理才行，這點無庸置疑，但要怎麼處理？或許諾拉說得對，或許我們死了比較好。我甩開這念頭，一定有其他方法，艾許醫生得趕緊想辦法才行。

在我抵達艾許醫生的辦公室前，莎莉有可能出來，為了讓她知道現在的情況，我從諾拉的小記事本上撕下一頁，寫下：「當妳看到這張紙條，請直接去城中醫院急診室，瑪姬會在那裡跟妳碰面。」

我原本打算搭計程車，想想還是得有人控制一下開銷，於是改搭第五大道公車過去。我把紙條摺好握在手心，如果莎莉突然出現，她才知道現在正往哪裡去。全都是她的錯，要不是她這麼軟弱，就可以撐住不讓金妮出現。金妮撒野或動粗之後，總是由我收尾，我總得趕在千鈞一髮之際出來收拾善後。金妮捅了樓子給莎莉惹來麻煩後，總會看見無憂無慮的記錄者杜芮打理一切，就像今天這樣。如果我可以變成一個完整的人，事情就不會是這樣了。我閉上眼睛，想像自己是野地裡一隻自在的鳥兒展翅遨翔……越飛越高，盤旋而上，離太陽越來越近……我突然往下墜……往下墜……往下墜……就這麼被囚禁在莎莉心靈黑暗的那一面。

莎莉轉身問陶德為什麼跟蹤她進教堂，竟發現自己穿著條滿是顏料的牛仔褲在搭公車，嚇得合不攏嘴。她覺得很難為情，四處打量，想看看有沒有人發現。她到哪去了？這次她暈了多久時間？她看了一下錶，五點三十一分。她最後的印象是兩點二十三分，自己正往聖麥可大教堂去，而陶德正在後面跟蹤她。但那是今天嗎？為什麼她會穿著這條滿是顏料的牛仔褲？她告訴自己，穩住。

莎莉覺得沒有昏厥的危險後，才慢慢覺得比較安心。她讓自己放鬆，頭倚著窗，自在地呼吸了幾口氣，或許她應該在下個轉角就下車，打電話給艾許醫生。她知道他非常忙，不太想打擾他。但從她到了教堂之後，就不知道發生了什麼事。她雙拳緊握，發現左手心有個東西，張開手掌，發現裡頭皺成一團的紙條，戰戰兢兢地把它攤平，讀了起來。

她心想，拜託，親愛的上帝，千萬別發生了什麼壞事才好。我是個好人，我一點也不想做壞事。

她突然抬頭，發現公車正經過城中醫院附近，連忙起身下車。

她從第五大道一路走到萊辛頓大道，握著紙條的手不曾鬆開一分。她又瞄了那張紙條一眼，一點都不像自己的筆跡，紙條上的字粗黑渾圓，好似打印上去的一樣，一點也不像她的字，整整齊齊、稍稍右傾，小到以前上課時只要一張紙就抄得下一整節課的筆記，其他同學沒有三、四張紙絕對辦不到。這麼大方的筆跡肯定是其他人的。她急忙忙穿過旋轉門，瑪姬已經在大廳裡等她了。

「妳還好嗎？」瑪姬問。

「有點發抖。」

「妳是……？」

「我是莎莉。」她把那張皺成一團的紙條交給瑪姬。

瑪姬看完後，搖搖頭，「妳一定吃了不少苦頭。」

「很抱歉打擾你們，我知道艾許醫生非常忙。」

「莎莉，不管白天或晚上，有問題隨時聯絡我們，千萬別客氣。」瑪姬帶她到一間有點涼意的白色檢查室。「請在這裡休息一下，艾許醫生正在看病人，五分鐘內應該就能結束。」

「有趣的是，我不知道為什麼自己會在這裡，發生了什麼事我一點印象也沒有，可能什麼事也沒有，我覺得真丟臉。」

「別這麼想，莎莉。我相信一定有理由的，他可以幫妳找到答案。」

「希望如此。我好害怕，請別把門關上。」

莎莉靠在椅背上，頭倚著牆，全身緊張，醫院總讓她感到不安。

幾分鐘後，她被幾個人說話的聲音嚇了一跳。兩個路過的女人朝裡頭瞄了一眼，其中一個是位護士，黑底白字的名牌上寫著杜菲，另一個則穿著一般的便服。莎莉才剛抬起頭，她們倆立刻掉頭就走。「這就是多重人格那個嗎？」其中一個人說。她們的聲音聽起來好像進了隔壁房間，但她還是能聽見。

「艾許似乎這麼認為。」

「我一想到就發毛。」

「我才不相信有什麼多重人格呢。」

「但艾許醫生——」

「聽著，妳還記得發現這個病例之前艾許的狀況嗎？當一個精神科醫生已經對平淡無味的精神分裂症和躁鬱症患者提不起任何興趣時，就會開始四處尋找其他比較刺激的新病患。」

「妳覺得她是裝出來的嗎？」

「她不是裝出來的，歇斯底里性精神官能症患者感覺得到治療師對他們有什麼期望，而且還會想盡辦法滿足他們的期望，這點誰都知道。在她出現前，大家都曉得艾許的情緒很不穩定。聽著，很多優秀的精神科醫生都經歷過耗竭症候群。」

門砰地一聲關上，她們的聲音也消失無蹤。她是真的聽見這些對話，還是她自己想像出來的？

走廊對面的門打開，瑪姬伴著一個骨瘦如柴的女孩走了出來，只見她眼神惶惑不安，疏疏落落的頭髮下滿臉的青春痘。

莎莉望向自己的腳，避開那女孩的眼神，現在她不想和任何人說話。聽見那個女人說的話之後，她只想拔腿就跑。

幾分鐘後，瑪姬回來帶她到艾許醫生的辦公室。

「莎莉，妳怎麼了？」艾許醫生問。「妳還好嗎？」

「我頭痛得很厲害。」

瑪姬望向艾許醫生。「一分鐘前她還好好的。」
他站起來扶莎莉在一張椅子上坐下。「發生了什麼事嗎？」
「我聽見她們說的話，」莎莉說：「那個叫杜菲的護士，還有另一個人在講關於多重人格的事。她們說，歇斯底里性精神官能症患者會瞎掰一些事情來滿足醫生。我沒有胡扯，艾許醫生。我發誓真的沒有，我不是在演戲或假裝什麼，我不知道我的腦袋究竟怎麼了，但那是真的，我真的好痛苦！」
「杜菲……該死的笨女人，要是可以，我一定會——」
「我的頭，艾許醫生！痛死我了！」
她感覺頭上彷彿有個結，越扭越緊，頭皮上的頭髮好似從四面八方被扯進腦袋裡一樣。
「又來了，我快撐不住了！」
他抓住莎莉的手。「別抵抗，莎莉。冷靜下來，忘了那些笨女人說的話，我們可以好好談談。瑪姬，拿些水來。」
瑪姬走了出去。她渾身發抖，艾許醫生的身影逐漸模糊，他們的聲音也越來越遙遠，腦袋裡猶如有齒輪轉動，齒輪裡還有更小的齒輪，每一個都以不同的速度轉動著。她可以從一個齒輪跳到另一個齒輪上，逐漸遠離自己，這個所有齒輪圍繞的中心。
他正在跟她說話，試圖用話語和她保持聯繫，但她無法待在中心。她飄開了，抓住第二個轉動的齒輪，接著第三個，轉啊轉的轉個不停。她往後倒，中心一團模糊。她覺得有點暈眩，就在昏厥前，一個念頭閃現腦海：有天她一定要問問他，是什麼原因讓他心力交瘁。

6

諾拉睜開眼，正準備回吻陶德，竟發現自己身在醫院的檢查室裡，一位身穿白袍的醫生睜大眼望著自己，一旁還有個從來沒見過的女人。她一如以往靜靜坐著等待線索出現，看看自己為什麼在這裡，又發生了哪些事。

「莎莉，」醫生說：「我要妳回想今天下午下班後，發生了哪些事，然後一五一十告訴我。」

原來他以為她是莎莉。如果他就是莎莉的精神科醫生，也就是杜芮跟她提過的那位，她可不想和他有任何瓜葛。

「莎莉，妳還好嗎？」他要莎莉回答他的問題，「為什麼妳用那麼奇怪的眼神望著我？」

「因為我覺得很奇怪，過去這陣子，這種情形已經出現過很多次了，不知道自己為什麼會在這裡，我很不高興。」

「妳之所以會在這，是因為一些緊急事件，杜芮替妳和艾許醫生約在這見面。她打電話來說妳差點殺了個小孩，這個理由應該夠充分了吧？」

諾拉伸手摀嘴。「不是我，我從來沒做過這種事，杜芮沒有權利替我安排和任何人見面。」

她看見他們交換一個困惑的眼神，才驚覺自己說太多了。她往後靠，雙腿交叉，輪流望著他們兩人。她讓自己放鬆，甩甩頭，用手指理了理頭髮。

醫生俯身向前，緊盯著她的雙眼。「可不可以把妳的名字告訴我們？」

「先告訴我你們是誰，我在哪裡，又為什麼會在這裡。」

「聽起來很公平。」他說：「我是羅傑・艾許醫生，妳的精神科醫生。這位是瑪姬・荷斯頓，我的護士，同時也是我的助手。妳在城中醫院心理健康中心，因為杜芮打電話來，說莎莉遇上一些麻煩。」

她點點頭。「好吧，我不是莎莉。這點我猜你們現在已經瞭解，我是諾拉，而你並不是我的精神科醫生。」他眼中訝異的神情讓她覺得很有趣。「看得出來，你們沒想到會遇見我。」

「這倒是真的，」他說：「打電話來的是杜芮，妳認識杜芮嗎？」

「認識。」

艾許醫生說：「我可以問妳一個問題嗎？」

她側著頭對他微笑。「只要我不必付你鐘點費就行。」

「謝謝妳，可否告訴我，妳為何選在這個時間出現？」

她思考了一會兒。「我想知道究竟發生了什麼事。」她望著身上那件沾滿顏料的牛仔褲。「我猜只有今天是這個樣子。我原本在工作室裡，然後，突然就到了這裡。」

「妳的意思是，妳沒有意識到有荷斯頓小姐或我的存在？」

「嗯，我透過杜芮間接意識到你，就像牆上的影子一樣。」

「妳認識莎莉腦中的其他人嗎？」

「直接認識的只有杜芮，但我知道還有其他人。這就像在一片漆黑中，不小心撞到其他人一樣。我可以從一些線索、外頭其他人的評語，還有從杜芮那得知的一些消息，推論出其他人的存在。我得像福爾摩斯，從一點一點的訊息中拼湊出事情的全貌。是我看了『三面夏娃』和《變身女郎》，再把相關資訊告訴杜芮的。我也讀過一些有關多重人格的報導。我想你可以這麼說，是我把我們可能有多重人格的想法送進杜芮的腦中，然後她再把這個想法告訴莎莉，要她去請求協助。是這樣嗎，醫生？這就是所謂的多重人格嗎？」

他點點頭。

「但莎莉還不知道，對不對？」

「我告訴過她，」他說：「但她目前還無法真正接受，這是她遲早要面對的事，妳們其中該要有人告訴她這個事實。」

「我無法親自和莎莉搭上線，我們之間的鴻溝是無法跨越的。而且情況好像一點也沒好轉，反而越來越糟。以前我能夠出來看書、作畫的時間多很多。現在，莎莉要來治療，杜芮要工作，今天東奔西跑，明天跳跳舞，更別提杜芮和貝蕾又跟些男人走得比較近，我的天啊，我只要有機會能看看地鐵上的廣告就偷笑了。」

「妳說讀過治療多重人格的報導，或許妳瞭解在某些個案中使用的治療策略。」

「這麼說吧，就我所知，有兩種方法——一，治療師好像是把患者和其他人格分離，有點像是把他們給殺了。二，醫生好像是把他們放在一起，這就是所謂的融合。」

他揚了揚眉毛，對她刮目相看。「沒錯。」

「你現在打算採取哪一種？」

他瞥了一眼正忙著記錄的瑪姬。「可能兩者兼採，我得視病情發展隨機應變。諾拉，我相信妳也瞭解，目前我們對多重人格的瞭解微乎其微。」

她點點頭。「書上說，這種疾病很罕見。真的嗎？我們真的這麼特別嗎？」

他微笑著說：「為了妳，或者說，為了莎莉，我回去翻了一下期刊。這種病症早在一八〇〇年代早期就已經有紀錄，但一直到一九四四年為止，我們這個領域中大多數人只知道七十六個個案。不過，《醫學索引》認為，世界各地醫學期刊紀錄的個案數量應該要比那多上一倍。可以說，截至一九四四年為止，所有精神病學和醫學史上，有紀錄的個案大約是一百五十個左右。」

「真的很罕見。」

「但從那時候起，就出現了幾千個新個案。奇怪的是，幾乎每個診斷出多重人格病患的精神科醫生，後來都陸續發現了好幾個。美國精神醫學會最新第三版的《精神疾病診斷與統計手冊》中，把多重人格和失憶症、夢遊症一起列在新增的『解離症』類型下，甚至還有所謂的『多重人格通訊』。目前估計的數字是，每一百人中就有三個人曾出現過多重人格症候群中的某些症候。也就是說，這種情況並不罕見，這些只是冰山一角罷了。」

她沉思片刻。「病患數量突然暴增，這點你怎麼解釋？」

他聳聳肩。「這些年來我們可能都沒發現，多重人格患者有些自殺了，有些被處死，有些被當作瘋子關起來，有些可能就隱身大都市中，一直沒被發現。現在因為我們知道要留意哪些特質，患者因此才陸續浮現。」

她想了想，搖搖頭。「或許有另一種解釋，這可能是我們這個時代的疾病。在這個如原子分裂般爆炸碎裂的世界裡，心靈分裂導致個體分裂，當代文明的結果正在我們眼前上演。這也可能是蕈狀落塵引起的突變，讓一整個世代的人都出現人格分裂的連鎖反應。」

「這說不通。」他說。

她起身走到窗邊，望著樓下來往的人群。「為什麼說不通？或許這是命中注定。人類不斷在適應環境，你不得不承認，在這個資訊爆炸的時代，如果心靈分成幾個獨立運作的空間，猶如心靈生產線般分工合作，這不是更合理嗎？」

「但妳們卻彼此衝突，每個人格都不斷破壞其他人格所創造出來的，這樣一點效率都沒有。妳們所有人都會被摧毀。」

「這只是因為失憶症，讓我們缺乏內在控制罷了。」她桀驁不馴地看著他。「在發展新心靈人種的歷程上，這些破天荒的嘗試或許可以看做是自然演化早期的挫敗。或許到了某一天，會出現一個具有多重人格傾向的孩子，輕微的突變，讓他可以跨越不同人格，不再為失憶所苦，輪流出現的人格都在他掌握之中。屆時，一種更優秀的人種就會出現——多重智人。人格分裂可能是未來的浪潮，而非一種缺陷。」

他伸手在桌上用力一搥。「對抗人格分裂是我的職責，幾乎所有多重人格症候群的患者都有危險，不是殺人，就是自殺，我們非得逆轉這過程不可。」

「你指的是融合嗎？」

他點點頭。「沒錯，和分裂相反的途徑，妳覺得如何？」

「我不太確定。從杜芮那獲得的瞭解是，我們幾個的差異太懸殊了，我無法想像你怎麼能讓我們相安無事，但我還是願意嘗試。我是個很務實的人，如果沒有人採取行動，我們很可能都會死。天可憐見，我有多想結束自己的生命，但一直有什麼人、什麼東西暗中阻撓，或許這就是我現在出來的理由。不過，說了這麼多，你卻一直沒提到一件事。你計畫怎麼把性格暴戾、有虐待傾向的金妮融入新的莎莉當中？還是你幻想著只要忽略她，她就會自動消失？」

「妳的思慮果然很周密，」他說：「沒錯，我還不知道該如何處理金妮。我還沒見過她。」

「你真該為自己覺得幸運。」

「我遲早得見她，妳覺得她會願意跟我談嗎？」

「問杜芮吧。最近，有了『記錄者』這個頭銜後，她簡直走路有風了。」

「好吧，我會透過杜芮來努力。如果妳想的話，我和她談話時，妳可以留下來聽，我可以用後催眠暗示來處理。」

諾拉沉思片刻。「這聽起來很棒，不過，共存意識也會因此而開始對吧？還不是時候。或許下一次吧，等我確定你能控制金妮，全盤掌控局面之後再說吧。」

「就依妳的意思，除了保住妳們的性命之外，我無意強迫妳們當中任何一位去做任何事。等妳們準備好了自然會想融合，而我也會在這裡協助妳們解決問題。」

他伸手輕觸諾拉手臂，她閉上雙眼。

「當我數到三，杜芮會出來和我談話，我有重要的事情要和她說。一……二……三……杜芮，走進光明。」

我睜開眼，微笑著對他說了聲：「嗨。」

「嗨，」他說：「請妳告訴我們妳的全名，以便記錄。」

「杜芮‧荷爾。」

「妳最近好嗎，杜芮？」

「不算太差，我喜歡那份工作，很累但也很有趣。」

「妳有問題要問我嗎？」

「我想問的是在諾拉出現前，莎莉偷聽到有關你心力交瘁的事。」他紅著臉，望了望瑪姬，又把視線移回我身上。「妳是什麼意思？」

「那個叫杜菲的護士跟另一個女人在莎莉隔壁的房間裡，說什麼大家都知道你有耗竭的症狀。那是什麼意思？」

「我問妳有沒有問題，指的是關於妳自己和其他人格的問題。」

我知道我的問題激怒了他，而他正試圖迴避，但這只讓我更好奇。「我總在回答關於自己的問題，但我對其他人也有興趣。當然，如果你不想告訴我……」

他原先銳利的眼神消失，對我笑了笑。「我想妳有權得到我的解釋。醫生有時也會為『耗竭症候群』所苦，但醫生本人總是最後一個瞭解狀況的。」

「症候群是什麼意思？」

他沒看我，只是凝視著右手背上的血管。「一組同時出現的症狀。在這裡指的是，許多醫生花了過多心力在病人，或我們現在所稱的『客戶』身上之後，所出現的情況。年復一年，面對許多人的恐懼、回憶、夢境和幻覺是要付出代價的。一而再再而三接觸種種痛苦，會讓醫生漸漸失去人性。他不再仔細聆聽。他一再接觸痛苦，為了保護自己，心裡會築起一道牆，慢慢變得冷漠。他會戴上一付面具，床邊問診時親切如故，表現也依舊亮眼，但在內心深處，卻早已不再關心那些他應該幫助的人了。」

我能體會他的痛苦。日復一日處理其他人的問題、經歷其他人痛苦的感覺，我再清楚不過了。就某方面來說，那也是我必須為莎莉和其他人做的，不知道我是不是也已經心力交瘁了。

「很高興你告訴我，艾許醫生。」

他直視我的雙眼，聲音漸趨嚴肅。

「妳必須瞭解，這些是耗竭症候群的一般情況，而不是我個人的情況。好，理論說得夠多了。昨天妳下班後發生了什麼事？」

「有什麼事嗎？」

「妳打電話給瑪姬，說什麼差點殺了個小男孩之類的。」

「噢，對了。喔，我的天啊，沒錯！我記起來了，你得趕緊處理金妮才行。」我把事情經過一五一十說出來，他聽了之後滿臉頹喪。「在她真的鬧出人命之前，」我說：「你必須把她給處理掉才行。」

他難過地搖搖頭。「她和妳一樣，都是莎莉的一部分。妳們都必須學習與她共處。」

「沒有人可以和那個邪惡女人共處。」

他眉頭深鎖，沉思了一會兒。「妳覺得她會願意和我說話嗎？」

「很難。」

「我們可不可以試著聯絡上她？」

「我可以試，但這麼做不會有任何好處，她知道你是要來摧毀她的。」

「我從來沒說過這種話，她這想法是從哪來的？」

「我猜是從我這裡來的。我猜想，你不會希望在我們融合的時候，把這麼一個兇殘的人帶到我們的新生命裡。她很可怕，艾許醫生，她是個不折不扣的惡魔。」

「別妄下定論，杜芮。我的職責是瞭解她，而不是評斷她。」

「但你不可以故意接受那股充滿暴力的仇恨，硬逼我們和她一起承擔啊。」

「諾拉似乎認為，我們不可以孤立她。她覺得金妮會永遠潛伏在暗處，隨時伺機而動。和她和諧共處豈不更好？看看能不能——」

我聽了頭皮發麻。「這就像跟撒旦打交道一樣。」

「拜託，少來了。」

「是你還沒見過她。」

「那好，可不可以請妳安排一下？」

「我猜她不會想出來，但我盡力而為。你要親自見識過，才知道她的厲害。」

「沒問題。」他說：「金妮，走進光明。」

我闔上眼睛，雙唇緊閉，差不多一分鐘後，啥也沒發生。「她不想出來，她不信任你。」

「告訴她，我只想當面見見她。」

我又試了一次。「沒用，她不想出來。天啊，一想到她，我就抖個不停。看，連雞皮疙瘩都跑出來了，她一定會把某人給宰了。」

「她想殺誰？」
「她老早就想把莎莉的前夫賴瑞給宰了。」
「妳知道原因嗎？」
「我想我知道，」我說：「我想應該是因為換妻的緣故。」
「可不可以請妳解釋一下？」
「艾許醫生，我有的也只是第二手消息。賴瑞以前常會要莎莉陪他一起去和其他成衣業主管見面，你也知道，就是那些買主和業務經理與他們的太太。吃過晚餐，逛過夜總會或看完表演後，那些男人就會開始討論換伴過夜。他跟她說，只要她點頭，他就可以拿到大筆大筆的訂單。」
「莎莉有何反應？」
「她通常會覺得頭痛，要賴瑞送她回家。」
「那他會送她回去嗎？」
「艾許醫生，就像我剛才說的，我有的只是第二手消息。莎莉沒跟那些男人出去，我也沒有，我肯定諾拉也沒有。如果你真想知道後來的情況，你最好去問貝蕾。」
「好，」他說：「杜芮，退入黑暗。貝蕾，走進光明。」
「哈囉，寶貝。」她的眼睛眨呀眨，好像有鎂光燈照得她睜不開眼。「還好嗎？」
「貝蕾，請妳出來，是希望妳能提供我一些關於莎莉前夫的背景資料。杜芮似乎認為，金妮因為那些換妻的事而想殺他洩憤。妳知道任何相關的消息嗎？」
「我應該知道一些。莎莉那膽小鬼，一點也不敢及時行樂。我是說，她畢竟是賴瑞的太太，對吧？他需要一個能夠幫他步步高升的女人。可是，每次到了要來點樂子的時候，她就會頭痛，然後我就得出來。嗯，我不會盡挑難聽的話說。其實，跳舞、表演還有後來的那些派對真的好玩極了。」

「妳突然間變了個人，賴瑞有什麼反應？」

「他一直覺得很不可思議。他說，我要不是是世上最善變的女人，就是最偉大的女演員。我告訴他，我兩者都是。」

「妳知道金妮為什麼想殺賴瑞嗎？」

「杜芮告訴我，最後一次換妻真的把金妮惹毛了。那天晚上我們去科巴卡巴納酒店看巴帝・漢基特❽表演。我愛死巴帝・漢基特了，他那些齷齪的笑話別地方還真聽不到。那天晚上，莎莉很早就開始頭痛，那些被她叫做『猥褻的故事』讓她很不舒服。放屁，你聽過有人這麼聖潔的嗎？管他的，反正我一如往常溜了出來，把後半段表演看完。後來，我們跟個外地來的買主和他太太交換，我心想一定會很好玩。他有輛漂亮的白色凱迪拉克，而且還住美國酒店裡，我的直覺告訴我今晚一定會很棒。

「我想去跳舞，但他喝醉了，等不及要上樓到他房間，我猜他撐不了多久，然後我們就可以下來跳舞。結果，那混蛋趁我不注意，把我雙手綁在背後。我才剛開始掙扎，他竟然一把抓住我的腳，綁住腳踝。我跟他說，嘿，你用不著這麼做，我會陪你玩。但他說他就喜歡這樣，但他太太不願配合。

❽Buddy Hackett為美國著名諧星。

「我開始求他。求求你，別這麼做，我說，我最怕痛了。他說，妳會愛死這感覺的，寶貝。他說這會讓他興致勃勃，還說他知道女人最喜歡被虐待。我告訴他，你瘋了，我才不要被虐待呢。繼續求我，他邊說邊抽出褲頭上的皮帶，對摺成兩半，好像要鞭打我的屁股。我警告他，千萬別這麼做，你不知道這會有什麼後果。但他不聽，動手開始打我。說到痛啊，我簡直是個膽小鬼，一點也受不了，所以就閃了。」

「後來發生了什麼事？」

「我不知道，因為就像我說的，我離開了。但之後杜芮告訴我，金妮出來大顯身手，最後那傢伙被送進加護病房，賴瑞也丟了飯碗。自從那一夜之後，金妮就一直想宰了賴瑞。」

「好吧，貝蕾，妳幫了很大的忙，我很感謝妳。」

她用梅．蕙絲的嗓音說：「隨時為你服務，大傢伙……」然後忍不住咯咯笑了起來。

「好，貝蕾，我要妳退入黑暗，當我數到五莎莉就會醒來，只要她願意，這些對話內容她全都可以記得。」

他數到五，莎莉醒過來後，環顧四周，嚇得全身發抖。

「就是這種頭痛，艾許醫生，我再也受不了了。」

「今天發生在這間辦公室裡的事，妳還有任何印象嗎？」

她傻傻地四處張望。「我不是才走進來剛坐下而已嗎？」

「妳剛才昏了過去，莎莉。暈過去這段時間發生的事，妳一點都不記得了嗎？」

「不記得，」她說：「我向來記不起來。」

「我們得在這方面多下點功夫。」他說。剛才他向諾拉和我提過，要在我們之間建立一些溝通管道，現在他又向莎莉重複一次。「那是改善失憶症唯一的方法。」

莎莉搖著頭說：「對不起，艾許醫生，你一直告訴我其他人的事，我也試著去接受，但心底深處我就是無法相信，對不起。」

她雙唇顫抖，眼看就要流下淚來。

「莎莉，不需要道歉。其他診治多重人格的精神科醫生發現，否認幾乎是所有病患抵抗治療的第一道防線。所以說，妳不相信我的話，我一點也不訝異。但在接下來的日子裡，妳必須做好準備，來面對其他人的存在。」

「我會努力的，艾許醫生，可是這好困難。」

「別忘了，莎莉，妳花了一輩子才築起這些防線，這一道道高牆不會單單因為我們吹響了號角就應聲倒下❾。」

回家路上，她一直碎碎唸著什麼，來往的人紛紛轉過頭來，但她在腦海中不斷重複的那些話，只有我能聽見。「沒有其他人。只有我一個。我是唯一的那個人。沒有其他人。只有我一個。我是唯一的那個人。沒有其他人……」

天啊，我真是欲哭無淚。

❾典故來自《舊約聖經．約書亞記》。約書亞帶領猶太人前往迦南，進攻耶利哥城時，城池堅固久攻不下，約書亞最後聽從上帝吩咐，命人抬著裝有十誡石碑的約櫃繞城七日，最後號角齊鳴，耶利哥的城牆便塌陷了。

7

接下來幾個星期，事情進展得很順利。我為自己晴時多雲偶陣雨的情緒向陶德道歉，但他說一點也不需要。莎莉接受治療，貝蕾和諾拉偶爾出來晃一下，沒造成什麼麻煩。金妮一直沒出現，我則負責打理工作。我漸漸希望情況能夠繼續維持穩定，這麼一來，或許我們就不需要被融合。如果我無法成為真正的那個人，目前可說是最理想的狀態。

一天晚上，黃磚路打烊後，我正要離開，半路被陶德攔下。他從嘴裡挖出一根嚼爛的牙籤對我說：「我知道明天妳放假，莎莉，但我需要妳幫忙。」

「儘管說。」我說。

「妳也知道，每到賽季我就會替紐約賽馬場的專案經理辦些宣傳活動。」

我點點頭。

「在陣亡將士紀念日那天，最後一場比賽開始前，我們總會找個美女，穿上絲綢服、頭盔、護目鏡，打扮成騎師模樣。我們叫她『貝蒂・韋恩⑩』。以前負責的那個小姐剛打電話來說她病了，艾略特建議我，可以找妳代替。」

「我要做什麼？」

「貝蒂・韋恩只要在最後一場開賽前，在賽道上一輛移動的花車上走走、隨便唱幾首歌，然後從一個鼓裡抽出得獎的彩票就行了，妳會有五十塊錢進帳。」

「嘿，不過是幫個忙，你不必付我錢。」

「不，這是公事。錢是賽馬場出的，我們整晚都得待在賽馬場裡。我會再告訴妳詳細情形，表演本身應該不會超過十五分鐘。」

「沒問題。」我說。

他摸摸下巴，望向我。「妳確定沒問題嗎？這會不會又讓妳的情緒突然改變？」

我大笑。「燈光亮起的時候告訴我一聲，然後你就等著看好戲吧，聽起來真有趣。」

隔天晚上六點，陶德開著他那台黑色林肯大陸馬克四型來接我。他煞有介事凝視著我，彷彿想看我會不會露出馬腳，眼看他就要發現事實真相了。

「嘿，」這時我伸手撫摸那褐紅色真皮內裝，「這種東西我也可以習慣。」

「麻煩就出在這裡，」他轉進中央公園六十六街入口，「一旦妳習慣後，也就不過是交通工具而已，和一台破爛的老雪佛蘭沒什麼兩樣，但妳卻還得付大筆大筆的分期付款。」

「那你為什麼要買？」

「當主管的不得不維持門面。」

他緩緩駛入羅斯福快速道路，朝皇后大橋前進。我坐在車上，覺得很開心。我們天南地北閒聊了一陣子後，他對我說：「莎莉，我——」

我知道他要聊我的情緒，馬上轉移話題。「真不敢相信，你唸書的時候竟然會是激進分

⑩原文Betty Wynn中的Wynn，發音和win（獲勝）相同，象徵能為賭客帶來好運。

子。」

「為什麼？」

「打仗的那段日子，我很景仰大多數學長。我向來很崇拜重視理想甚於物質的理想主義者，但抗議者不希望站在獲勝的那方。在那場他們認為不公平的戰爭中，他們希望美國吞下敗仗。賭徒可就不同了，他們出手只為了獲勝。」

他面露微笑。「由此可見，妳對賭徒一點都不瞭解。有句話說：『重點不在輸贏，而在你怎麼玩。』對賭徒來說，贏錢不是關鍵，賭本身帶來的刺激才是關鍵。」

「你從多小的時候開始賭博？」

他雙眼直視前方，車速突然飆到八十五哩。「打從我有記憶開始，」他說：「我出生在西區的『地獄廚房⓫』，是為了賺零用錢才學打撲克牌的。」

「你從小就開始賭博？」

「我去哥倫比亞大學前，賭博是我的生命，即使到了哥倫比亞，我還是戒不了。我會為了各種法律辯護基金或越南河內救濟基金四處向人募款，我會對自己說，去賭幾把骰子吧，或在賽馬場上把那些錢變兩倍，甚至三倍。我心想，這是為了做好事，幸運女神應該會眷顧才對。」

「有嗎？」

「好運持續了一陣子。有一次，我的好運持續了將近三個星期，每個人都認為，我是那些運動中最厲害的募款高手。」

「那輸的時候呢？」

「就像受了詛咒的人一樣，受盡種種痛苦折磨，但我還是繼續賭，好讓命運的轉盤再次眷顧我。」

「然後你海撈一票？」

「聽艾略特的話，把贏來的一些錢拿來投資黃磚路，是我這輩子最幸運的一件事。要不是這樣，我大概會輸得一毛不剩。」

「戒賭協會又是怎麼回事？」

「投資黃磚路以後，我的手氣一直很背，把剩下的錢全輸光了，整整輸了將近一萬塊。我慌了，我需要錢，但艾略特沒錢幫我，於是說服我去找戒賭協會。到現在，我已經有六個月沒擲骰子、賭撲克，或拿錢賽馬或賽狗了。」

我完全能夠體會他的心情，伸手拍拍他的肩膀。我可以想像他的感受，為了克服心理疾病要忍受的種種折磨，我也心有戚戚焉。

「那這地方呢？」他駛入一個私人專用停車位。「難道這不算是誘惑嗎？」

「這可不一樣，」他說：「我在這可沒賭，裡頭沒有我自己的錢。」

他看我完全不信，大笑起來。「再過幾分鐘，妳就知道了。」

一般人都是從大看台或俱樂部出入口進去，我們走的卻是一條特別通道。守衛點點頭，一手輕觸帽簷對陶德說：「晚安，克雷默先生。」

走進電梯，操作電梯的是位上了年紀的黑人，他手裡拿著一份做滿記號的《賽馬快

⓫Hell's Kitchen，是紐約曼哈頓島中城西區（Midtown West）的別名。

訊》。

「晚安，克雷默先生。」他抬頭對我們說：「你覺得印度王子第一場的勝算如何？」

「傑森，上次牠出賽時，連半毛錢都沒贏。」

「是沒錯。」他拿起做記號用的鉛筆搔了搔頭。「但那天跑道很泥濘，從今晚跑道的狀況來看，一定可以跑得很快，我打算賭牠贏。我聽打掃騎師更衣室的小姐說，騎師對她說，牠會是第一場比賽的贏家。」

「傑森，你來這也夠久了，腦袋應該沒那麼不清楚吧？」

「對啊，通常我根本不會理那些小道消息，但今天早上我正好在想那匹馬。我夢見印度王子在生日那天大獲全勝，我猜這絕對不是單純的巧合。」

「反正兩塊錢是你自己的，傑森，怎麼輸都無所謂。」

「克雷默先生，你以前不會這麼說。」

「傑森，你知道我曾經跌到谷底。從谷底翻身的路很漫長，我覺得我的機會不多了。」

傑森笑著說：「對啦，我的運氣不像你先前那麼糟，克雷默先生，我只是偶爾小賭幾塊錢玩玩而已。」

「別越賭越大，傑森，不然哪天就得到戒賭協會去玩了。」

到了上層看台，傑森開門讓我們出來，這時我才發現，原來每個人都有自己的問題。

「賭徒的地獄是什麼樣子？」我問陶德。「賠錢的馬票化成熊熊烈火，把人烤得死去活來？還是一輩子在地上爬，尋找從口袋破洞掉出來的中獎馬票？」

我們慢慢靠近上層看台，陶德望著底下的橢圓形跑道。騎師的絲綢服在強光下閃閃發亮。「答案就在眼前，老實跟妳說吧。對我來說，沒辦法自己下場賭上一把，那就是賭徒的地獄。」

一路上，很多人對陶德揮手，有替人下注的、有掃地的、也有賣點心的。似乎每個人都認識他，也都喜歡他。經過記者招待室時，幾個體育節目主播和他打招呼。他揮揮手，看著牆上的時鐘。

「十五分鐘後，第一場比賽就要開始。」他說：「該去找史坦了。」

他帶我穿過一個小房間，房間外頭有道舷梯般的通道，通往樓上賽事播報員的房間。

我們沿著迴旋而上的樓梯，來到一間鋼骨玻璃帷幕播報室。一位身材姣好的褐髮女子坐在玻璃門旁，翻著手裡的《影壇秘辛》。陶德出現在玻璃門後時，她也沒多看一眼，伸手打開玻璃門讓我們進去，馬上又轉頭埋首在雜誌裡。

「她是荷莉，」陶德說：「史坦的女朋友，兩年前贏過英格塢小姐冠軍頭銜。」

播報室前端居高臨下，有張桌子可以俯瞰整個跑道，史坦和助理就坐在桌上的麥克風後。史坦拿著雙筒望遠鏡，觀察底下正在繞場的馬匹。

「今晚的跑道很硬。」陶德說。

史坦抬起頭，他那張稚氣的臉上毫無表情，彷彿滿面愁容的白臉小丑。他點點頭，伸手拿來一個皮包大小附腕帶的皮套，從裡頭掏出一疊用橡皮筋套著的百元鈔票。他把鈔票遞給陶德，陶德數了二十張，重新套上橡皮筋，把那疊鈔票塞進褲子口袋。

「第一場哪匹有勝算嗎？」陶德說。

史坦拿起望遠鏡，打量著底下的馬。繞場就快結束，馬匹正準備回到圍場。

「沒有，有四匹不錯的馬，實力太接近，別冒險。我們等第二場再說，再打電話給我。」史坦的聲音硬邦邦的，一點表情也沒有，和他的臉很像。英格塢小姐抬起頭，直到我們出門後，才又把門關上。

「這到底怎麼回事？」我跟在陶德身後，走下環形樓梯。

陶德說：「史坦今年二十六歲，是賽馬圈裡最年輕的播報員之一，也是最頂尖的分析師。這裡很少有人知道，播報員只不過是他的副業，他是靠跟著那些馬跑遍全國各地來賺大錢的。」

我慢慢開始瞭解這到底是怎麼回事。「而你替他下注——」

陶德笑著點點頭。「他不該在那些由他播報的比賽下注，我替他下注，或是在這，或是去找我的組頭，然後抽百分之五的佣金，因為我是出了名的大賭徒，沒有人會懷疑。或者說，沒有重要的人會懷疑。」

走出電梯後，一位服務生領我們到終點線正上方貴賓專用包廂裡一張桌旁，替我們點了晚餐和飲料後，又替我們送上賽程表和幾份預測資料與內線消息。

「你把錢都花在我身上，我覺得這樣不太好。」飲料送來時我對陶德說。

他微笑著搖搖頭。「這些都不用額外付費，賽馬場自己會買單，謝謝妳今晚願意來幫忙。」

「這樣的話，」我舉起手中的亞歷山大牌白蘭地，「讓我們敬這刺激的一夜。」

他輕碰我的酒杯。「也敬我見過最迷人、最令人興奮的女人。」

他真的很甜，我覺得和他好親近。就像個很好很好的朋友。此時，擴音器裡突然傳來史坦低沉渾厚、略帶點鼻音的聲音，真不敢相信竟然是同一個人。

貴賓專用包廂裡又進來幾個人，他們似乎都認識陶德。

「第一場比賽史坦看好哪匹？」說話的人滿臉通紅，嘴裡叼著根粗得嚇人的雪茄，三隻指頭上鑽戒閃閃發光。

陶德搖搖頭。「他可能要等第二場才會有動作。」

「可惡！」那人說：「我還希望他會替我們在第一場挑個贏家呢。」

陶德給我一張二十元鈔票。

「要做什麼？」

「下注。」

「我還以為我們第一場不下注。」

「是我跟史坦不下注。妳知道嗎？史坦也不是個賭徒，他是個分析師，就像我說的，分析師跟賭徒不一樣。分析師出手就是為了要贏錢，賭徒賭博是為了刺激，不論輸贏。妳快下吧。或許妳感受到的興奮會刺激我的腎上腺素。」

「我要賭誰贏？」

「嗯，傑森的小道消息說印度王子會贏。」

我把那張二十元鈔票賭印度王子贏。我扯破喉嚨大喊，陶德也很開心地在旁看我跳上跳下叫個不停，印度王子拔腿飛奔，儘管如此，還是落得倒數第二個才跑回終點。

第二場比賽開始前，陶德拿起一具紅色電話，打電話給史坦。掛上電話後，那個叼著雪茄，手上還戴著三只鑽戒的男人，和包廂裡另外三個看來很有錢的人一起圍過來。

「第二場，正宗麥考伊。」陶德說。

那四個人各塞了一張二十元鈔票到陶德手裡。他們拿錢去給傑森，請他替他們下注時，陶德給我其中一張二十元鈔票。「看到了嗎？賺錢真簡單，去買正宗麥考伊贏吧。」

我往下注窗口走去，一路上腦海裡不斷迴響著電影「紅男綠女」的旋律：「我有匹名叫保羅神父的馬……」陶德站在五十元窗口前替史坦下注。

馬匹各就各位，我緊張得冷汗直流，才剛起跑，我就像發了瘋似地沒命大吼。正宗麥考伊一直保持在第三位，直到最後一個彎道才採取行動。我們以毫髮之差驚險贏得比賽。正宗麥考伊的賠率是一賠五，我賺了一筆，他點錢給我時，我的雙手興奮得直發抖，我急忙把鈔票掃進皮包。這就是人生，轉眼陶德就替史坦賺進四張五十元鈔票。

「這些錢該是你的。」我把贏來的錢交給陶德。

他只搖搖頭。「如果我收下，不就表示我在賭博嗎？這樣一來，戒賭協會的朋友會怎麼說？」

史坦挑的下一匹馬只跑出第三名成績，但他另外還挑中三匹贏家。第八場比賽結束時，我已經贏了四百七十塊三毛五。

「下一場我該賭誰贏？」我問。

陶德搖頭說：「最後兩場史坦不打算出手，太多好馬了。而且，妳還有正事要做呢。」

我這才想起到這來是為了什麼。我得把詳細情況告訴貝蕾，免得她搞砸。我緊張地四處張望，附近到處擠滿了人。「附近有沒有什麼地方，讓我可以獨處一陣子？」

「賽馬場秘書辦公室旁邊有間更衣室，服裝就放在裡面，我先把錢送去給史坦，然後再來找妳。」

我走進更衣室，換上紅藍兩色騎師服，對著鏡子梳了梳頭髮，再把錢塞進內衣裡。我呼喚貝蕾，和她解釋眼前的情況。

她聽了很不高興。「妳要我穿著那玩意跳舞？要我戴著頭盔和護目鏡？我又不是小丑。」

「聽著，貝蕾，我已經答應陶德了。」

「那是妳家的事。」

敲門聲響起。「妳好了嗎？」

「好了，馬上出來。」

「司機已經在等妳囉。」

「好吧，」我回頭和貝蕾打交道，「這樣好了，我把贏來的錢分妳一點，我一共贏了四百七十塊。」

「我們對半分，而且今晚不准妳出來攪局。」

「喂，妳這根本是在搶人嘛。」

「不不不，這是演藝事業，不喜歡拉倒。」

「好，好，妳要演的角色叫貝蒂‧韋恩。」退開前，我用貝蕾聽不見的聲音暗道，總有一天我會討回公道。

貝蕾瞧瞧鏡中的自己，上了些口紅，順手圍上在櫃子裡找到的一條紅圍巾。「好了，貝蒂．韋恩，」她舔舔嘴唇，「觀眾在等妳了，出去迷死他們吧。」

司機和陶德都在更衣室外等著。她溜上車，趁陶德沒留意，在他唇上輕吻一下。「等會兒見，寶貝。」

「我的天啊。」他嘀咕著。

「我也會演貝蒂．韋恩喔。」她咯咯笑，扭著屁股跟在司機後頭走開。

司機帕可是個英俊的波多黎各年輕人，他帶她朝那輛用白色小貨車拉著的花車走去。架高的花車平台上有匹假馬、一輛兩輪輕型馬車，還有一個用鐵絲網做的鼓，裡頭裝滿了票根。花車前後兩頭各有一個擴音器，駕駛座裡有支手持麥克風。

「妳知道該怎麼做嗎？」帕可問道。

貝蕾爬上馬車，手握韁繩，換上梅．蕙絲的表情說：「帕可寶貝，我當然知道該怎麼辦。」

「太好了。」他大笑起來。「我的駕駛座裡也有麥克風，我會介紹妳出場亮相。之後，我會很慢很慢地在大看台前來回開三趟，妳就只要唱一、兩首歌，什麼歌都無所謂，再和那些傻子揮揮手就行了，然後我會把車停在場中央讓妳辦正事。」

花車一開進跑道，觀眾立刻報以熱烈掌聲，不停朝貝蕾揮手。

「嘿，貝蒂．韋恩！」

「嘿，賭他輸吧！」

「唱首歌吧，貝蒂！」

「妳那對奶子是真的嗎？」

「貝蒂妳輸慘啦！」

「嘿，貝蒂把它當早餐吃了！」

花車慢慢駛向大看台中央，貝蕾拿起麥克風唱了首〈坎普敦賽馬曲〉，觀眾滿意地歡呼著。

暖場結束，帕可感謝觀眾蒞臨紐約賽馬場。貝蒂・韋恩準備從駕駛座後方的大鼓裡抽出幸運得主的票根，帕可把車停在大看台正前方，攝影鏡頭始終寸步不離緊盯著她。

「抽我，貝蒂！」

「嘿，貝蒂，妳隨時要騎我都行！」

她朝觀眾揮揮手，摘下臉上的護目鏡，轉動鐵絲網大鼓上的曲柄，抽出幸運的得獎者。

「如果得獎者是帥哥的話，」她說：「還可以額外得到一個香吻喔。」觀眾聽了興奮得不停鼓譟。

她有時扮些鬼臉，有時說些笑話，觀眾都被她逗得很樂。她一看見攝影鏡頭，就伸出舌頭，極盡挑逗能事舔了舔嘴唇，用瑪麗蓮夢露性感的聲音低聲說：「我原本還希望有成人影片的試鏡，可以讓我好好表演表演呢。」接著擺出一個極盡挑逗能事的姿勢，觀眾席上又是一片歡呼。

她挑出五張票根。前三個得獎者都是男的，她給每人一個熱吻。抽獎活動結束後，她唱了首〈我心屬於老爹〉，博得滿堂彩，全場觀眾起立歡呼。一群年輕人突然翻過圍籬，跳進場內。帕可見狀，立刻把車從大看台前開走。後來整整出動六位警衛，把他們團團圍住，逼回原位，比賽才能重新進行。

帕可慢慢駛回圍場入口，陶德迎上去對她說：「妳真是太棒了。」她又給了陶德深深的一吻。

「來吧。」他說。

「去哪裡？」

「妳可以換衣服了，等一下我送妳回去。」

「最後一場比賽我想下注。」

「最後一場比賽史坦誰也沒挑。」

「誰是史坦？」

陶德盯著她看了好一陣子才搖搖頭。「妳的心情又變了，我猜，妳現在是另外一個人。」

「另外哪個人？」

「那個外號叫做貝蕾，和艾略特一起去跳舞的人。」

「你在監視我啊，寶貝。」她輕撫他的胸膛。「先讓我把這身衣服脫掉吧，我熱得快受不了了。」

她換好衣服後，我告訴她我想出來。

「我們講好的。」她說。

「四百七十塊全部都給妳。」我說。

「想用錢打發我？聽著，出去表演的可是我耶。除了錢以外，時間也該歸我才對。」

「妳一定會後悔的，貝蕾。」

「說完沒？妳答應過我，我只是請妳遵守承諾而已。」

我無計可施，陶德正在更衣室外等她。「最後一場別賭太多，史坦認為實力太接近了。」

「那是史坦自己的問題。」

她朝五十元窗口走去，把四百七十塊全押在彆扭鹽巴身上。她的直覺告訴她，賭牠準沒錯。結果，彆扭鹽巴只拿到第四名。

「嗯，」她擺出撩人的性感姿態說：「真刺激。」

「妳還滿輸得起嘛。」他說。

「我常說，男人『來得快，去得也快』，錢也一樣。」

陶德開車載她回家，貝蕾邀他上樓小喝一杯。

他跟她上樓，我氣得罵自己是個蠢蛋，竟然笨到答應今晚都不出來干擾她。我擔心她和陶德會把持不住，又把金妮逼出來。金妮沒有參與我們之間的協議，但貝蕾不會想到這點。

就在這時，我突然想到，既然其他人都沒跟貝蕾達成協議，就可以由其中一個出來阻止她。諾拉會讓情況更複雜。我覺得最好讓莎莉接手，因為她什麼事都不知道。

貝蕾進臥室去換套比較舒服的衣服，陶德在外面準備飲料。就在此刻，我略施小計，莎莉就糊裡糊塗冒了出來，搞不懂究竟發生了什麼事。

只聽到貝蕾大喊：「不公平——」

但她轉眼就消失了，留下莎莉。莎莉正在繫那件新的粉紅色浴袍的腰帶，突然聽見客廳裡一陣聲響傳來。她嚇了一跳，偷偷從門縫望出去，看見陶德手裡拿著杯飲料，剛把電視打開。

「嘿，」他叫了一聲，「妳可能會上午夜新聞喔。」

她慢慢走出來，試著瞭解他到底在說什麼。「我為什麼會上新聞？」

「妳沒看見賽馬場裡那些攝影機嗎？」

她滿臉詫異。「你在這裡做什麼？賽馬場裡的攝影機跟我有什麼關係？」

「喔，不會吧！」他放下手裡的飲料，轉身準備離開。他往門口退了幾步，「該死，妳現在到底是哪一個？」

莎莉忿忿地瞪著他。「陶德，你給我聽好，我不知道你在玩什麼把戲。但我今天一整天都沒踏出這地方一步。」

「沒有嗎？」他指著電視螢幕。「那好，我倒要看妳怎麼解釋這個。」

「今晚——」播報員說：「紐約賽馬場的觀眾真的很開心，除了可以把大獎抱回家，還有熱力四射的貝蒂．韋恩為我們載歌載舞。」

鏡頭慢慢拉近，莎莉看見自己出現在螢幕上，瞠目結舌，不敢相信自己的眼睛。

「我的天啊！」

「如果妳今晚一直在家，那個人是誰？」

「是我……」她默默地說：「但我一點都不記得了。」

她看著貝蕾又唱又跳，俏皮話沒停過，兩行熱淚滑落臉頰。「那不是我，那不可能是我，我一點都不記得。」

陶德想上前安慰，她卻退開。「請你離開，我得好好思考一下，我得把事情理出個頭緒來。」

「好吧，」他說：「如果妳確定沒問題的話，不論發生什麼事，我只想告訴妳，我愛妳。」

陶德離開後，莎莉關掉電視，呆望著變黑的螢幕。

事實擺在眼前，她再也不能說一切都不是真的了。

房裡瀰漫著一股詭異的靜默，看她這麼痛苦，我也覺得很難過。彷彿有人扯下她臉上的面具，突然間，她在鏡中看清了這些年來發生的種種，終於瞭解為什麼會失去時間、明明沒做錯事卻被人指責、被人叫做騙子冤枉受罰、別人背著她閒言閒語，甚至還有人比手勢笑她腦袋有問題。

「我不想活了！」她失聲尖叫。

——妳得活下去，一個聲音說。

「妳是誰？這是誰的聲音？妳是哪一個？」

——我是來守護妳的。

「我有多重人格！我是個怪物！我想死！」

——既然妳已經知道事實，就已經走在痊癒的路上了，千萬別放棄。

「我再也受不了這種地獄般的生活！讓我死吧！」

她敲破一只玻璃杯，準備割腕，但那聲音阻止了她。

——既然妳已經看見貝蕾，知道事情的真相，妳就可以在情感面和理智面接受其他人。

告訴艾許醫生，繼續接受治療。

她昏了過去。

我不知道這聲音是從哪來的，或許我們全都瘋了。

星期五莎莉和艾許醫生在他的醫院辦公室裡碰面，她把事情經過全告訴他，他看起來很難過。

「我原本就計畫讓妳面對其他人格，」他說：「當妳面對事實真相，我希望能在現場。我從來沒想到，妳竟然會在電視上看到。」

「我想死，艾許醫生，我這輩子從來沒這麼沮喪過。」

「在痊癒的路上，這是痛苦但必要的一步。我們突破了妳的第一道防線——否認。既然妳已被迫接受妳的內在還有其他人存在的事實，就可以朝共存意識邁進了。一旦所有人都學會如何和彼此溝通，相對來說就會比較安全。妳們沒有人知道彼此在做些什麼，這一直是最危險的一點。」

「很抱歉我竟然想自殺，艾許醫生。」

他若有所思地看了她幾秒鐘，然後傾身向前對她說：「這點讓我很擔心。」

「不會再有下一次了。」

「我們已經來到一個非常棘手的階段，莎莉，妳現在的情況很危險。我覺得妳最好自願住院一陣子，直到建立起共存意識為止。」

「為什麼？我又沒瘋，是你說我沒有精神病的。」

「妳當然沒有精神病，不過，就像我剛才說的，接下來是個關鍵階段，我希望二十四小時都有人在身邊，以免妳再次暈厥。」

她雙眉緊鎖搖了搖頭。「我一直以來都有暈倒的問題，但我不需要住院，你打算怎麼辦？」

他彎身向前，緊握莎莉的雙手，凝視著她說：「莎莉，每次其他人出來時，我都讓妳自己決定，要不要在腦中留下記憶，但妳醒來後卻從來不記得任何東西。妳這麼強烈地抗拒其他人，簡直讓我們一籌莫展。」

「你打算怎麼辦？」她的聲音透著不安和恐懼。

「當我和其他人格說話時，會下達催眠指令給妳，讓妳記得發生過的事。妳不但會以莎莉的身分聽見她們說些什麼，而且還能夠記得。妳要開始學著接納她們。」

「我不想接納她們，直接讓她們消失就好了。」

「我們不能那麼做。妳在情感上和理智上都已經知道她們的確存在，我們必須讓妳們合而為一，妳們每一個人都必須開始學習直接和彼此溝通。」

「我好害怕。」

「那是當然的。妳因為需要她們，所以才創造了她們，後來卻又用遺忘來防衛自己。我的方式是擊潰這種適得其反的防衛機制，把所有人攤在陽光下，讓妳們能和平共處。別忘了，她們曾經是妳想像中的朋友。」

她拭去眼眶中的淚水。「是啦，但我從來沒想過，竟然還得再次面對她們。」

「這是唯一的辦法，莎莉。我正打算開始和妳所有的人格進行團體治療，希望妳能住院，好讓妳全天候有人關照。」

「我的工作怎麼辦？」

「告訴艾略特和陶德，說妳得請一、兩星期的假就醫。不必告訴他們細節，這裡的事就交給我來安排。」

她總算點了頭。「就聽你的吧。」

離開辦公室時，莎莉覺得全身緊繃，好像每條肌肉都打了結，她想乾脆打包逃走算了，但她知道自己不會真的這麼做。那些人簡直像惡夢一樣，把她的生活搞得支離破碎，痊癒也罷，毀滅也罷，她都要和她們所有人直接面對面。

第二部。

8

隔週，莎莉主動到城中醫院心理健康中心報到。她被安排在三樓的開放式病房，這裡看起來不像醫院，反倒比較像設備先進的旅館大廳。不過，身邊那些醫生、護士和其他病人讓她覺得很害怕，所以她把心打包打包就退房了。換我上場。大嘴杜菲三不五時會晃進我的房間，有時還會在三更半夜叫我起床，問我是誰。我知道她不相信我們，所以我故意捉弄她，老是瞎掰些新的名字，假裝其他人格。我告訴她我是四歲的露意絲，要找我媽媽的時候，她簡直樂壞了。還有一天下午，我告訴她我叫馬丁•科薩克，曾經搶過土桑市一家銀行。她還信以為真，全都記了下來。

我在那間光線明亮、盆栽成行的交誼廳裡遇見許多很好相處的人，不過，當其他病人知道我有多重人格後，大家簡直把我當怪胎一樣看待。

「妳今天是誰？」一個白髮蒼蒼的老婆婆問我。

「摧花手傑克。」我說：「我曾經強姦過很多老太婆。」

她嚇得連忙跑開。我知道這樣有點過分，但那些蠢問題真的把我惹毛了。

後來我和瑪麗安慢慢變熟。她滿臉青春痘，頭上的長髮稀稀落落，老是對我說我人有多好、多友善，每次我走進交誼廳，蜷縮在其中一張七彩海綿橡膠沙發時，她就會走過來坐在我身旁。她很喜歡講八卦，而我很喜歡聽，能夠到處散播最新消息讓她覺得很過癮，更何況我們兩個都是艾許醫生的病人。

住院第三天，我做了一個墨漬測驗，一個「加州心理量表」，還有其他一大堆測驗之後，好不容易才回到交誼廳，累得我心情奇差無比，只想一個人躲起來耍孤僻。瑪麗安偏偏在這時出現，拉著椅子坐到我旁邊。

「我再也不想看艾許醫生了。」她說。

我頭都沒抬，繼續打我的牌。「為什麼？」

「這裡每個人都在說他。我在餐廳清理桌子的時候，偷聽到三個醫生在討論他，說他們想把他從諮詢團隊踢出來，又怕惹來一身麻煩。還有另一個人說他是個獨裁者，還說只要艾許醫生決定的事，其他人說什麼都沒用，他還以為自己無所不知。」

「或許他真的無所不知。」我手裡沒牌可以出，偷偷從那疊牌的最下面摸了張A上來。

「他們說，他在妳身上花了太多時間，沒有足夠時間照顧其他病人，害得他們必須幫忙。他們說得沒錯，他花在妳身上的時間，比花在我們其他人身上的時間多。」

「是嗎？」我很不以為然，「那是因為，妳們只有一個人，而我有五個。」

她的下巴差點掉了下來。「妳終於承認啦？」

「承認？我可驕傲得很呢。我比妳們聰明五倍、美麗五倍、性感五倍。」

她忿忿地瞪著我。「妳這臭娘們，大家都說，妳是演戲，只是想佔據他的注意力，霸佔我們其他人應有的時間。」

我哈哈大笑。「沒錯，我是個如假包換的演員。有一部關於多重人格的電影正在拍攝，我就是在練習劇中的角色，以後我就會是家喻戶曉的大明星了。」

「妳騙我，妳根本不把我當回事。妳知道我還聽見什麼嗎？護士說，他太太再也受不了跟他一起生活，就在他家院子的樹上上吊自殺了。」

「妳這該死的騙子，滿臉豆花的下流婊子。」

我猜我有點太過分了，管他去死，每個人都在批評艾許醫生，聽得我煩都煩死了。她突然扔開手裡的牌撲向我，我往後倒在椅子上，重重摔倒在地。一睜開眼，她就已經壓在我身上，沒命地扯著我的頭髮。瑪麗安乾巴巴的，我覺得自己料理就行，如果讓金妮出來，她大概活不過兩秒鐘。我不希望在醫院裡把事情搞得太複雜。

我們在地板上滾來滾去，她扯爛了我的衣服，但我兩隻手臂鉗得她動彈不得，翻身把她壓在地板上。她對我亂吼：「我要宰了妳！竟然動手惹我，我要妳後悔一輩子！」

「我動手惹妳？是妳先——」

話還沒說完，就有人把我給扯開。大嘴杜菲和另一個護士上來壓住我的雙手，死命狂扭。瑪麗安看我被她們壓制住，立刻從地上跳起來，在我肚子上踹了幾腳。三個打一個太不公平了，我馬上呼叫救兵。

金妮飛腿正中瑪麗安的下巴，踢得她當場暈死過去。她的身體突然向下一沉，兩個護士冷不防鬆開手，金妮掙脫一隻手，一記左拳，再一記右擊，把兩個人打倒在地。哨子和警鈴聲大作，她看見其他病人全都躲在角落裡。她還不打算放過那兩個護士。地板上血跡斑斑，但她知道那不是她的血。

杜菲掙扎著爬出金妮的攻擊範圍外，剛打算回頭對付她，金妮就已經把她撲倒在地，又踹又咬。三個男護士撞開通往交誼廳的門衝進來，其中一個手裡拿著一件約束衣。他們把她團團圍住，金妮見狀便放了杜菲。

「來啊，你們這些混蛋！我一個單挑你們全部！」口中的鮮血令她作嘔，但她不願在這緊要關頭吐出來，她不能讓他們抓到她。

大塊頭的男護士上前一把抱住她，她曲腿踢他下體，他伸腿擋開，把她鉗得更緊。

「妳還真潑辣啊。」他笑說。

「別讓她跑了，托比，我來給她穿上這件約束衣。」

「天啊，你快點行不行！」

她不停伸手想抓他，都被他左躲右閃給閃過。最後她還是被套上那件帆布約束衣，倒在地上。

她為什麼會被帶到這個瘋人院來？把她關在精神病院裡逼她跟人打架，這招未免太爛了吧。這樣一定會有麻煩的，她清楚得很。

「我想我們最好通知艾許醫生，這是他惹出的麻煩。」

另一位護士也點點頭。「他對她們太好了，然後我們就得幫他擦屁股。看看我被咬的這口，我可能會得狂犬病都說不定。」

杜菲從地板上爬起來說：「把她交給我，我會聯絡艾許醫生。幫我把她弄回房間綁在床上。既然她的醫生說，不論任何情況都不能給她吃Thorazine⑫，我們就把這婊子綁起來，讓她好好冷靜幾天。現在情況已經控制住，我們沒必要在週末打擾醫生。」

「妳去死，」金妮齜牙咧嘴對她狂吼。「他們總有一天會放我出來，等到那天我一定會

⑫一種精神安定劑。

來找妳，把妳的頭給砍下來。」
杜菲冷冷瞪著她，企圖掩飾恐懼。「妳演得還真像，莎莉，不過妳今天演得太過火了點。妳或許可以騙過艾許醫生，但耍不了我們其他人。」
他們連拖帶拉把金妮關回房間。她努力掙扎，不讓他們用皮做的手銬腳鐐將她綁在床上，她真的被激怒了。「去你的，」她哼了一聲，「我又不想打架，為什麼要我留下來忍受這些狗屁，還妳，杜芮。」
「別找我，」我說：「我受不了被綁在床上。」
「管妳的，我要閃了，」她說：「叫那個蠢蛋出來吧。」
這完全不干莎莉的事，我覺得有點愧疚，但讓她來面對還是比我來好。所以，我就這麼看著金妮離開。我突然有種奇怪的感覺，彷彿有人在一旁注視著我，雖然這其實不大可能，身為記錄者，沒有我不認識的人。不管那麼多了，總之莎莉回來了，發現自己四肢被綁在床上，嚇得又哭又叫，死命扯著那些手銬腳鐐。
就在這時，那個溫柔親切的聲音又開始對她說話了——冷靜下來，莎莉，妳繼續這樣掙扎是會受傷的，妳得有耐心才行。相信艾許醫生，妳必須完全信任他，和其他人格接觸。如果再不趕快採取行動，妳們所有人恐怕都會面臨險境，這點我和他的看法相同。
這間瘋人院快把我們兩個都逼瘋了，但莎莉聽著聽著漸漸平靜下來，點點頭，靜靜躺在床上。不抗拒，也不掙扎。說不定這位厲害的神秘人物會再回來，替我們拆掉手銬腳鐐。
她試著讓自己暈過去，可惜沒能成功，然後她開始想著生父郵差奧斯卡，自從她祖父去世後，就再也沒見過他的蹤跡。

她還記得她在找尋的那張臉孔。她在街上閒晃時，總在搜尋那張臉，他總垂著那雙悲傷的眼睛，看起來彷彿在夢遊，經年累月背著郵袋的背都駝了（但在她的夢裡他是睡魔，背上背的不是信而是沙子，他說完床邊故事後，沙子就會假裝成信件）。她聽見他調皮的笑聲，好像他在夢裡呵呵笑個不停，還是，他其實的確在她夢裡笑著？

她堅信他的突然失蹤只是個愚人節笑話，有天走在路上，他會從背後悄悄靠近，摀住她的眼睛說：「愚人節快樂，寶貝女兒莎莉。」或者，他會指著某個東西說：「看，那邊有隻鴨子！」她順著他指的方向看，他就會開心地唱起來：「騙到妳了！騙到妳了！騙到妳的一毛錢了！」

他帶她去送信的路上，總會開她玩笑，和她玩文字遊戲。「快看，那條狗有兩條尾巴！」然後——「愚人節！去上學！告訴老師妳是個大笨蛋！」

那雙悲傷的眼總是微笑著叫她起床上學。「該起床囉，睡美人，別讓老師生氣喔。」他總是提醒她時間。那天，他為什麼急急忙忙趕上火車，留她一個人在車站裡？難道他一心只想著要送郵件，竟忘了她還在身邊嗎？警察在月台上發現她，把她帶回警察局，打電話給她媽媽請她來帶，一路上莎莉的哭聲從沒停過。

還有一次，她和媽媽去警察局填失蹤人口資料。可是，奧斯卡怎麼可能失蹤呢？他怎麼可能會把自己搞丟呢？他一定是在某個地方。她知道，他老早就在自己心裡的某個地方走丟了。每天早上他叫她起床後，她都會看見他獨自坐在餐桌旁，眼神空洞呆滯，幾乎都快閉上了。就在她以為他要開始打瞌睡時，他又會突然呵呵大笑，捻著稀稀落落的鬍鬚，搖搖頭說：「奧斯卡啊……奧斯卡！」好像在罵他自己。一轉眼，彷彿瞭解自己是誰、身在何處之後，那雙眼睛又哀傷地垂了下去。

過去幾年，她很好奇他在自己腦海中走丟之前，究竟在想些什麼。她媽媽曾說，奧斯卡可能出海去了，因為他小時候很愛船，還當過海童軍，他爸爸曾經是個健壯的水手，總是說他要出海去。他們結婚時，他才高中剛畢業，她媽媽還因此輟學，六個月後就生下莎莉。她很清楚，她媽媽對這點一直覺得很羞恥，耿耿於懷。

但莎莉不相信他真的出海當水手去了，她依然覺得，他仍舊背著那個裝滿夢塵的皮製郵袋走在街上⑬，總有一天，她會在路上碰見他，她會從背後悄悄跑過去，摀住他的眼睛輕聲說：「猜猜我是誰，睡魔先生，猜猜我是誰啊？」

她好希望奧斯卡現在就在她身邊。不知道他是不是到什麼地方展開新生活去了？開始新生活，結婚生子，換上新名字還有截然不同的身分，她真的聽過有人這麼做。越想，她腦中的思緒就翻騰得越快。念頭好快，我受不了。我得趕快停下來。火車好快，我得——把車——停——下——來。為什麼要她做些簡單的決定這麼難？吃什麼？穿什麼？電梯要搭到幾樓？

幫幫我，奧斯卡。

幫幫我，艾許醫生。

幫幫我，上帝。

她得告訴艾許醫生關於奧斯卡的事。她六歲那年就知道奧斯卡不會再回來了，但其他人卻還不知道。那天晚上，他說完床邊故事，以為郵袋裡的假沙已經哄她睡著之後，她就知道事情不對勁。他彎身輕吻她的臉頰，低聲對她說：「睡美人，祝妳好夢連連，直到白馬王子用吻喚醒妳為止。」然後他心滿意足地點著頭，走出房間。那是她最後一次見到他。

星期六一整天，杜菲都把莎莉綁在床上，直到星期天中午才替她鬆綁。她走進房裡，直盯著她瞧。

「妳是誰？」

「莎莉・波特。」

她整個人貼上來瞪著她。「其他人的事都是妳胡說的，對不對？」

「妳是什麼意思？」

「妳沒有多重人格，那些人都是妳捏造的，對不對？」

她眼中深沉的恨意讓莎莉很害怕，不知該怎麼回答才好，她突然聽見腦中那個聲音說——就順著她的意回答她，她是個邪惡的笨蛋，告訴這個仗勢欺人的傢伙她想聽的話就可以了。

「不，」莎莉大聲說：「我沒有騙人。艾許醫生說我有多重人格，我相信他的話。」

「艾許下令不准給妳鎮定劑，」杜菲說：「依我看，妳還是有暴力傾向，就這樣待到明天吧。」

不過，一小時後，她就派了另一個人來替她鬆綁。

⑬ dreamdust，傳說中睡魔會對著小孩的眼睛撒夢塵，讓他們墜入夢鄉。

「很抱歉，」那個體型壯碩的中年護士說：「杜菲是個壞人，她不該來當精神科護士的。」

莎莉揉揉手腕腳踝，讓血液恢復順暢。她飛快瞄了一眼黑底白字名牌上的名字：芬頓。她心想，她也該有個名牌，省得別人老問她是誰。

「謝謝妳，芬頓，很抱歉惹了這麼多麻煩。」

「別這麼說。妳只不過是需要協助，照顧妳的醫生很優秀。」

莎莉原本得在房裡度過整個星期天，但艾略特帶了鮮花和糖果來看她，院方准他們一起到會客室去。他看起來有點不一樣，她很想弄清楚究竟是什麼地方不一樣，卻想不出個所以然來。

「你來看我真好。」她說。

「陶德原本也要一起來，但有群人要辦派對，他得去賽馬場張羅公關的事。他把事情經過都告訴我了，我指的是，妳在電視上看見自己的事。」

她點點頭。「艾許醫生說，這對我比較好，我一直拒絕接受還有其他人格的事實。」

「我們第一次去跳舞的時候，我就開始懷疑了。妳還記得嗎？我叫妳貝蕾，然後妳就生氣了。」

她點點頭。

「妳是個美麗的女人，莎莉。除此之外，妳也很善良，溫暖、活潑又風趣。就算我不說，妳也知道我為妳瘋狂。」

「我是個病人。」

「妳會康復的，總有一天妳會恢復正常。我想告訴妳一件事，我知道大家都覺得我是花花公子，但那已經過去了，莎莉。如果妳願意給我希望，哪怕只是一絲一毫的希望，我就願意等妳。」

「你是什麼意思？」

「三次婚姻失敗後，我從來不認為我會想再結婚，但妳是我認識的人當中最善良的。如果妳跟個負責任而且事業有成的人結婚，法官可能會重新考慮妳兩個孩子的監護權。為了妳的未來，想想吧。」

她脹紅了臉。「你真的很貼心，艾略特。對我來說，那兩個孩子是世上最重要的東西，至於結婚，我——我不——」

「現在什麼都別說，莎莉。我只是先播下一顆種子，或許有天它會開花結果。就算沒有，沒辦法當妳的丈夫，我也願意做妳的朋友。」

她點點頭。「你真是個好人。」

艾略特離開後，她考慮了一陣子。艾略特看到每個女人都會過去打情罵俏一番，她試著想像自己跟個中年花花公子結婚是什麼景象，或許他會改變。她嘴裡嚼著巧克力牛軋糖，突然想通了艾略特到底有什麼不一樣。他的臉變胖了，艾略特的體重顯然慢慢在上升。此刻，他內心是否有個胖子正嚷嚷著要出來？

星期一早上十點，瑪姬來病房帶莎莉到辦公室進行團體治療。

「杜菲說的話艾許醫生都知道了，」瑪姬說：「他簡直氣炸了，他已經向院方行政單位投訴了。」

瑪姬陪著她走出精神病房，越過中庭，來到艾許醫生辦公室所在的行政及醫學大樓。一走進辦公室，莎莉就發現眼前有五張椅子排成一個圓圈，其中四張上面各立了一面鏡子。艾許醫生站起來，把她帶到沒有鏡子的那張椅子去。

「莎莉，我替杜菲不可饒恕的行為向妳道歉。」

「我還好，艾許醫生，我真的沒事。他們說，你下令不准給我服用鎮定劑，杜菲或許也束手無策——」

「這太荒謬了，她應該打電話到家裡給我的，我會馬上趕過來。她可以把妳鎖在病房裡，但大可不必把妳綁在床上，現在又不是中古時代。」

「艾許醫生，那天我很粗暴，而且她也知道我有自殺的紀錄。」

他把一張椅子拉到她身邊。「我們必須解決這個問題，莎莉，我們必須讓塵封已久的往事重見天日，才能加快痊癒的腳步。不過，就像我告訴過妳的，對於過往的點點滴滴，妳必須跟我一樣清楚才行。儘管充滿痛苦，妳還是必須再次親身體會。既然妳已經知道有其他人的存在，我就得讓妳跟其他人接觸。」

她驚慌失措地看著椅子上的四面鏡子，好似想找個地方躲起來。「我還沒準備好，現在還太早了。」

「我只希望還不會太遲。」

她彎下身，好像希望把自己變得越小越好。「我覺得我會受不了。」

「我對妳有信心，莎莉，不然我就不會嘗試了，讓我告訴妳今天的計畫。」她沒看他，默默點了點頭。

「我們先在沒有催眠的情況下試一次，我希望妳靠意志力呼喚她們，請她們出來，用妳小時候和她們說話的方式對她們說話。」

她搖頭說：「我辦不到，艾許醫生。」

「先試試看，莎莉。如果真的沒辦法，我還可以用催眠，讓我們第一次的嘗試順利開始。」

「我該說些什麼？」

「這由妳來決定。」

她望向四面鏡子，看著鏡中自己的模樣，突然覺得和自己說話有點蠢。

「艾許醫生要我和妳們說話……」

短暫沉默之後，她又試了一次。

「我們大家得齊心合作，因為艾許醫生要幫我們……」

她慌了。一陣寒意襲來，頸根開始隱隱作痛，但她知道那不是艾許醫生想要的。他不希望她昏倒，她必須保持清醒，和她內心一切的一切正面接觸。

「請妳們出來，」她哭著說：「杜芮……諾拉……貝蕾……不管妳們在哪裡，快回答我。」

什麼也沒有。

「對不起，艾許醫生，」她說：「我讓你失望了。」

「千萬別這麼說，莎莉，甚至連這麼想都不要，我們只不過小小耽擱了一下。開放溝通的管道，等於要往前邁出一大步，妳會驚慌害怕是很自然的。」

「但她們不願跟我溝通。」

她又等了一分鐘。我可以感覺到諾拉和貝蕾就躲在不遠處，和我一樣好奇，不知道接下來會發生什麼事，不知金妮跑哪去了。

我記得，莎莉十四歲生日那天，她媽媽替她辦了個生日派對，還請附近鄰居的小朋友來參加，卻沒有一個人肯來，因為每個孩子都覺得莎莉是個怪人。幸好莎莉也寧願自己一個人，我們大家帶著冰淇淋、餅乾和蛋糕，全都到她樓上的房間裡，熱熱鬧鬧開起派對。貝蕾吹蠟燭，諾拉許願，後來金妮爬下排水管，偷開弗瑞德的車載我們大家去兜風。莎莉忽然覺得不舒服，吐得滿車都是，後來還被痛打一頓，雖然一點印象也沒有。有樂子的時候從沒她的分，挨罵、挨打的卻總是她，真是太可憐了。

莎莉試著不再流淚，雙腿靠攏，十指交握，靜靜等著。過了不久，她顫聲說：「你最好請她們出來，艾許醫生，她們不願意來找我。」

「好吧，莎莉，」他輕撫她的肩膀，「他知道黑暗裡有什麼……」

她闔上眼，靜候他的指示。

「當我數到五，妳們所有人都會到這房間來參加團體治療。我們有重要的事情要討論，妳們每個人都必須出席，包括杜芮、諾拉、貝蕾、金妮，當然還有——莎莉。我說我會數到多少？」

「五……」莎莉輕聲說。

「好，開始。一——二——三……四……五……所有人走進光明。」

她聽見他說的每一個字，不知道等一下會發生什麼事，覺得很害怕。我覺得有東西推了我一把。

「嗨，艾許醫生，」我說：「好久不見。為了方便你們記錄，我先報上名來，我是杜芮。」

她聽見我的聲音，訝異得合不攏嘴，連忙在一面面鏡子裡搜尋，想知道我是誰。四面鏡子裡，只有她左邊那面裡頭的人和她長得不一樣。莎莉是棕髮棕眼，但那面鏡子裡的人卻是金髮碧眼，斜睨的目光清亮有神。

「哈囉，杜芮，」艾許醫生說：「最近有什麼事情發生嗎？」

我把那天晚上和陶德去賽馬場，還有莎莉看見自己以貝蕾的模樣出現在夜間新聞上的反應都告訴他。那天晚上前半段發生的事她當然一點印象也沒有，所以，我提到陶德的時候，他聽得很入神。

「現在的問題是，」我說：「陶德和艾略特兩人同時採取行動。」

「這是什麼意思？」艾許醫生問。

「陶德愛上了諾拉，但他卻把我誤認為她。艾略特喜歡貝蕾，但他求婚的對象卻是莎莉。」

「哪一個妳比較贊成，杜芮？」

「我？兩個都不要。」我凝視他的眼神。希望他看得出來，我只喜歡他一個。

「這樣的話，」他說：「我們得注意這件事情的後續發展。不過，在融合完成之前，不應該作任何決定。我們該交給完整的莎莉來作決定。」

「那她最好選個對的。」我說。

「還有其他我該知道的事情嗎，杜芮？」

我思考了一分鐘，突然想起剛才出來前被推了一把。「既然你提到，」我說：「還有件事想告訴你，最近我有種被人監視的奇怪感覺，明明沒有其他人，有時我卻會聽到一個奇怪的聲音。莎莉在電視上看到貝蕾後，阻止莎莉割腕的就是那個聲音。通常我會覺得很害怕，但我卻覺得這應該是好事，應該是有什麼人或什麼東西在關心我們。」

艾許醫生點點頭。「我已經預期到有這種現象，大多數多重人格病患都會有這種情況。只要它說的話是正面的，妳們就應該聽，但我還是希望妳繼續讓我知道相關消息。」

我點點頭。「我會記錄下來的。」我咯咯笑著說：「抱歉，我老毛病又犯了。」

他對我微微一笑，很高興他沒有因為我的笑話而生氣。

「還有另一件事情妳可以幫忙，杜芮。」

「儘管說。」

「團體治療需要妳的協助，妳可不可以請其他人出來一起加入我們？」

「我可以試試，艾許醫生，接下來你想找誰？」

「由妳決定。」

我考慮之後，覺得貝蕾是最好的選擇。她總是吵著要出來，而且她向來不會讓觀眾失望。我告訴她艾許醫生希望我們一起出來，她笑著說她很樂意配合。

鏡中的莎莉突然搖身一變，變成一個滿頭紅髮、濃妝豔抹的人，那人戴著假睫毛，亮紅色的口紅讓雙唇看來特別搶眼。到底哪個才是真的貝蕾？是她眼前看見的這個，還是在電視上看見的那個？

「呼！」貝蕾擺出撩人的姿勢。「我頭好暈，好像在刺眼的燈光下不停轉來轉去。」

莎莉滿臉恐懼，我還以為她快昏倒了。「讓我替妳們介紹一下。」我說：「莎莉，這位是貝蕾。」

「妳好嗎？」莎莉說。

「只要妳不跟我搶鏡頭，我就好。」貝蕾答道。

莎莉皺起眉頭，搞不懂她在說什麼。

「貝蕾是演藝圈的，」我解釋道：「前幾天晚上電視新聞裡，在賽馬場上扮演貝蒂・韋恩的就是她。」

莎莉猛搖頭。「我看到的不是她，我看到的是我自己，這怎麼可能？」

我突然想起，她說得沒錯，我也看到了。像現在這樣和本人面對面的時候，我看見的是貝蕾的臉，但電視上卻是莎莉的臉。

「這不難理解。」貝蕾左邊，正對莎莉的那面鏡子裡傳來一個聲音。莎莉在鏡子裡看見另一張新面孔，高聳的顴骨，橄欖色皮膚，一頭及腰長直髮烏黑亮麗，看起來活脫是個印第安人。

「事情就交給諾拉吧，」我說：「什麼問題都難不倒我們的智多星。」

「如果妳對心理學有點粗淺的認識，就知道其實很簡單。」

她望向艾許醫生，他只是微笑不語。

「當莎莉看我們的時候，」她說：「是把她潛意識裡的形象投射出來。她在電視上看到的只是個被錄下的影像，裡頭沒有她的想像。」

貝蕾聽了可不高興。「妳是說，我們每個人看起來其實都不是現在這個模樣？我們看起來都跟她一模一樣嗎？」

「沒錯。」諾拉說。

「我才不信呢，」貝蕾還不死心，「我知道自己的臉長得怎樣。」

諾拉看著艾許醫生，等他伸出援手。「你怎麼說，艾許醫生？你不覺得該向她們澄清一些事情嗎？」

「妳做得很好，」艾許醫生說：「身為這次團體治療的治療師，我應該越少涉入越好。」

「自從我聽說要團體治療之後，就一直想問你這個問題。大部分佛洛伊德學派的心理分析師都不會這麼做，對不對？我是說，他們通常會請病人躺在躺椅上，分析師坐在背後，請病患自由聯想，盡其所能把潛意識裡的東西挖出來，不是嗎？」

「沒錯，」他微笑說：「但我不是心理分析師，而且也不是佛洛伊德學派。我相信很多佛洛伊德的學說，還有壓抑、潛意識等許多他提出的概念，以及他對夢的解析的其中一部分，我也都能接受，但我還融合了非指導性治療、心理劇，以及催眠治療和團體治療的概念與技巧。」

「換句話說，你是個折衷派囉。」諾拉說。

「我想妳可以這麼說。」

諾拉乘勝追擊，她等不及要丟出手中的震撼彈。

「我想你應該把椅子搬過來，加入我們。」她說：「如果我們要讓你瞭解我們的問題，我們就應該對你有更多瞭解。」

他搖頭說：「在這時候要我加入，不是明智之舉——」

「我覺得諾拉說的有道理。」貝蕾說：「如果要我們把所有事情都告訴你，你就不該隱瞞我們。」

「現在是妳們的時間，」他不為所動，「我不能進去攪局。」他望向莎莉，期盼她出口幫他，但她只是望著地板。「莎莉，請繼續討論。」他說。

「我——我覺得艾許醫生說得對。」她說：「他是醫生，知道怎麼做最好。」

「兩票對一票。」諾拉說：「杜芮，妳覺得如何？」

艾許醫生站起來，在辦公室裡來回踱步。「這真是太荒謬了！」他說：「從來沒聽過這種事，這種事怎麼能投票表決呢？治療師就是不該把他和他的問題帶到治療情境裡來。」

「既然你這麼說，」諾拉說：「我想你該多學一種技巧。」

他一臉好奇地問：「什麼方法？」

「『自我揭露』法。」

「妳到底在搞——？」

「我從圖書館借了一小本書，裡面有席尼・朱哈德寫的《透明的自我》，我想這本書你應該知道，另外還有莫羅的作品，你肯定在《新團體治療》裡看過他的著作。」

「當然，」他說：「但我看不出來，這些和我們有什麼關係。」

「莫羅和朱哈德都相信，治療師應該透過自我揭露，對病患敞開心胸，分享自己的生命經驗與困頓，來作為病患的典範。既然你承認你綜合運用各種不同技巧和理論，我們就有權要求你做那些你要求我們做的事。」

我們圍坐在他四周，看著他侷促不安的模樣，他一腳踩進諾拉設下的陷阱。

「我投莎莉一票。」我覺得自己彷彿背叛了諾拉和貝蕾。「如果艾許醫生不想揭露關於他自己的事，他就沒必要這麼做。我想，他為我們做的已經太多了，讓他騎虎難下，實在很不公平。我承認，我很想多認識你一點，艾許醫生。但如果你覺得這麼做不對，對我們沒有好處，我會站在你這邊。」我直視諾拉的雙眼說：「二比二，平手。」

房裡突然陷入一片死寂，我們所有人都望著第五張椅子上的那面鏡子，不知金妮是否會出現加入我們。什麼動靜也沒有，我鬆了口氣，但我知道金妮會自己挑時間、挑地方出現，這是毫無疑問的。

諾拉最後開口說：「艾許醫生，只有你能打破眼前的僵局。如果你願意告訴我們，你太太為什麼在你家後院的一棵樹上吊自殺，情況就能有所轉變。」

他面無血色地瞪著她。

「妳是……怎麼……發現的？」

諾拉強掩得意，畢竟你不是每天都能把你的精神科醫生逼入絕境，他們總是無所不用其極讓自己安安全全躲在無法觸及的暗處。她並不想傷害他，她是真的對他太太很感興趣。

「妳是怎麼發現的？」他問。

「我什麼也沒做，」諾拉說：「是莎莉在醫院裡聽來的，杜芮和那個滿臉青春痘的病人打架就是為了這件事。她對杜芮說，你不是個很好的精神科醫生，那些醫生和護士還常說，你太太是因為一種叫耗竭症候群的病才自殺的，這些都是杜芮告訴我的。」

「他們還說了些什麼？」

「你已經無心工作，必須戴上一付面具才能繼續撐下去，表面上你假裝還很關心病人和工作，但其實你已經阻絕了所有情緒。你看，在我們把生命交到你手裡之前，有權利多瞭解你一些。」

「好吧。」他幾近哽咽地說：「或許是自我揭露的時候了，如果這麼做能夠幫助妳們活下去，那也就值得了。」

他把椅子拉到我和諾拉之間，低頭望著地板。

「我們結婚的時候，琳兒還非常年輕，她長得很漂亮，我們深愛彼此。她在外面工作，幫助我唸完醫學院。醫生之間有種不為外人所知的問題，我曾經對杜芮說過，過度工作、過度接觸病人會導致一種被稱為『耗竭症候群』的疾病。你假裝非常關切病人的生活，但其實一切都只是在演戲。再怎麼特別的問題你都看過、聽過，而你自己的問題卻似乎越來越嚴重。你讓自己鐵了心，不去理會那些痛苦折磨，這樣才能繼續過日子，但這卻會影響到你的個人生活……我是說，影響到我的個人生活。我總是提醒病人不要用錯代名詞，想表示『我的』的時候不要說成『你的』，現在竟然連我自己也犯了同樣的錯。天啊，真是糟糕……

「總而言之，我相信那是她自殺的原因。我的心因為心力交瘁而死了，琳兒覺得這是她的錯。她是那麼脆弱、那麼敏感，需要人好好愛她、呵護她，但我沒辦法給她這些，所以她……她……」他搖搖頭，逼自己繼續說下去。

「一天早上起床後，我望向窗外，看見天空中她上吊的側影，那棵楓樹上刻著我倆名字的第一個字母。」

他環顧我們每一個人。

「我們十多歲的兒子覺得是我把她害死的，」他說：「在那之後的三年間，他幾次進出少年感化院，一直到他十六歲為止。有天，他溜出感化院，音訊全無。從此我再也沒見過他，也沒有任何他的消息。我一直一個人住，從來不曾再婚。我把全部生命貢獻給工作，但大部分都只是機械化的反應——直到現在。」

他就此打住，兩隻手虛弱無力地垂在椅子扶手上，抬頭看著諾拉。

「所以說，一開始你不願治療我們，」諾拉說：「就是因為我們曾經自殺。」

貝蕾說：「也是因為如此，現在你才會這麼努力想保住莎莉的性命。」

他點頭說：「只要妳們堅持下去，就有改變的可能，千萬不要虛擲妳的生命。不論多麼痛苦，不論眼前多麼晦暗，也絕對不要放棄。」

諾拉突然覺得和艾許醫生有種惺惺相惜的感覺。「很高興你和我們分享，艾許醫生。知道你經歷了多少風雨之後，我更有信心你一定可以找到幫助我們的方法。我不會再自殺了，我答應我會合作。」

他靠在椅背上，伸展他那雙長腿。

「妳們每個人從莎莉想像中的朋友變成活生生的人格時，究竟發生了什麼事？我相信這對她很重要，她應該試著回想。」

「有道理，」我說：「但我已經不記得了。」

「我也不記得了。」貝蕾說。

諾拉也搖搖頭。

「我可以幫助妳們每一個人，在催眠的情況下，回憶過去的情景，這種技巧叫年齡回溯法。」

「應該先從諾拉開始。」我說。

「為什麼是我？」

我想了一會兒，一個想法突然閃現腦海，猶如迷霧中一個輕柔又陌生的聲音在回答她的問題。「因為妳是最後一個被創造出來的。」我說。

「這有什麼差別？」

「杜芮說得沒錯。」艾許醫生說：「從距離現在最近的時間點開始往回推，這樣滿符合邏輯的。」

貝蕾也點頭稱是。「這樣一來，如果金妮出現，我們也可以留到最後再來處理。」

「來吧，諾拉。」艾許醫生說：「我已經揭露我自己了，現在輪到妳了，妳說過會合作的。」

「好吧。」她雙手在胸前交叉。「把我送回以前吧。」

「諾拉，」他說，「他知道黑暗裡有什麼……」

她的頭點了幾下，眼睛閉了起來。他伸出手，鬆開她的手臂，把她的雙手握在手中。

「妳現在睡得很熟，諾拉，但妳還是可以聽見我的聲音，照著我的指令做。如果妳聽懂我說的話，請妳點頭。」

她點點頭，感覺得到自己規律沉重的呼吸，也感覺得到她的手被他溫暖的雙手緊緊握著。

「莎莉，妳也必須仔細聽，其他人也一樣。諾拉要回到她被創造出來的那一刻，一切都將歷歷在目，諾拉，把妳看到的都告訴我們。請告訴我們那是什麼時候。」

「十二歲……感恩節假期前兩個星期。」

「妳在什麼地方？」

「我在湯瑪斯・傑弗遜高中的數學課上。」

「很好，妳現在就在那一天的教室裡，用妳自己的話說。」

諾拉睜開眼睛述說當時的情況，但她已經離開我們了，她在她遙遠的記憶裡……

我覺得很詭異。我坐在教室裡自己的座位上，每個人都瞪大眼睛看我。但那不是我，是莎莉。老師問了她一個問題，大家都等著看她回答。她的數學很爛，怕幾何怕得要命，那些公式從來就沒搞懂過。那些角度、弧形弄得她一個頭兩個大，從來不懂為什麼要學那些鬼東西。上數學課時她通常都在作白日夢，不然就是偷看藏在筆記本裡的漫畫。他們原本的老師知道這個情況，從來不會點莎莉起來回答問題。但今天來的是代課老師，莎莉被他叫起來解一個方程式。每個人都在笑，因為大家都知道她的幾何很爛，這個題目又很難：

——莎莉。我在等妳喔。

——我——我很抱歉，老師，我沒寫這一題。

——沒寫，妳是什麼意思？這是你們老師指定的回家作業不是嗎？

——對，可是——

——少跟我可是，其他題妳有寫嗎？

——沒有，我真的很抱歉。

——抱歉？抱歉也沒辦法回答這個問題，請妳上台拿粉筆解給我們看。

「莎莉恨透了在眾目睽睽下上台，因為她功課不好，其他學生都會在台下竊竊私語偷笑她。她真的很想和他們做朋友，希望他們喜歡她。這樣一來，他們肯定會嘲笑她，而且全校的人都會知道。笨莎莉在台上簡直蠢斃了。

「莎莉上講台拿起粉筆，聽見同學在她背後竊笑，整張臉脹得通紅，她突然覺得一陣寒意襲來，頭痛欲裂。這是我唯一一次知道莎莉心裡在想些什麼。然後我就出現了，而她卻不見蹤影。我手裡握著粉筆，望著空空如也的黑板，一切了然於心。」

——哼，我才懶得做功課呢，我說，因為這題太簡單了。

「我飛快畫出圖解，列出方程式，洋洋灑灑寫下證明式，最後還加了Q.E.D.三個字母（Quod erat demonstranduml），大聲嗆了一句：『證明結束』。

「我轉頭看著老師和全班同學，他們每個人都瞪大了眼，有些人張大嘴，不敢相信自己的眼睛。我得意得很，頭抬得老高，睨著台下那群可憐的笨蛋，威風凜凜走回座位。下課鐘聲響起，課程結束，每個人都跑來擠在我身邊，問我到底是怎麼辦到的。

「從那天起，我就越來越強壯，越來越常出現。上數學課拿A的人其實是我。後來，我也開始去上法文、社會研究和英文課，我盡情享受每一分每一秒。那時候，我不知道還有其他人格，但已經發現自己從來沒去過體育館，沒上過戲劇課、家政課或舞蹈課，也從來沒參加過任何社交活動。起初，我還以為每個人都是這樣，生活猶如一段段不相聯結的時間，你突然發現自己身處一個特定的情境中，運用邏輯推論，拼湊出事情的全貌，享受解決問題的過程。不過，後來我從其他人說的事情中，才發現原來不是這麼回事，只有需要用到我的知識的特殊情況出現時，我才會短暫存在。

「有一次，一個同學在走廊上碰到我，說我在家政課上憑空變出一個超好吃的椰子蛋糕，我就知道事情肯定有問題，因為我從來沒烤過東西。還有一次，一個男生說我是個很棒的啦啦隊員。我開始用邏輯分析，嘗試拼湊出事實真相。

「我想到一個計畫，海報上說，感恩節的美式足球賽結束後有場舞會，我決定無論如何一定要去參加那場比賽。每次我發現自己心不在焉、作白日夢或一片空白時，我就會把注意力集中在某件事物上開始數數，或專注在呼吸上，我就這麼撐過一整天。也就是在這時候，我碰見她的其他同學。他們看我似乎不認識他們，聽不懂他們在聊些什麼，都露出疑惑不解的表情，但我沒有因此退縮，準備參加比賽。

「我從來沒參加過美式足球賽，今天對上提頓高中的這場比賽至關重要，莎莉的媽媽替她燙好了啦啦隊裙，也把那件印著一個大J的白毛衣洗得乾乾淨淨。我心想這下麻煩大了，因為我根本不知道啦啦隊員要做什麼。我在莎莉的桌子裡東翻西找，看看有沒有哪本手冊上找得到啦啦隊呼，卻什麼也沒找到。只好趕緊換上隊服，跳上公車到球場去。

「頭痛就是這時候開始的，感覺就像在講台上的那次。但上次痛的人是莎莉，這次我自己可以感受得到，痛得彷彿頭蓋骨都快被掀開了。但我沒有屈服，我寧死都要看看跳啦啦隊是怎麼一回事。我走進她們已經排好的隊形中，她們每個人都用奇怪的表情看著我。我說『我的頭快痛死了』，差點喘不過氣來。

「我第一次聽見杜芮的聲音就是在這時候。」

——別這樣，諾拉，她說，別把我們的事給搞砸了。

——妳在哪裡？

——在妳的腦袋裡，諾拉。快放手吧，大家都在等呢。

——妳是誰？

——我叫杜芮，我們現在沒時間自我介紹，聽我的話，現在應該讓貝蕾來帶大家跳啦啦隊舞，妳會把整件事搞砸的。

——我想留下來看，我說。

——妳不可以這麼做，如果妳不閃開，我會讓妳一整年都出不來，快走開。

——我很頑固，堅持不走，照著其他女生的動作蒙混過去，我覺得好像有針在刺我的眼睛，杜芮說：

——我警告妳，快滾到一邊去，不然我就弄瞎妳的眼睛，那些枯燥艱澀的書一本都別想再看。

「我只好退開，那場比賽我什麼也沒看到。人家告訴我，我們二十一比七輸了。直到那時我才發現還有其他人，而我們所有人心裡在想些什麼，只有杜芮一個人知道。我是透過杜芮或其他間接方式，才知道其他人的。」

杜芮沉默不語。

「我想，」艾許醫生說：「今天我們的收穫夠豐富了，妳們每個人都對妳們的過去有了些瞭解，妳們第一次的團體治療非常成功。」

「我們應該私下自己練習嗎？」我問。

「絕對不可以！」他急忙說：「這很危險，莎莉的狀況還很脆弱，不要心急，最重要的是，盡量避免一些壓力過大的狀況。我希望妳們每個人都答應合作，盡力保持穩定。」

我們都答應他。

「當我數到五，莎莉會醒過來，其他人會退入黑暗。剛才發生的所有事情，莎莉都會記得一清二楚，妳們會覺得很輕鬆、舒服。」

他開始數，莎莉醒過來後覺得有點頭暈，發現眼前的艾許醫生正緊盯著她看。

「嗨……」她的聲音很虛弱。

「妳覺得如何？」

她轉轉手指，表示頭有點暈。

「妳記得發生了什麼事嗎？」

莎莉點頭說：「好像在作夢，其中三個想像中的朋友來參加治療，但她們已經變成活生生的人格，不再只是我的想像，我們需要密切合作。」

「很好，莎莉，妳今天的表現非常好。」

「艾許醫生，你要我盡量避免壓力過大的情況，這個地方讓我覺得很有壓力。我很怕杜菲，也不想待在這裡，可以讓我出院回家去嗎？」

他思考了一陣子。「妳是自願入院的，莎莉，如果妳覺得在外面的狀況會比較好，我也想不出有什麼理由需要再多留妳。妳已經見過其他人了，看起來處理得很不錯。再等一天，如果一切都在控制之中，妳就可以回家了。」

莎莉露出笑容。「你真的很善解人意，艾許醫生，只有你真正關心我。」

「妳人很好，其他人也很關心妳，莎莉。妳的問題解決後，我確信妳一定可以擁有完整又有意義的生活。」

回到病房後，她才發現忘了問他第五張椅子和那面鏡子的事，她想知道是誰沒來參加團體治療。

9

星期三早上，莎莉一大早就醒來收拾行李，巴不得能馬上離開。窗外正下著雨，芬頓護士來告訴她可以出院了，莎莉給她一個擁抱，和她道了聲再見後，連走帶跑沿著走廊往外走。

搭公車穿越城區回家的路上她不停在想，見過其他人後，家裡不知道會不會感覺有什麼不同。她告訴自己，必須更小心處理她們的東西。她們都是獨立的人格，處理她們的東西時，應該要多點尊重。

莎莉在裁縫店前下車，對店裡白髮蒼蒼，佝僂著身子的葛林柏先生揮揮手，他也對她揮揮手，他或許根本不知道她在醫院裡待了一星期，他有什麼理由會知道？三不五時遭小偷已經讓他夠煩了，西區這一帶治安不太好。她看見墨菲被搬到一旁背對著她，這真的有點蠢，不過她偶爾天黑後才回來，看見玻璃門後那套警察制服還是覺得比較安心。

突然一個念頭閃過，要是她不在的這幾天，有人闖空門怎麼辦？她三步併兩步衝上樓，一顆心七上八下。上樓後，她鉅細靡遺地檢查那扇門，察看是否有外力破壞的痕跡。門鎖附近有幾處凹陷和幾道刮痕，看起來已經很舊了，但她自己也不是很確定。她打開門，故意大喊：「哈囉！有人在嗎？」希望小偷聽到會嚇一跳，跳窗從防火梯逃之夭夭。

一切似乎井然有序，都在原有的位置上。感謝上帝，沒人闖空門。

她炒了蛋當午餐，原本還打算來點薯條，但想到曾經答應要配合控制體重，只好作罷。

洗碗時，她瞥了烤箱黑漆漆的面板一眼，上頭映著她的臉。她望著自己的臉，雙手還泡在洗碗水裡。他說過，除非他在場，否則不要嘗試和她們聯絡。為什麼？會有什麼問題嗎？或許他知道，如果他不在場就不可能成功。又或許，杜菲說精神科醫生捏造人格的事是真的。或許就算她試，也聯絡不上其他人。為了請她們來參加團體治療，艾許醫生得先催眠她，這可能是場沒有他就肯定失敗的催眠秀。但也可能成功。她用吸塵器清完地毯後，打開電視，跳過她最喜歡的遊戲節目和連續劇，轉到一個談話性節目，裡頭三位經濟學家正在分析經濟衰退和成因，他們不約而同對前景感到悲觀。「沒用的科學」——這個想法忽然冒了出來。他們談的東西她壓根聽不懂，莎莉覺得很難過，但她逼自己看在諾拉的面子上繼續看下去。節目總算結束，她鬆了口氣，立刻關掉電視。

和其他人稍微聊一下會有什麼壞處？她們在醫院裡面講話時，每個看起來都那麼輕描淡寫。沒人真正把這當一回事，還得要艾許醫生警告她們，這是件生死攸關的大事才行。

她晃進臥室，看看自己分不分得出來，哪些東西是屬於誰的。那些要花腦筋的書肯定是諾拉的，她捧起《芬尼根守靈記》，試著讀了一會兒，頹喪地把書闔上。「諾拉，我知道妳在附近，我得跟妳談談。如果不用艾許醫生催眠就能看見妳，我才相信這一切都是真的。」

她在書後面摸來摸去，摸到一支按摩棒。貝蕾究竟是什麼樣的人？她平常都做些什麼事？她把玩著手裡的按摩棒，那個形狀讓她想起某個東西，嚇了她一跳。時報廣場旁的情趣用品店櫥窗裡，也展示著一些類似的按摩棒，另一些看起來就像……

「噢，天啊，真噁心。」她把按摩棒扔回盒子裡。「她們這些怪胎！」

她發現自己說錯了話。「我不該批評她們，每個人都是獨立的個體，我不可以排斥她們，我應該試著瞭解她們。」

她從衣櫃拿出那件藍色洋裝。「杜芮，我後來才知道，這是妳在找到工作那天買的。我需要跟妳說說話，杜芮。我必須知道真相。杜芮？杜芮？」

艾許醫生不准她私下和我們接觸，就好像不准她搔癢一樣，她再也壓抑不住心中那股強烈的渴望。他不是要她盡量避免壓力嗎？她非得知道能不能突破自己心裡的障礙才行，她深信只要再多一分努力就辦得到。每個人都說她沒有意志力，那好，她就要證明給他們看。

她先把電話拿下來，確認門上的兩道鎖都已經鎖上。然後，她開始有條不紊地整理家裡，彷彿要準備接待客人。

她洗了個舒服的熱水澡，把頭髮梳理整齊，換上那件很久沒穿的舊碎花洋裝。她把四張椅子排成一個圓圈，翻遍了整個家裡，好不容易找出三面鏡子，靠著椅背，豎在其中三張空椅上。

她把《芬尼根守靈記》放在其中一面鏡子前。「這本書我從來沒讀過，諾拉，但我保證會找時間讀。我決定要多讀點書，提升自己的心靈層次。妳可以指引我，告訴我該怎麼做，請讓我跟妳說說話。」

接著她拿來我的藍色洋裝，整整齊齊摺好，放在第二張椅子上。「杜芮，妳希望我多笑，過得快樂些，我一定會努力嘗試。如果妳願意來幫我，我會更有信心，也可以讓艾許醫生知道，我們正一起努力，我們可以像好朋友一樣一起享受樂趣。」

她把按摩棒放在第三張椅子上，強掩心中的噁心，用拇指和食指小心翼翼捏著。「我知道我不該對性這麼恐懼，貝蕾，來跟我說說話，告訴我，在男人面前，如何才能釋放自己而不感到恐懼。」

她靜靜等著，不知如何才能喚出那些曾經出現在腦海中的人。

「我沒發瘋，」她說：「我相信艾許醫生，妳們每一個人都存在，妳們得在我面前出現，這樣我們四個人才能逐漸痊癒。」

房裡一片死寂，只有雨滴打在窗上的聲音。她站起來把所有窗戶打開，轉身回到座位上繼續等待，依然毫無動靜。

「我知道了，」她突然從座位上跳起來，「我們來喝點茶，就像妳們還只是我的小娃娃的時候那樣。」

她走進廚房，捧回一些結婚時朋友送的上等茶杯和銀質餐具。她在房間中央放電視的摺疊桌上擺了四人份茶具，她趁煮水的空檔，打開一盒杏仁餅乾，整整齊齊放在一個大平底盤上。她從來沒買過杏仁餅乾，但她偶爾會在壁櫥裡發現餅乾盒，一定有人非常愛吃杏仁餅乾。

她被廚房傳來的一聲尖嘯嚇了一跳，想起是熱水壺的哨音才鬆了口氣。她飛快跑進廚房，沖了壺茶，放在餅乾旁邊。

「請妳們快點出現。」她望向一面又一面鏡子，哀求道：「我知道不該私底下找妳們，但我再也忍不住了。如果妳們沒有人出來跟我說說話，我就要從那扇窗戶跳下去。」

我知道她不過是在虛張聲勢，答應艾許醫生的事她從來沒有違背過。不過，我也答應過要保護她，或許我可以弄昏她接手上場，但我實在受夠了她這種幼稚的行為，決定好好訓她一頓。

「妳這個笨蛋，」我說：「艾許醫生說的話妳忘了嗎？妳以為自己在幹什麼？」她看我出現在左邊那面鏡子裡，立刻認出我是誰。「噢，杜芮，對不起，我再也受不了了。我的頭快爆炸了，我得知道這一切是不是真的，可不可以靠自己的力量見到妳們。」

聽得出來，她是真的很害怕。

「別慌，」我說：「妳想做什麼？」

「只是想跟妳們大家見個面，聊聊天，讓大家知道以後我們就是彼此合作的好朋友。」

「哦，是嗎？這我怎麼不知道？」

「求求妳，杜芮，別拒絕我。」她亂了分寸，四處張望。「妳要不要來杯茶？」

「也好，好久沒喝茶了。上次妳請我們喝茶的時候，用的杯子和碟子全是鋁做的玩具，妳拿水來當茶，餅乾也是想像出來的。」

「這次是真的茶，」她連忙安撫我，「而且還有奶油杏仁餅乾。」

「我知道，」我說：「是我最愛的口味。」

「原來是妳買的。」她說：「妳看，這點我從來不知道。我該多瞭解一些這種事，這很重要。」

「為什麼？」

「這樣我才會覺得更貼近妳們，也好為融合做準備。」

「如果真有這回事的話。」我說。

她凝視著鏡中的我，告訴自己千萬得小心，艾許醫生那天說了很多，現在她知道我是她和其他人格之間唯一的共存意識，少了我，事情便一籌莫展，她必須先拉攏我才行。

「別忘了，我知道妳在想什麼，莎莉。」

她吃了一驚。「我忘了，抱歉，我沒有任何——」

「妳休想利用我或愚弄我，莎莉。治療之後，妳現在已經在情感上接納我們，也可以和其他人溝通，或許有了些進步。但我知道妳在想些什麼，只有我認識所有人，也只有我能聯絡上她們。這點妳可別忘了。」

莎莉察覺到我正緊盯著她，刻意把念頭集中在喝茶上。她不想冒犯我，現在不是時候。

「妳故意放空，好把我擋在外面。」我對她說：「這樣也行不通，大大小小每件事情妳得讓我看見、聽見才行。如果妳需要我幫忙，就得讓我變成完全的夥伴才行。」

她直視我的雙眼。「完全的夥伴是什麼意思？」

我也不知道自己為什麼會這麼說，這個想法就這麼突然冒了出來，就像貝蕾說的，我決定見招拆招。

「我們來談個條件好了，」我說：「我幫妳解決其他人，咱們倆來個二重唱。一壺茶，兩人喝，妳為我，我為妳。」

「最後我們會變成有雙重人格的人，就像《化身博士》[14]一樣。」

「也不盡然，比較像是仙杜芮拉，神仙教母魔棒一揮，她就穿好晚禮服，準備去舞會和王子共舞。我們可以平分時間，午夜之前歸妳，午夜之後歸我，像小鳥的雙翅，自由快樂，

[14] Jykell and Hyde，蘇格蘭作家史帝文生的作品，書中描寫一位醫生因發明了一種可以改變性格的藥水，而以兩種不同人格過著截然不同的生活，日後漸用以指稱雙重人格。

想去哪就去哪。我們可以環遊世界——拜訪倫敦、羅馬、巴黎，我們還可以辦舞會。」

「可是，艾許醫生說——」

「他說我們很特別。我們有話直說吧，要不是我，他連甩都不會甩妳，妳會被關在遙遠的病房裡自生自滅。所以，我有權要求屬於我的幸福，我希望享受生活，也希望變成一個真正的人。」

莎莉心想，我說得沒錯，但要承認這點讓她感到很沮喪。她想，如果我堅持永遠做她的另外一半，她一輩子都沒辦法過正常生活，不如現在就結束生命。

「等等！」我說：「哇！慢著，我又沒說要永遠這樣對吧？」

莎莉知道我在回應她打算自殺的念頭，抬頭用銳利的目光看著我。「妳是什麼意思？」

「我不奢望能一直活下去，只希望能有多點時間出來透透氣，再活個幾年，好好享受愛情，到遠方旅行，在午夜時分馬車變回南瓜前，享受生活中一些小小的刺激。」

她很清楚她對我有不小的影響力，畢竟，自殺的念頭仍讓我不安。

「沒錯，」我說：「那的確讓我感到不安。我不確定那會是什麼狀況，但如果妳自殺，我可能會因此受到譴責，甚至還可能因而下地獄。我可不想冒險，這應該很容易理解吧。」

頭痛慢慢湧現，從頸根不斷往上蔓延，莎莉頭痛欲裂。

「放輕鬆，不要抗拒，莎莉，抗拒只會痛得更厲害。」

「我真的不懂為什麼會這樣。」

「妳希望其他人來和我們一起喝茶，妳一抵抗，頸部的緊繃就會讓妳頭痛。」

「現在要出來的是誰？」

「喂，我又不是算命仙，沒看到人我怎麼會知道。」

莎莉靜靜坐著等待，試著不去對抗那疼痛，和過去那麼多次的情況不同，今天她想留下，不想逃避。

她在中間那面鏡子裡看見一張濃妝豔抹的臉，那人戴著假睫毛，嘴唇性感惹火。

「這裡到底在幹嘛啊？」

「沒事，貝蕾。」我說：「她決定來場降靈會，把秘密五人組的四個創始元老從遙遠的過往召喚回來。」

這個團體的名稱讓莎莉困惑了一陣子，腦海中不斷迴盪著五這個數字。

「噢，該死！怎麼全都是女的？我出來的時候，還以為會有樂子呢，我可不想再參加什麼鬼治療了。」

「求求妳留下來，貝蕾。」莎莉說：「我需要和妳們每個人說說話，治療已經到了關鍵時刻，這關係到我們每一個人。」

貝蕾用一種嫌惡的表情直瞪著她。「妳幹嘛把按摩棒拿出來？我們要自慰嗎？」

莎莉極力掩飾錯愕。「不，我只是以為用這些妳們碰過的東西，妳們會比較願意出來。」

「它是可以幫我高潮沒錯啦。」

「我不是要——」

「她鬼片看太多了。」我說：「天啊，莎莉，這可不是什麼巫術或讓人起死回生的法術耶。」

「抱歉，我不知道。」

「妳什麼都不知道。」貝蕾說：「這就是我們一團亂的原因。」

貝蕾凝望那張空空如也的鏡子。「還有誰要來？」

「只有我們和諾拉。」我說。

「那個人呢？」

「莎莉還不認識她，她們還沒見過面。」

「還沒見過誰？」莎莉問。

「算了，」我說：「有得是時間。」

「她如果發現我們沒邀她一起喝茶，一定會氣炸的。」

「管她去死。」

「如果這和我有關，」莎莉說：「我就有權知道。」

「誰說的？」我反問。我無意刁難，但我真的已經快受不了她整天碎碎唸了。

「求求妳，杜芮，妳答應過艾許醫生會合作的。」

「妳也答應過不會自己和我們聯絡啊。」

莎莉怯懦地低下頭。「對不起，妳說得對，我不會再問了。」

「噢，真可惡！」我又心軟了，「貝蕾說的是金妮。」

「誰是金妮？」

「我們其中一個。」

「還有另外一個？我還以為只有四個而已。」

「還記得秘密五人組這個名字嗎？」

莎莉搖頭，像是要把這名字趕出腦海。「金妮？我聽過這名字，但我總以為他們只是在說我是個倒楣鬼⓯而已。」

「也差不了多少了。」貝蕾說。

「妳們為什麼不希望金妮來？」莎莉問我。

「她有暴力傾向。」我說：「生氣的時候什麼事都幹得出來。」

「什麼事情會惹她生氣？」

「她天生就愛生氣。」我說：「她是個殘暴邪惡的人，離她越遠越好。」

「我同意杜芮說的。」右手邊那面鏡子傳來一個聲音。莎莉轉頭，看見諾拉長髮及肩，眼神若有所思。「現在讓金妮出來，就等於打開潘朵拉的盒子，麻煩會隨之而來，妳得花好長一段時間才能再把她抓回來。」

「聽起來好可怕。」莎莉激動得幾乎說不出話來。「如果妳們大家都這麼覺得，那一定就是真的。如果金妮是我的一部分，我一定也很殘暴、邪惡。噢，我的天啊……我到底是怎樣的一個人？」

「妳是個白癡。」貝蕾說：「我要閃了。」

「我覺得妳不該離開。」諾拉說。

「聽妳放屁，老娘高興什麼時候走，就什麼時候走。」

⓯金妮的名字Jinx，原指倒楣鬼。

「上街物色獵物嗎？」

貝蕾譏笑道：「妳懂什麼，妳這自以為是的傢伙？從來沒人對妳有興趣。賴瑞最後就是因為這樣才離開我們的，都是妳這該死女人的錯。」

「才不是這樣呢。」

「就是這樣，妳從來不跟他去喝酒，還把他的朋友批評得一無是處。」

「誰像妳，把自己都搞臭了，跟誰都可以上床，跟個下賤的婊子沒兩樣。」

「妳最好看看自己在罵誰，混蛋！」

「嘿！」我說：「我們不是來吵架的。莎莉，是妳開始的，妳是主持人，妳得負責。」

「好吧。」剛才的叫罵顯然已經把莎莉嚇壞了。「我把妳們找來，我的意思是，我安排這次碰面，是為了要討論將來的事。我們必須和艾許醫生……我是說……」她十指交纏，語帶哽咽，不知該說什麼才好。寒意襲來，頸部緊繃的感覺慢慢轉為疼痛，她絕望地看著我。她知道頭痛和這個前兆代表什麼，我們都知道。莎莉試圖振作，但那疼痛太強烈了，不停劈打著她的頭，幾乎要把她劈成兩半，牆上的鏡子裡出現一張亂髮如蛇的兇惡臉孔。

「杜芮……」她氣若游絲，「救救我……我想是……」

「好。」我說：「放輕鬆，讓我進去，金妮沒辦法把我逼走。」

莎莉飛快瞄了時鐘一眼，八點四十三分。

沒想到，我錯了。

金妮一出現就狂吼：「這裡他媽的在搞什麼屁啊？」她看見鏡子裡的臉孔，一張接著一張把鏡子全給砸爛。她一手扯下窗簾，家具也無一倖免。天啊，我真慶幸自己不必在這裡過夜。她用貝蕾的口紅在牆上的鏡子留下潦草字跡：金－妮，寫完後那支口紅也無法倖免於難。我算了算，連同那三面小鏡子，她總共要走二十八年霉運。我的天啊！我拚了命想奪回控制權，但她的力量已經遠遠超過我了。

「這還只是暖身而已！」她聲嘶力竭地吼著，「妳們這些該死的王八蛋！」然後轉身衝出公寓。

金妮穿過地下室，把沿路的紙箱、照片和玩具全都踢在一旁，一路衝進後院。她氣我們每一個人，尤其是我。她知道我不喜歡她打扮得太男性化，所以她故意要這麼做來氣我。她翻過籬笆跳進隔壁的院子裡，突然想起已經好久沒有光顧葛林柏先生的裁縫店了。她打算從後門進去，發現門上換了個新鎖。這也沒什麼大不了，她只要多花幾秒鐘，就可以撬開門框把門打開。她回到地下室東翻西找，挖出根金屬棒，馬上回頭去撬門，沒幾下就撬開門框，溜進房子後頭的房間。屋裡堆滿了剛燙好的男性西裝，還聞得到洗衣精的味道，她撿起一件又扔一件，因為每一件對她來說都太大了些。她想到店前面瞧瞧，一拉開布幔，就嚇得倒退了幾步。

有個該死的警察在那！就背著她站在門邊，他一定是聽到她撬後門的聲音。她蹲下躲在櫃台後，盯著鏡中的影子。他左手握著警棍，隨時準備出擊。毫無動靜，他的雙腳一動也沒動。

「去他的！」她罵道：「該死的假人！」不知為何，墨菲這名字突然閃過她腦海。

她把假人拖進店裡面，脫下他的外套試了試。胸口有點緊，她用抽屜裡找到的一條緞帶捆緊胸部，然後套在洋裝外又試了試，剛剛好。她脫下假人身上的褲子，不屑一顧地對他說：「你也一樣什麼都沒有，還笑個屁？」她穿上長褲，戴上警帽，再把掛著警棍的皮帶繫在腰上，對著鏡子打量一番。太棒了，他們一定以為是個警察殺了賴瑞，白忙一場。

她從後門離開，翻過籬笆，在電線杆附近挖個不停，好不容易才挖到裝槍的塑膠袋。她拍掉袋上的泥土，拿出那把從荷頓百貨那個滿臉青春痘的渾球身上搶來的點三八左輪手槍。

她要先宰了賴瑞，然後就是那個打算殺了她的該死精神科醫師，報紙應該會以自我防衛的標題來報導。

她把槍塞進皮帶，沿原路穿過地下室來到大馬路上，手裡的警棍不停揮舞。雖然才九點半，第十大道上卻已杳無人煙。她毫無懼色地走著，沒人會想搶劫或強暴一個警察，而且她還有警棍和槍可以保護自己。

她一路往北走，一邊走，一邊試路旁有沒有哪輛車忘了鎖門，但手氣卻不太好。在河濱路上，她看見一個戴玳瑁框眼鏡的禿頭中年男人打開一輛全新賓士的車門，正準備上車。金妮走到車旁，用警棍敲敲靠人行道這邊的車窗。

他搖下車窗。「有什麼事嗎，警官？」

她掏槍對他說：「保持冷靜，我就不會傷害你。」她打開車門，坐到駕駛座旁。「給我滾出去。」她說。

他瞪大眼睛，試圖抵抗。「別開槍，別傷害我，車給妳，只要妳讓我——」

「快開車，你這個混蛋！」她手裡的槍捅向他的肋骨。

他連忙發動引擎，踩下油門，「嘰」的一聲駛離路邊。他闖過一個紅燈，差點撞上一輛小貨車。開了幾條街後，金妮要他沿著一條無人街道往前開。

「停車。」

「妳要做什麼？」

「給我滾出去！」

「別開槍！」他連滾帶爬地爬出駕駛座。

金妮一棒狠狠打在他光禿禿的頭上，打得他倒地不起，眼鏡也掉在一旁。「我才不會浪費子彈。」她坐上駕駛座。「你們這些可惡的男駕駛人。」

她狂踩油門，沿著河濱路一路往北到亨利・哈德森大道，接上喬治・華盛頓大橋。來到紐澤西州這邊後，她開始在高速公路上蛇行，把那些嚇傻了的駕駛遠遠拋在身後。有些人看她切進來氣得破口大罵，還有些人的保險桿被她擦撞，氣急敗壞地舞著拳頭。任何事情都比不上開快車給她的快感，她真的好想開著這輛車來場撞車大賽，看看那個老光頭把車拿回去時，臉上會是什麼表情，那混蛋說不定替他的車保了不少險。

她突然發現，如此招搖很可能會被逮捕，實在很蠢。如果被人發現假扮警察，身上還帶著把槍，那可就不好玩了。於是她開下交流道，慢慢往紐澤西州的英格塢前進，尋找賴瑞的住處。

她在賴瑞那棟紅黃相間的醜陋交錯式平房對面停車，屋前有四根羅馬式樑柱，草皮上還有一座仿十九世紀風格的瓦斯燈。她下車來到他的車道時，看見一個女人在客廳的落地窗前走來走去。她心想，一定是安娜。不知道他是不是也對他的新妻子說謊？那個混蛋給女人帶來那麼多痛苦和折磨，他要為此付出代價。對，沒錯，他一定要付出代價。起初他假裝只愛金妮一個，還說他忍受莎莉只是為了要跟她在一起，這一切他都要付出代價。那天晚上她出現時，發現他正在跟貝蕾做愛，氣得想當場殺了他，但他太強壯了，一把就搶走她手中的刀。後來就是換妻那件事，這對她來說簡直是種羞辱，他現在就要為她所受的種種折磨付出代價了。

窗前閃過一個男人的身影。該死！如果她早一分鐘到，就可以一槍斃了他。今晚剛好是滿月，她躲在草皮旁邊一棵紫杉後面，剛好擋住了街上行人的視線。安娜又出現在落地窗後，然後是其他人。她又看見賴瑞，但有人擋住了他。金妮的左手把槍緊緊拽在懷裡，只要他再讓她看見一次……

房裡的燈火突然熄滅。

她暗罵幾句。幾秒鐘後，樓上的燈亮起。她把槍塞回皮帶，重新思考一遍。她打算再等半小時，等屋裡的燈全暗了，再悄悄從樓下的窗戶溜進去。她會小心翼翼上樓，在潘妮的門前塞些東西，以免她跑出來攪局，她不希望傷害潘妮。然後她會溜進主臥室殺了賴瑞，安娜當然也不會放過。到了這時，聽到槍聲的派特大概已經來了，她也要一槍殺了他，然後趕快下樓離開，以免潘妮看見她。就算潘妮透過窗戶看到她，她看到的也只是個警察開著輛黑色的車走了。這樣一來，潘妮就必須回到莎莉身邊，和她一起生活，過去的種種折磨和夢魘也將就此結束。

燈光熄滅，除了草皮上的仿古瓦斯燈外，整棟房子裡沒有一絲光線。她又等了一小時，然後才試著從前門進去，可惜門上了鎖。她躡手躡腳地繞過房子，試了試側門和後門，但也都鎖住了。她又試了三扇窗戶，隔著那層鋁製的防風窗，根本動不了裡頭的紗窗。最後，她在房子的最後一面發現一道通往地下室的窗戶。她用力踹了幾腳，總算把窗栓踢斷，一手拉開窗戶，轉身溜進地下室。樓上有聲音傳來，接著又是一聲，是腳步聲。她被人聽見了嗎？她沿著地下室的樓梯往上，決心不論在走廊上碰到誰，都要一槍斃了他。就在她打開通往前廳的門的剎那，有人也打開了通往車庫的側門。是有人進來嗎？她明明沒聽見汽車聲。然後才恍然大悟，一定是賴瑞準備出門去了。

她瞥向窗外，月光下，一個男人正走在草皮上，他坐進車道上那輛車。這種時候，那王八蛋要去哪裡？大概又是尋花問柳去。這下可給她逮個正著。她跑出後門，繞到屋前，車正好剛開走。她連忙跳上那輛賓士，沒開大燈，跟在後頭開了幾條街。她見他拐彎轉進華盛頓大橋方向，才把燈打開，繼續跟蹤。

四十五分鐘後，他開進東區靠近第三大道一個地下停車場裡，金妮緊跟在後。到了這時，他應該已經起疑，不過，他馬上就要跟人見面了，此時此刻正是下手的好時機。說不定又是另一次換妻的勾當。老天，殺了他之前能看到他那張臉，應該滿不錯的。

她找了個停車位靜靜等候，她眼看著他鎖好車，往電梯走去。就在他經過時，她甩開門，順手把皮帶裡的槍掏了出來。

他一看到槍就停下腳步，雙手高舉過頭。「我住在這裡，警官，我有證件，我──」

竟然不是賴瑞，眼前這個面目猙獰的男人，一頭灰色短髮修得很整齊，臉上也蓄著灰色鬍子。王八蛋，她竟然跟錯人了。「你是誰？你在賴瑞家裡做什麼？」

「竟然是個女人！妳是個女警？妳為什麼跟蹤我？」

「該死的狗雜種，你最好快回答我，免得我把你的腦漿轟得滿牆都是。」

「妳不是警察！嘿，小姐，我——好，別開槍。我——我到賴瑞家找他。我是他的業務經理，他知道我在他家，這是個天大的誤會，妳可以跟——」

「你們這群混蛋真是狗改不了吃屎。」

她很想一槍斃了他，但賴瑞才是她的目標，槍聲可能會引來附近的管理員或警衛，她可能會因此坐牢，這樣就沒辦法完成心願了。

「聽我說，如果妳要的是錢，我的皮夾裡有大概一百塊，妳可以拿去，只要不——」

她大手一揮，槍管在他臉上來回打了兩下。

「噢，我的天啊！」他摀著血流如注的臉暈了過去。

她鑽進車裡，飛快開出停車場，開往高速公路途中，她不停嘀咕：「可惡！可惡！可惡！」一秒鐘都沒停過。

她沮喪得要命，簡直恨死自己，等接上羅斯福快速道路繼續往南時，時速已經飆到了九十哩。沒過多久，警笛聲響起，巡邏車閃爍的光芒隨之映入眼簾。可惡，事情總是這麼巧。她從四十二街的出口離開高速公路，那輛巡邏警車還跟在後面不肯罷休。她開始來回穿梭，撞倒了不知道多少東西，接著幾個急轉彎，逆向往中央公園疾駛而去，再掉頭往紐約市另一邊開，好不容易總算把那輛警車給甩開，才又沿著原路開回家。她把車停在公寓對面的路邊，連忙下車。

她閃進公寓，門才剛關上，閃爍的巡邏燈就來到窗外，警笛聲也隨之大作。警車在那輛撞爛的賓士車旁停了下來，她大笑著跑過地下室來到後院，把槍又埋回同樣的地方。然後，她溜回葛林柏先生店裡，脫下制服穿在墨菲身上，再把他移到玻璃門後。這時她才發現警棍不知跑哪裡去了，看著他兩手空空，她遲疑了一會兒，不知如何是好。然後她把他的右掌朝上，伸出中指，好像在咒罵這世界。

回到屋裡，眼前滿目瘡痍，正是她白跑了這麼一大圈之前的傑作，她說：「可惡，妳可以出來了，杜芮。」

「別找我。」我說：「我才不要幫妳收拾善後。」我沒告訴她，我怕得要命，而且也累垮了。我喜歡冒險沒錯，但剛才那樣實在太刺激了。我很高興她已經把槍處理掉，雖然有點想把它挖出來扔掉，但我知道我不會這麼做，因為我最怕武器了。不管怎麼說，我覺得該由莎莉來收拾這些爛攤子。這全都是她的錯，要不是她這麼蠢，茶會也不會被金妮給搞砸。

10

星期五，我讓諾拉去接受治療，讓她告訴艾許醫生關於茶會和金妮出現的事。她沒提到槍和金妮打算殺死賴瑞這部分，因為連她自己也不知道。這也是我沒出現的原因，我擔心瞞不了他，害我們所有人又被送回醫院。

說到金妮把家裡搞得天翻地覆時，他起身在辦公室裡來回踱步，拳頭不停擊打另一手的掌心。她從來沒看他這麼激動過。「這太可怕了，我跟妳說過不是嗎？我不是警告過妳不要私底下亂來嗎？」

「又不是我做的！」諾拉說：「我不是莎莉，你沒必要這樣對我大吼大叫。」

「請原諒我，諾拉，」他坐回座位，「這樣一個誤判可能會害妳們丟了性命，沒人能夠倖免。如果妳們出了什麼意外，我永遠不會原諒自己。」

她深感愧疚，但也很欣慰他這麼關心她們。諾拉覺得，現在的他看起來一點也不像個有耗竭症候群的人，他似乎和以前不太一樣了。如果他的關懷只是裝出來的，那他肯定可以抱回一座奧斯卡金像獎。

諾拉說：「就在金妮出現之前，杜芮對莎莉說：『金妮沒辦法把我逼走。』看來，她搞錯了。可能是杜芮越來越虛弱，不然就是金妮越來越強壯了。」

艾許醫生點點頭，指尖輕撫下巴。「現在的情況很危險，可以說是一觸即發，我想是該採取下一步的時候了。」

她知道他的意思，忍不住打了個寒顫。「我不該把茶會的事告訴你的。」

「諾拉，」他越過桌子俯身向前，「這可不是場益智遊戲。妳們面對的是真正的危險，我們不能再耽擱下去了。得從妳開始。」

「你是指融合對吧？」

「沒錯。」

「等等，」諾拉說：「我可從來沒點頭。」

「我就是在懇求妳答應。」

「不過，這不保證百分之百有效對吧？」

他把玩著桌上那枝金筆，搖了搖頭。

「而且，就算有效，也不一定保證能夠持久。」她說。

「沒錯，大部分多重人格患者表面上看起來是成功融合了，但在面臨極大的壓力時，有些病患會再次分裂，有些人甚至還創造出新的人格。諾拉，我們無法保證任何事情，只能嘗試。」

「我又不是白老鼠。」她說。

「諾拉，已經有幾個個案證明這方法是有效的。除此之外，我們別無選擇。我們把話攤開來說吧，我的最高目的是要保住妳們的性命。我們面臨的危機已經讓妳們所有人的生命陷入險境，從我的專業立場出發，這麼做是最好的方式。」

「但為什麼選我？」

「從現在往回推是最好的策略。妳是最後一個被創造出來的人格，應該最先被融合。而且，妳的教育水準、自我控制能力還有自尊心，加上莎莉謙虛和善良的個性，能讓莎莉更有力量來面對往後的融合。」

「如果我同意，對於融合後所發生的事，還會不會有感覺？」

「我不確定，但我的看法是，身為全新莎莉的一部分，妳的覺知會無所不在。」

「那金妮怎麼辦？」

「首先，把妳們兩個融合之後，我希望能夠築起一道理性的屏障，來對抗她那些乖戾的行為。然後，等到匯集了性感的貝蕾和感情豐富的杜芮之後，就如同有了一個釋壓閥，妳們四個人應該就能壓制住金妮的憤怒和攻擊行為。」

「所以你上次說，融合和切割兩種技巧你可能都用，就是這個意思？把四個人融合，再把剩下的那個切割出去？」

「不盡然是切割出去，壓抑是所有人都有的正常心理狀態。」他靠在旋轉椅背上，注視著諾拉的雙眼。「我需要妳的同意，諾拉。」

「我不覺得你有權摧毀一個個體，我可是一個心靈實體，我思故我在。」

他在椅子扶手上一拍，站了起來，來回踱步。

「我不否認妳的確存在，諾拉，但妳們每個人都可以像妳一樣，要求各過各的生活。如果我們面對的，是連體嬰那種生理上的多重性，或許可以把妳們分開，讓妳們各自獨立存在。但我們沒辦法把妳們的心靈切割開來，再分別賦予妳們身體。試圖摧毀其他人格似乎無法奏效，妳們就像沒有身體的靈魂。所以，我們得朝另一個方向，也就是融合來嘗試。這個方法不會摧毀妳，而是會——」

「改變我。」

「這是無法避免的。」

「但我並不想改變，我對現在的自己很滿意。」

「這我瞭解。不過，受過教育、有自尊心並不表示妳很完整。」

「我最痛恨別人這麼說。」

他伸出手，掌心朝上，懇求她能瞭解。「一個完整的人也會有情感、性慾、對他人的同情以及某種程度的謙遜。我不會毀了妳，諾拉。我是要幫助妳超越書本、電影、古典音樂和繪畫，成為一個真正的人。坦白說，妳需要和其他人融合，她們也需要與妳融合。」

「我必須思考一下。」

「當然。」他說：「趁著週末好好想想。妳可以問問其他人的意見，自己處理也行。如果妳同意，星期一我們就來嘗試第一次融合。」

他就讓她這麼回去，沒把她變回莎莉。

我們大家心照不宣，決定讓諾拉好好享受這個週末，下週一之前她必須作出決定。我告訴其他人，這可能是她僅有的兩天了，把時間都留給她一點也不為過。

她可一點也不客氣，天啊！整個星期五晚上她都在放她的唱片，一下是貝多芬，一下又是巴哈。我覺得我都快瘋了，但也瞭解她需要聽些自己喜歡的音樂，來幫她把事情想清楚，所以我忍了下來。

星期六她去參觀現代藝術博物館和大都會博物館，傍晚到外百老匯看了場悶死人不償命的表演，七晚八晚又自己一個人到一間小法國餐館吃晚餐。她點了些蝸牛，我很好奇那到底是什麼食物，等我看到時差點沒吐出來。她吃生蠔和蛤蜊，這花了我好長一段時間才習慣，但蝸牛一直是我堅守的底線。噁！不過，老實說，我得承認還真的不難吃。

星期天她更變本加厲，早上吃了些焙果和煙燻鮭魚後，整天都待在家裡看那一大疊厚厚的《紐約時報》，一字不漏，從頭版看到最後一版，彷彿再也沒機會看了一樣。對我來說，這個週末簡直和地獄沒兩樣。

就算如此，她也還是沒下決心答應。星期天晚上，她的心情盪到谷底，坐立難安，愁容滿面，忍不住又興起自殺的念頭。

我從來不曾見她這麼難過，真的很擔心。她想像自己爬上屋頂一躍而下的模樣，沒多久又想要割腕。一首不知是桃樂絲・帕克還是樂絲・伯克寫的詩突然浮現腦海，逗得她哈哈大笑。是要讓融合結束她的生命，還是乾脆先自我了結，她左右為難。她到藥櫃去找鎮定劑，幸好上星期已經被我丟了。她坐在桌前，抽出一張她專用的米黃色信紙，寫下這段話：

> 我無法很理智地接受融合。我把哈姆雷特心中的疑問[16]，一次又一次拿來問自己，但和我相比，他的困境要單純多了。我所面對的不是生或死，我面對的是做一個不是我自己的人或死。老實說，我還寧願選擇死亡。我知道這很自私，結束自己生命的同時，其他人的生命也將一起消失，這又讓問題更加複雜。死後沉沉睡去時，會夢見什麼……在那旅人從未歸來的未知國度裡？在良知面前，我們全都成了懦夫……

振筆疾書之際，她有雙重感受：其中一種感覺是鬱鬱寡歡，同時還有另一種正在觀察自己，知道自己很多愁善感、自艾自憐的感覺。這種雙重感受越來越強烈，她讓自己暫時脫離，彷彿飄浮在半空中，看著自己的身體坐在桌前，寫下那些字句。她轉頭看見一個身影，那張臉孔很模糊，分不出是男是女，及肩的頭髮上綁著條印第安頭帶，白袍飄飄，猶如身上裹著一件床單。

——你是誰？她問。

——妳的協助者。

——我不記得見過你。

——我才剛出現。

——你為什麼會在這裡？

——為了不讓妳傷害自己。

——我有權結束自己的生命。

——但妳結束的不只有自己的生命。這妳很清楚，妳一直在思考自己對其他人應盡的責任。

——我該怎麼辦？

——聽艾許醫生的建議，他是個善良又有智慧的人。

⑯即莎士比亞的經典悲劇作品《哈姆雷特》中的名句：to be, or not to be.

——他說那些沒大腦的生物是我的人格，竟然還要把我跟她們融合來貶低我。
——如果他說這樣不會貶低妳，那就相信他。儘管有時妳的心靈很高貴，卻仍舊空虛、殘缺不全。犧牲妳的小我來完成大我吧，這是唯一的希望。
——那就幫助我完成大我吧。
——這要靠妳自己的力量，我只能引導妳。
——告訴我怎麼做，我好害怕。
那身影閃耀著光芒慢慢靠近，如同兩個影像慢慢對準焦距，滑入她體內。協助者的輪廓看起來再也不像另一個人，而是她自己的一部分。
——一點都不痛對吧，孩子？
——沒錯，我還是覺得我就是我自己，融合就會像這樣嗎？
——就像這樣。
她坐在椅子上，回想剛發生的這一切，忽然想起曾讀過加州一位精神科醫生的研究報告，他表示大多數多重人格患者都會出現類似的情況。
——你是內在自我協助者（Inner Self Helper）嗎？就是他們所說的ＩＳＨ？
——只要有需要，我就會來協助。
——你是我們其中一個人格嗎？
——不是，妳們其他人都是個別的存在，但我不是。我只是來協助、保護妳們的。我存在妳們心裡，但也存在浩瀚的宇宙中。只有需要我的時候，我才會出現。
——我需要你，告訴我該怎麼做。

——艾許醫生說，必須由妳自己作決定，而且必須出於自願。我只能幫助妳變得更堅強，作該作的決定。

——你是我的神仙教母。

——的確有人這麼叫我，還有人叫我大師、導師、ISH、老師、協助者。……其實都一樣。

——很高興我們有個ISH，這樣就簡單多了。

——該是作決定的時候了，孩子。

諾拉在桌前坐了好久好久，感受那股溫暖悄悄蔓延到全身每個細胞，她拿起筆在那張短箋的最底端寫下：

我接受融合……

一道光芒閃現，ISH消失無蹤，留下她一個人在房裡，感覺很愉快。

我簡直不敢相信，我又驚又喜，馬上溜出來，拿起電話，趕在她改變心意之前，撥了通電話給艾許醫生。

星期一早上，在艾許醫生的辦公室裡，諾拉開始退縮。

「我害怕會失去我所擁有的，還有那些我喜愛的東西。我一直認為，用少部分時間來過有品質、經過妥善安排的生活，比起每週七天都過著平庸的生活要好得多。」

艾許醫生突然顯得欲振乏力。「可是妳又不斷企圖自殺。」

「因為有時候我覺得很沮喪。」

「諾拉，妳真的沒必要認為自己會墮落成一個庸庸碌碌的人。妳的心靈不會被困在一盆泥巴裡頭，這其實會比較像一碗心靈馬賽魚湯（mental bouillabaisse），雖然妳們每個人都是裡頭的佐料，卻又不失各自的特色。」

她搖搖頭。「你很會玩文字遊戲，艾許醫生。但是你忘了，abaisse這個字是從拉丁文的abassare來的，表示降低或羞辱的意思。」

「我舉錯例子了。」

「我覺得還滿適當的，大部分多重人格患者都曾遭到羞辱不是嗎？在兒童和青少年時期，他們大多覺得自己被唾棄、羞辱和虐待，不是嗎？」

「沒錯，但妳沒有理由因為接受融合而感到可恥。妳不是被切割出去，而是被接納。」

她忿忿地瞪著他。「你說得倒輕鬆，但我還是覺得自己被拋棄了，很可恥，也很可悲。」

「我們都很關心妳，諾拉，我們都需要妳。幫助莎莉康復的過程中，妳的貢獻遠不止於幫助單一個人重拾健康。近年來，陸續發現了幾千個多重人格病患，他們默默地活在錯亂的時空中，因為害怕或覺得丟臉，而不願勇敢站出來。我們從這個過程中學到的，或許可以幫助他們減輕痛苦。」

「難道我就該為那些還沒出櫃的多重人格病人犧牲自己嗎？」

「不是犧牲，妳應該把這想成是從部分自我轉變成完整自我的一個過程。妳有好幾次想結束自己的生命，與其白白浪費寶貴的生命，不如讓它發揮無限的價值。看在上帝分上，諾拉，把妳自己奉獻給完整的莎莉吧，我們需要妳。」

她不發一語，目不轉睛地一直望著他，過了好久總算開口：「我們可不可以從莎莉．波特改名成諾拉．布萊恩？」

「這很不切實際。」他說：「出生證明上是莎莉的名字，社會安全號碼、保險、退休金等等全都是她的名字。而且，各式各樣的單據、就醫紀錄、稅捐紀錄、信用卡、銀行帳戶也都是。沒有她正式的姓名，妳是沒辦法建立任何信用的。」

她覺得心裡彷彿有人在和她拉扯，雖然萬般不願，她還是把協助者的事說了出來。

他若有所思地聽完後，十指緊扣，點了點頭。「老實說，我一直在等類似內在自我協助者這樣的角色出現。起初我還以為是杜芮，不過，有個曾經和許多多重人格患者合作的精神科醫生指出，ＩＳＨ和一般的人格不同，尚未完全發展，倒是比較接近一個人格化的良知，佛洛伊德學派的人會把它稱做超我。」

「我覺得，它和宗教比較有關係。」諾拉說：「我大半輩子都是個無神論者，但我有了印度教裡梵我一如的真實體驗。我（Atman）指的是個人內在的靈光或靈魂，梵（Brahman）指的則是浩瀚宇宙中的靈魂。它在我感到萬念俱灰的靜謐時刻出現在我面前，現在我不得不感到好奇，融合的感覺會不會像那個智慧圓滿的印度人所說的涅槃一樣，生命之焰熄滅後，我們就可以拋下這個色身，和那至高無上的心靈融為一體。」

「只有一個方法可以知道，諾拉……」

她覺得自己越來越虛弱，不自覺握緊了拳頭。

「唉，別這樣嘛。」他輕聲說：「名字有什麼大不了的？不管換成什麼名字，玫瑰聞起來還是一樣香。」

她抬頭笑說：「偷了我的名字的人，也把我的一切都偷走了……」她不發一語，過了好長一段時間才鬆開手，望著自己的手指，點頭說：「要就快一點。」

「沒問題。」他舉起金筆。「莎莉，走進光明。諾拉妳也留下。妳們兩個都知道，必須融合成一個人，齊心協力才能解決眼前的危機。只有妳們兩個的心相互滲透、合而為一，同時具備妳們兩人的個性和特質，才有可能回到諾拉分裂出來前的狀態。把妳們想像成兩座池塘，諾拉，妳是其中一座，池水裡充滿知識、文化素養和自尊。莎莉，妳是另一座，少了流進諾拉那座池塘裡的那些特質，但妳憑著自己的力量，注入了謙遜、母性的渴望和明辨是非的能力。

「現在，我要在這兩座池塘間挖一道溝渠，妳們可以在心靈之眼中看見，我要從莎莉的池塘開始。這是一項艱鉅的任務，但我還是不斷向諾拉的池塘挖去。再不久，我就可以抵達諾拉的池塘，等那道溝渠貫通兩座池塘的時候，妳們很清楚將會發生什麼事。莎莉，告訴我會發生什麼事。」

「水……水……會混在一起……」

「諾拉，妳告訴我，水混在一起之後會發生什麼事？」

「我們的個性也會混在一起。」

「妳同意嗎，莎莉？」

她點頭。

「妳同意嗎，諾拉？」

她猶豫不決。

「諾拉，妳得承諾不能有絲毫保留。一旦池塘的水混合，就再也分不出彼此了，妳會和莎莉身心合一。妳同意嗎，諾拉？」

「我同意。」

「很好，現在，在妳的協助者引導下，我繼續往前挖。好了，我們成功了。兩座池塘的水向溝渠中央湧來，莎莉的意識正滾滾流向諾拉，而諾拉的意識也滾滾流向莎莉。妳們可以看見，騰湧的水流相互激盪，把各自的特質帶往連成一片的池水的每個角落。從此時此刻起，再也沒有諾拉，再也沒有莎莉。只有第二位莎莉一個，她受過良好的教育，充滿自尊，不論面對工作和生活，還是應付那些來找碴的人，時時刻刻信心滿滿，卻又不失謙虛，充滿對他人的同情。當我數到四，她就會睜開眼睛。莎莉，妳想記得多少，由妳自己決定。妳可以保留一些過去的生活記憶，但那早已成為過往雲煙。妳已經融合成一個心靈、一個身體、一個人，和過去那兩個心靈截然不同，從現在起，直到未來的每一刻。妳是個嶄新的女人，妳是第二位莎莉，我們所有人還有妳的協助者都因為妳而感到非常快樂。一……二……三……四……」

她的眼皮微微跳動。她先眨了眨眼，然後才完全睜開。

「感覺如何？」他說。

「頭昏腦脹，好像被捲進漩渦裡，攪過來攪過去，差點就掉到瀑布底下。」

「放輕鬆，告訴我妳還記得哪些事。」

她做了個深呼吸，穩住情緒。「我記得的不多。」

「妳叫什麼名字？」

「莎莉・波特。」她深深嘆了口氣。

「妳記得的最後一件事是什麼？」

「邀請其他人來喝茶，然後一切突然變成空白。」

「妳對於發生的事有什麼感覺？」

「那是個天大的錯誤，早知道我就不該插手。」

「可以請妳說清楚點嗎？」

「我一直是個獨來獨往的人。請原諒我，艾許醫生，我並不是自命不凡，只不過那些我喜歡和擅長的事，都是我自己一個人完成的事。我知道我還有些問題，但我有種強烈的感覺，如果可以讓我自己一個人好好把事情想想，相信可以把問題解決。」

「我瞭解了。」

「當然，我不是在指你，請你別誤會。如果可以暫停團體治療，就讓我們兩個一起決定一些重要的事，相信情況會越來越好。」

「謝謝妳的說明，我想，妳是希望我讓妳獨處一陣子。」

她凝視艾許醫生的雙眼。「不，不是這樣，你是我見過最聰明的人，有你在旁邊我覺得很刺激。」

「謝謝。」

「我——我不知道為什麼會這麼說，我覺得有點怪。」

「怎麼說？」

「我覺得對自己不太有把握，不太確定自己在說些什麼，又為什麼要這麼說。我有種特殊的感覺，我聽起來和過去不一樣，說的也都是過去從來不會說的話。」

「融合之後可以預期會有這種情況，我希望妳幫我個忙。」他遞給她一本便條紙和一枝筆。「請寫下妳的名字。」

她毫不遲疑地寫下莎莉．N．波特。

「我不知道妳還有個別名。」艾許醫生說：「那個N代表什麼？」

「我猜應該是Nola（諾拉）。」

「用這種方法來表示很有趣，妳是刻意用它來當別名嗎？」

她搖頭。「它就這麼冒了出來，但感覺起來滿不錯的，你覺得我可以用嗎？」

「目前我覺得沒問題，妳認為諾拉會介意嗎？」

她想了好久。「我有種非常奇妙的感覺，我也說不上來，好像諾拉已經離開了，永遠從我的生命中消失了。我有點難過，彷彿失去一個久別重逢的老朋友。這代表融合成功，情況好轉嗎？」

「我們也只能這麼希望。」他說：「我認為這是個好現象，但我們還是得繼續觀察。」

「希望你不介意我這麼說，」她說：「不過，很少男人像你這麼瞭解女人。」

他笑得合不攏嘴。「我從妳身上學到很多。」

她忽然站了起來。

「怎麼了？」

「有句奇怪的話一直出現在我腦海，我一直在想：第二位莎莉。這不是很詭異嗎？這到底代表什麼？」

「可能代表妳的進展，或者說妳的重整，已經來到第二階段。」

「我突然想去法國餐廳試些新的食物，我猜我一定是瘋了。」她說：「你想和我一起共進晚餐嗎？」

他微笑說：「我想我應該密切留意妳一陣子。」

「我不是這個意思。」她說。

「我知道，不過，請讓我以專業為藉口，來做些自己想做的事。」

她笑著搖搖頭。她知道，他和她說話的方式已經不一樣了，不再高高在上，因為自己的聰明而受到尊重，她喜歡這種感覺。

「一個扮演神的人，想帶他創造的人去吃晚餐，應該不需要找藉口的。」

話還沒說完，她就後悔了。她沒打算用這句挖苦的話來傷害他，但她覺得她要挫挫他的銳氣才行。從他那副皺眉的模樣看來，她成功了。「對不起，我不該這麼說的。」

他若有所思地看著她。「這是預料中事，瘋狂科學家扮演神……或許我該先送妳回家，至於晚餐嘛，下次再說吧。」

「沒問題，不過，我可以自己回家。」

他點點頭。「我尊重妳的意願。」

離開時，她頭抬得更高，步伐也更篤定。莎莉那副畏畏縮縮、無精打采的模樣已經隨風而去了。

我跟你說，這件事讓我渾身冒起雞皮疙瘩。我試著聯絡以前那個諾拉，不過，莎莉說得沒錯，諾拉消失了，猶如被綁架或謀殺了。我想起一本她最愛的書，腦中不停出現這個念頭：她終究是投水自殺了，而屍體就躺在華騰湖⑰底某處。另外還有件事讓我很困惑，從艾許醫生的眼神中，我看得出來，他覺得莎莉二號是個非常有吸引力的女人。

莎莉離開辦公室時，周遭的每樣東西看起來都有點不太對勁，彷彿透過一對全新的眼睛在觀看這世界。以前，面對電梯裡成排的按鈕，總令她不知所措。從來不知該按哪一個，也從來不曉得該往哪一層去才好。如今，她自信滿滿地按下大廳，輕鬆愉快一路往下。

走出醫院，她看著熙來攘往的人群匆匆來去。路過的人滿臉疑惑看著她，搞不懂大城市裡怎麼會有人站在原地不動，享受周遭的一切，而不是趕著要到某個地方。如同游泳選手即將潛入冰冷的池水，她緩緩調勻呼吸，離開大門，跳入鬧區潮來潮往的人群中。

與陌生人群近距離接觸，她發現自己的感官變得更加敏銳。不必開口和誰溝通帶給她一種孤立感，身處其中卻又不在其中，某部分的她向來很喜歡這感覺。她和這些人在一起，卻又不屬於他們。水池和自己隨波漂流的影像不斷出現在腦中，弄得她有點頭暈目眩，忍不住笑了起來。她很慶幸沒和艾許醫生去吃晚餐，今晚自己一個人過會更刺激。她要做個都市漫遊者！身處人群之中，同時觀察身在其中的自己，她喜歡這種雙重視角，她要依著自己心裡的鼓聲前進。

⑰此處所指諾拉最愛的書，即為美國十九世紀自然哲學家梭羅的代表作《湖濱散記》。

她往時報廣場慢慢走去，過去她總會避開那些噁心醜陋的色情電影和情趣用品店，她向來很鄙視那些妓女流鶯。如今，她第一次把她們當作一般人看待，個個獨一無二，個個與眾不同。她不再高高在上，不再妄下評斷。她驚覺，自己原來一直那麼自命不凡。

她往東轉進四十二街，朝圖書館方向走去。布萊恩公園前的幾個酒鬼想摸她幾把，她順利躲開。要是以前，這種人早就把她嚇暈了。現在，她處之泰然，覺得自己越來越強大。如果他們想要糾纏她，她知道自己有辦法搞定他們。

她沒有從四十二街的入口進去，而是繞去第五大道看石獅子。她突然覺得，非得去看看它們才行，於是拾階而上，穿過它們守衛的那道石階，它們會保護她的。她想起學校第一次校外教學就是帶他們來這間圖書館，那時她相信，只要她讀得夠認真、花的時間夠多，就可以把全世界的書都讀完，什麼事都難不倒她。如今，想到自己曾經那麼傻，只是莞爾一笑。她來到圖書流通室，四處瀏覽，找到她喜歡的湯瑪斯・沃爾夫的《你再也回不了家》（You can't go home again），隨意翻看，沒多久就迷醉在他往復迴旋的抑揚頓挫中。她發現自己被書中鏗鏘的節奏、豐富的城市意象深深吸引，她放下闔起的書，走了出去。的確是再也回不了家了，她深有同感。

不過，她最好還是回家洗個澡，換套衣服，再到黃磚路餐廳去。跨出計程車的瞬間，她不明白為何會感到難過。然後，她忽然瞭解，此刻的感受，轉眼也將消逝。要不了多久就會有第二次融合，第三次……第三個莎莉，接著又是第四個莎莉。而在每一次融合之後，她都會以截然不同的全新眼光來看這世界。每一次，都會是不同的人在這個城市裡漫遊，想像著關於未來的種種。

經過裁縫店時，她一直盯著店裡那個穿著警察制服的假人，他看起來好像在對這世界比中指。陶德那時說了什麼？「墨菲定律，會出錯的事情，遲早會出錯。」那只是狗屁不通的蠢話和迷信罷了。沒有任何事情會出錯，她從來沒有這麼強大過，一切都在她的控制之下。

回到房裡，她把小白兔和熊貓填充玩偶從床上拿下，放在葛林柏先生裝衣服用的塑膠袋裡，收到壁櫥後面。她挑了件白黃相間的亮眼洋裝等著晚上穿，走進浴室，久久凝視著鏡中的自己。

「妳知道自己是誰。」她說：「妳比以前更強壯了，不會再昏厥，也不會再有人格的轉換，妳可以控制自己，艾許醫生會瞭解妳不需要再和其他人融合。」

這個想法讓她覺得很開心，她越想越肯定這就是問題的答案。她可以靠自己的力量來穩定她的生活，預防昏厥或個性突如其來的改變，如此一來就不需要再進行其他融合了。沒錯，就是這樣！太棒了！

她跨進淋浴間，讓溫暖的水打在背上，沉浸在溫暖的水流裡，通體舒暢，就在她盡情享受的當下，我才明白貝蕾、金妮和我必須主動出擊，因為不是只有這個新的莎莉而已。現在，ＩＳＨ已經和她站在同一陣線了。

第三部。

11

之後的幾個星期，日子一帆風順。第二位莎莉和以前很不一樣，她比以前聰明多了——這點我不知道啦——或許該說是比以前有知識多了。她也不停思考，希望能夠一直保持清醒，掌控自己的生活，永遠別再昏倒。

讓我不舒服的是，只要一有空她就會去看外國電影（天啊，我得費心去看銀幕下面的字，這樣一來就會看不到演員的表情，真是氣死我了！），上美術館，再不然就是不停讀書……讀書……讀個沒完。電視壞了，她根本不想修，讓我連深夜節目也沒得看。我告訴你，當初答應的條件可不是這樣。

有天，她想來個大膽嘗試，決定自己應付黃磚路餐廳的尖峰時間。當我和往常一樣正準備出現，忽然碰的一聲，一頭撞上一道牆。

我心想，好吧，現在妳多了點腦袋，點餐或許難不倒妳，但貝蕾的表演妳打算怎麼辦？新莎莉正好也在思考這個問題，她告訴自己，燈光變暗後要好好看住貝蕾，表演一結束就把她趕跑。但她不知道的是，貝蕾已經下定決心，只要一有機會出來，就再也不要回去，好好玩他個痛快。

莎莉換上制服後，找了張桌子坐下休息，陶德走到桌旁認真看著她。「今天晚上妳看起來不太一樣，比較冷靜，一副怡然自得的樣子，妳是諾拉嗎？」

她搖頭說：「我是莎莉。」

他的眉毛上揚。「住院想必讓妳的狀況好轉許多。」

「一點也沒錯。」她看見艾略特從另一頭心急如焚地望著他們。

「莎莉，自從妳在電視上看見自己的那天晚上起，我始終忘不了妳。」

「陶德，我真的不想——」

「讓我說完。妳善良又體貼，是個很棒的人。我覺得妳很有魅力，我已經愛上妳了。」

「你這是自找麻煩，陶德。」

「這就留給我自己判斷吧。」

「你不夠瞭解我，我有很多缺陷。」

「聽我說，我克服了賭博的毛病，已經有足夠的力量來面對我們兩個。我會徹底瞭解妳跟妳的問題，幫妳一起面對。妳不必躲在角落獨自努力，妳需要有人可以說說話，當妳崩潰時幫妳重拾信心。」

莎莉低頭望著桌面。「求求你，陶德，給我點時間讓我釐清自己。」

陶德離開後，剛才他說的話讓莎莉心裡七上八下。她根本不愛他，但日久生情也非不可能。又或許愛情並非必要條件，兩個人之間可以靠其他層次的關係來維繫。陶德一離開，艾略特立刻走進舞池，宣布今晚九點的表演即將展開。他身上的衣服看起來很緊，他又變胖了。莎莉起身走向舞池中央，心想自己應該可以搞定。才剛這麼想，肚子就開始攪個不停，寒意和頭痛也隨之而來，想起當年貝蕾跳啦啦隊時她也一樣不願就範，卻仍在最後一秒放了手。

貝蕾跳進舞池。四周燈光熄滅，鎂光燈打在她身上的那一刻，只見她高舉雙手，滿臉燦爛笑容。「各位，今晚的表演保證讓你們大開眼界。」她一把抓過電吉他，隨著歌聲瘋狂搖擺，莎莉這麼久沒讓她出來，今晚要一次享受個夠。觀眾越來越興奮，鼓掌叫好，雙腳也打起節拍。她越來越狂野，想掙脫一切限制和束縛。她突然脫掉那件翠綠色亮片露背裝，把內衣扔在一邊，光著上半身繼續舞著。

陶德滿臉詫異，正準備衝向舞池，卻被艾略特給攔住。他們兩個站在收銀機旁，目不轉睛地望著她。她知道自己有一付美麗的胴體，也很清楚該怎麼用，左扭右擺，轉眼就把迷你裙褪到地板上。她有權利享受這快感，沉浸在如潮的掌聲中，成為眾人注目的焦點。

展現她的身體有什麼不對？身體是表演者的工具。站在觀眾面前，看她佔據他們所有目光，感受他們的肯定，聽他們為了她瘋狂鼓掌，這就是記憶中她這一生最快樂的時刻。魔鏡、魔鏡，誰是世界上最美麗的人？

她在節奏中渾然忘我，徹底解放。雙手、雙腿、頭、胸部，全都隨著節奏舞動。噢，上帝，她真快活！就是要這樣迎向世界，和欣賞她的陌生人分享自己。

我沒料到貝蕾竟然會跳脫衣舞，正打算出來制止，卻被金妮搶在前頭。鎂光燈下的貝蕾被她逼走，歌舞戛然而止。她動也不動地站著，眼神充滿憤怒，斗大的汗珠在雙峰間流淌，觀眾鴉雀無聲。

「你們想看裸體是嗎？」金妮朝他們大吼。「你們想看女人賣弄她的肉體，好讓你們在桌子底下打手槍是嗎？那就讓你們看看什麼叫真正糟蹋一個女人！」
她走到其中一張桌邊，從一個客人嘴裡搶來一支香菸。
「你們給我好好盯著這個身體，」她不屑地說：「看看我怎麼把它像牛一樣烙印。」
她把香菸點燃的那頭捺在乳頭上方一吋的皮膚上，嚇得觀眾倒抽一口氣。他們壓根不知道，她感覺不到痛。痛的人是莎莉，但她要等到回來之後才感覺得到。
「這裡再來一個！」她把香菸捺在另外一個乳頭上方，皮膚燒焦的味道隱隱傳來。
「我的天啊！她把自己燙傷了！」一個坐在舞池邊的女人說著掉頭就走。
「這是表演的一部分！」附近一個男人邊喊邊鼓掌。
他身邊其他人也跟著鼓掌，沒多久全場觀眾竟全都在鼓掌叫好。
「這還不算什麼！」金妮吼著說：「這場他媽的表演才剛開始呢。」
陶德和艾略特總算覺得不對勁，朝她走去。金妮扔掉手裡的菸屁股，從桌上抓來一個酒瓶，把酒吐得那個客人滿臉都是，接著順手在桌緣一敲，把酒瓶打碎。她把碎酒瓶抵住她的喉嚨大吼：「兩個都退後，不然我馬上殺了她。」
他們見狀不敢繼續向前。金妮慢慢走到舞池中央說：「你們將第一次看到實況轉播的自殺表演。我要把這場表演獻給與我們永別的諾拉。」她抬頭挺胸往前跨出一步，隨即後退，左手臂高舉過頭，右手的碎酒瓶一揮，劃破手腕，鮮血順著高舉的手臂汩汩流向身體。
「看在上帝的分上，快阻止她！」一個人尖叫著說。
「血是假的！」另一個人高喊。「我以前看過這種表演。」
金妮接著劃破另一隻手腕，她把碎酒瓶丟進觀眾席裡，雙手舉在頭上來回走著，試著像貝蕾一樣搔首弄姿。但她知道自己缺乏節奏感，沒辦法像貝蕾一樣把屁股搖得那麼銷魂，氣得她火冒三丈。

有人高喊：「再來一個！再來一個！」

「看仔細了，混蛋！」她狂吼著。「你們每一個人都流著血，一步步走向死亡。你們只不過是我想像中的一個幻影，當我死亡的那一刻，整個世界轉眼都將毀滅。你們看不出來我在做什麼嗎？我不是在自殺，我是在毀滅你們。當我體內的血流乾，心也枯竭的時候，你們也將全部消失。」

觀眾開懷大笑，報以熱烈的掌聲。

她在舞池邊跳舞時，一個女人靠過去，用餐巾抹了一下她身上的血，仔細研究起來。

「是真的血！」她失聲尖叫。「是血！她真的在自殺。」

掌聲更加熱烈，金妮昂首闊步在場中來回，掌聲逐漸退去，四周鴉雀無聲，所有人都出神看著眼前的表演。他們慢慢瞭解，這不是一般的虐待秀。女侍和廚房助手紛紛停下腳步，每個人都靜靜看著這場血淋淋的死亡之舞。

愚蠢的婊子！她差點送了我們的命！我對她施壓，掙扎著想要出來，卻只是徒勞。直到金妮踩到自己的血，不小心滑了一跤，才分散了她的注意力。就在此時，似乎有人在背後推我，低聲對我說：換妳上場了。

我在鎂光燈下愣了一會兒，我最害怕面對觀眾了，但我鼓起勇氣笑著大聲說：「各位先生女士，今晚的魔術表演到此告一段落。沒有血、沒有酒、也沒有任何人。我根本不存在，我只是幻覺的殘跡，這一切全都是高明的把戲。」

我深深一鞠躬，轉過身，對著他們扭扭屁股，全場觀眾起立為我鼓掌。到了後台，我把幾條餐巾交給陶德。「你最好替我的手臂上點繃帶，免得我把這地方弄得更亂，我猜他們全都相信這只是場表演。」

不過，陶德和艾略特很清楚，香菸疤、手腕上的傷口和血全都是真的。他們趕緊拿出急救箱，陶德替我用消毒水清洗傷口，再捆上繃帶。

「妳這瘋婆子。」艾略特說：「妳這麼做是為了什麼？」

「要是我知道就好了。」我回答他。

「我送妳去醫院。」陶德為我的手臂上完繃帶時說。

「不需要。」我試著安撫他。「情況已經控制住了，送我回家就好。」一番爭論之後，他替我叫了輛計程車，但他堅持要送我到家。到了家門口，他不希望丟下我一個。「或許我該叫個護士來陪妳。」他說。

「我不會有事的，陶德，真的。」

「莎莉……諾拉……杜芮，妳是誰都無所謂。如果妳有任何三長兩短，我真的不知道該怎麼辦。」

「一切都會沒事的。」

「妳剛才就差點出了事，一想到妳有危險，我就受不了。嫁給我，讓我照顧妳吧。」

「不可能的，陶德。對你來說，我不夠好。」

「不夠好？妳是我一生中最美好的部分。我從來不認識像妳這樣的女人，善良、聰明、活潑——」

「我那些狂暴的情緒又怎麼說？今晚發生的事你也看到了。」

他搖著頭，來回踱步。「妳的病好了之後，這就不是問題了，妳需要的只是一些自我控制的能力。今晚不論妳是被什麼給佔據了，幸好沒釀成大禍。這就表示，妳善良的一面比毀滅性的那一面來得強大。」

「我再也不敢那麼肯定了。」我說。

他握住我的手。「嫁給我。」

「別逼我，陶德，今天晚上我不是我自己。」

「好吧，」他說：「不管妳是誰，我都因為妳而重新活了過來，我只在乎這點。」

他離開後，我試著入睡，卻翻來覆去輾轉難眠，生怕一不小心睡著，不知道誰會跑出來。

我下樓和墨菲說我的心事。「我告訴你，墨菲，到現在還沒精神崩潰，連我自己都很訝異。」

金妮前陣子移動過他的手，現在他看起來就像在對世界比中指，這讓我很難好好對他說出心事。應該要有人跟葛林柏先生說一聲，這樣子很不好。

12

貝蕾環顧四周，準備向那些欣賞她演出的觀眾鞠躬，卻忽然發現自己躺在床上——而且是自己一個。陽光灑進窗戶，照亮整個房間，氣得她忍不住大叫：「可惡！又來了！」

她發現手腕上綁著繃帶，鏡子裡胸部上方還留著菸疤，她心想……我的天啊，真的有人被虐待狂給搞慘了。

她跳下床，雙手扠腰氣憤地四處張望，這真是太過分了。她也知道早該要習慣，但總是無法結束表演，這真的讓她很不高興。不論是鎂光燈下還是在床上，一次又一次被人搶鏡頭，她真的厭煩到了極點。這算哪門子的合作？不管踢開她的人是誰，對於她覺得重要的事，至少應該表示點尊重才對。可惡，她一定要討回公道，在所不惜。

她看見桌曆上記著今天的約：**早上十點・治療・艾許醫生辦公室**。

現在已經九點了，只剩一小時就又得離開？她要留下來，到艾許醫生的辦公室去，假裝成第二位莎莉，他絕對料不到會有這招。第二位莎莉不久前才出現，但我曾向貝蕾提過她，貝蕾學得很快，她知道自己有辦法模仿她，就算說錯幾句話，艾許醫生也不見得會發現，畢竟他對第二位莎莉的認識還不夠深。

她咯咯笑著，換上一套莎莉的洋裝，不停在腦中排練釣他上鉤的那幕重頭戲。她要使出渾身解數模仿第二位莎莉，逗得艾許醫生心癢難搔。等會兒她要躺在他的躺椅上，哭得像個淚人兒，玩弄他的同情心，等他靠過來安慰她時，還要把被燙傷的胸部露給他看，緊緊抱住他和他做愛，這會是場前所未見的偉大演出。等計程車時，她想像自己正抱著一大束花向一大群激動的觀眾鞠躬。

貝蕾踏進艾許醫生辦公室的前一刻，我試著接手，但她已經下定決心，我無法突破重圍。記錄者顯然越來越虛弱了。我很不高興貝蕾竟然企圖染指艾許醫生，我把我對他的感覺告訴過她，而她也答應過我絕不碰他。不過，貝蕾和男人在一起時，再多的承諾也只是枉然。

十點整，她彷彿登台表演般，昂頭走進艾許醫生的辦公室，諾拉高傲的舉止中帶著莎莉軟弱的眼神。我不得不承認，貝蕾可真會演，唯妙唯肖，簡直是第二位莎莉的翻版。

讓她去撞瑪姬的桌子，是我唯一能做的。

「抱歉，瑪姬，」她說：「我剛才一直在想最近看的那本和婦女解放運動有關的書，沒注意妳的桌子換了位置。」

「位置沒變啊。」瑪姬說。

「這樣啊，」貝蕾見招拆招，學諾拉的模樣挑了挑眉毛，「那大概是我搞錯了。」

我看得出瑪姬已經發現她手腕上纏著繃帶，只是按兵不動。艾許醫生對她說話時，態度和以前很不一樣。就像是妳聽一個認識很久的人和另外一個人講電話，從他說話的方式和語調，就可以知道他在和誰說話。艾許醫生以前和莎莉說話時，總是說得很慢、很謹慎，眼神也會一直盯著她，看她究竟聽懂了沒有。現在，他聽起來就像在和諾拉說話一樣。

「妳要和我聊聊嗎？」他問。

「聊什麼？」

「聊那個。」他指著她的手腕。

「我暈過去了，完全不省人事。」她說：「醒來後我什麼也不記得，我一定是被自己割傷了，我猜有人想殺我。」

她想起該扮演的角色，學第二位莎莉聳聳肩說：「有時候我還是會不想活。」

「妳答應過我，不再說這種話。自殺並不能解決問題，這種話會讓我有什麼感覺，妳很清楚。」

「嗯，因為你太太嗎……」

他眉頭深鎖，抬頭看著她，彷彿在她的話中察覺到一些言外之意。

「我不是想自殺。」她說：「我知道我已經變了，我覺得很不一樣，更清楚周圍發生的事，但我猜我對自己的掌控還是不如預期。」

「妳必須慢慢來，」他說：「妳越來越強壯了，但其他人正在為她們的存在而奮鬥。」

「我不怪她們，」她說：「但我也有我的權利。我要我的雙胞胎，思念孩子的母親簡直生不如死，我一定要恢復正常，證明給法官看。」

「我對妳有信心，莎莉。我知道杜芮會幫助妳渡過難關，不只杜芮，連貝蕾也會配合妳。我知道她常給妳惹麻煩，要改變對她的看法很不容易。不過，諾拉以前一心尋死，貝蕾想的卻是好好享受生命。」

「我從來不曾那樣看待她，當然，現在我知道這有可能是真的。」她蹺起大腿，撫平腿上的洋裝。「但我想杜芮對你接下來的計畫有點害怕，我是說治療的這個部分，你打算把我們攏合在一起。是這麼說的嗎？攏合，還是融合？」

他仔細端詳著她，忽然遞給她一本黃色便條紙和一枝鉛筆。「麻煩妳把一些東西寫下來，如果妳又昏倒了，我希望妳身上有張字條，以防萬一。請妳寫：『若遇緊急狀況，請聯絡城中醫院的羅傑・艾許醫生。』好，請讓我看一下。」

她把便條紙交給他，他一見到上頭的字跡就說：「我不喜歡這種行為。」

「你是什麼意思？」

「好了，貝蕾，莎莉在哪裡？」

她很訝異竟然被識破了，低頭說：「到某個地方去了。」

「我可以和她說話嗎？」

「現在不行。」

「我必須和莎莉說些話。」他說：「他知道黑暗裡有什麼……」

她闔上雙眼，頭輕微晃動，雙手輕輕放在大腿上。

「我必須和莎莉說話，這件事情很重要。莎莉，走進光明。」

她睜開眼，舔了舔嘴唇。「還是我。」

「莎莉為什麼不出來？」

「她心情很糟，現在不想和任何人說話。」

「那她什麼時候才願意和我說話？」

貝蕾極盡挑逗能事伸了個懶腰。「嗯，要等她準備好了才行。她腦袋一片混亂，對於過去做過的事情感到很可恥，她希望在自己心裡把事情理出個頭緒。她說你可以和我說話，就像以前和杜芮說話一樣，只不過杜芮已經不像從前那麼強大了。」

他想了一會兒。「好吧，貝蕾，我從很久以前就計畫要和妳進行深層治療。既然妳人都來了，不如現在就開始吧。」

「我正好也這麼想，深層治療，這就是我需要的。」

「妳對這些昏厥有什麼感覺，貝蕾？」

「就和我還是個青少年的時候一樣，我很窮，但還是經常到百老匯去看表演。我會先在大門附近閒晃，等第一幕結束時，裡頭的人出來抽菸，我再混入人群偷溜進去，而且幾乎每次都找得到位子。我們把這種把戲叫做『第二幕』，百老匯每一齣舞台劇和音樂劇的中段和結局我都知道，卻從來沒看過開場，只得自己猜。我現在的生活就像這樣，總是到了第二幕才上場，通常不是在舞池裡，就是和陌生人躺在床上。不過，最糟糕的是，高潮和最後一幕通常都沒我的分。」

「妳不太喜歡這樣？」

「如果從來都沒辦法知道最後的結局，你會喜歡嗎？老實說，艾許醫生，我好希望能夠在謝幕時享受觀眾的喝采。」

「貝蕾，我替妳找個新角色如何？一個很棒的角色。妳或許無法成為萬眾矚目的巨星，卻可以在往後長長久久、快快樂樂的日子裡一直上場表演。」

她聽了忍不住大笑。「艾許醫生，我一直覺得你的躺椅演的就是這樣的角色。」

「我是認真的，貝蕾。身為一個演員，妳很清楚，為了整場表演考量，妳經常得把自己融入要扮演的角色中，把自己變成另一個人。」

她輕撫手腕上的繃帶，若有所思。「那當然，就像他們說的，演什麼像什麼才重要。」

「我想，也該是讓妳演主角的時候了。」

「主角？你是說可以在海報上看到我領銜演出嗎？」

「不完全是這樣，主角由妳來演，至於海報就別去想了。就像妳剛進來的時候想要假扮莎莉一樣，妳會沉浸在角色中，暫時和『第三位莎莉』這個角色融為一體。」

她不太清楚他究竟在想什麼，但她相信他，也說不上來為什麼。「這場戲裡有跳舞的場面嗎？」

「可以安排。」

「有帥哥嗎？」

「有什麼問題。」

「你也會在戲裡嗎？」

「我負責導演，但我不會登場演出。」

「艾許醫生，你一定會是個優秀的男主角。我敢打賭你的演技一定很棒，真想和你來場對手戲。」

他搖搖頭，臉上露出微笑。「謝謝妳的誇獎，貝蕾，但我可以告訴妳，我是個爛演員。」

「那我們要怎麼開始呢？」

「我們要借用史坦尼斯拉夫斯基的表演法。首先，先回到妳第一次和莎莉分裂，開始自己一個人表演的那段記憶中，讓妳重溫那段體驗我覺得很重要。結束之後，我會幫助妳融入第三個莎莉這個角色中。在催眠狀態下，妳把自己當作她，從她的觀點來看待周遭的世界，最後，就像每一個成功的女演員一樣，妳會把自己的身分認同融入要扮演的那個角色裡。」

「嘿，」她開心地笑著說：「這個角色聽起來很棒，只要戲裡有音樂、舞蹈和性，偶爾再來點義大利美食，我就答應。」

「我們就把這當作是妳平等協議裡的一項條款吧。」

「沒問題，大導演，好戲要上場啦。」

他用金筆替她催眠，要她回到第一次和莎莉分裂的時候。她原本已經忘了，但一看到那個冬夜的禮堂出現在腦海中，一切又如潮水般湧來。

艾許醫生說：「告訴我妳在哪裡，看到了什麼。」

貝蕾覺得有道滾滾急流帶著自己不斷回溯，突然間，就像一個收到暗示的演員，她忽然變成十一歲正在讀六年級的莎莉。他們為耶誕節安排了一齣音樂劇版本的「白雪公主與七個小矮人」，莎莉正準備登場。她扮演的是女巫貝蕾，健忘國王的新皇后。她知道自己一定會忘詞，緊張得渾身發抖。她知道自己高音唱不上去，也知道會暈倒，把所有事情忘得一乾二淨，還會因為幹了什麼壞事而被懲罰。金妮出現的這四年來到處惹麻煩，但比起現在要乖多了。

她媽媽和弗瑞德就坐在台前，莎莉不想參加表演，但她媽媽堅持要她以後當個女演員。頭痛從頸根開始緩緩蔓延到頭部。莎莉靠在牆上，她再也受不了了，她絕對辦不到的。扮演噴嚏精的男孩推了她一把，莎莉就這麼上了台，看著刺眼的鎂光燈，老師坐在包廂裡，眼前的觀眾糊成一片，她僵在原地暈了過去。

眼看莎莉就要倒在舞台上，貝蕾趕緊衝出來穩住身體。

貝蕾在台上又唱又跳博得滿堂彩，落幕時每個人都起立為她鼓掌，光是謝幕就謝了四次。大家都稱讚她是個天生演員，從上場扮演貝蕾皇后的那一秒鐘起，她就從一個害羞的小女孩搖身一變，成為耀眼的巨星。老師誇獎她是班上有史以來最棒的演員。散場時，觀眾還意猶未盡地不停討論著她。後來，甚至連弗瑞德也說，台上的她看起來真是個大美人。他摟住她的腰說，看來家裡真的要出個大明星了。

他的眼神和摟著她的手讓她心頭一漾，臉上露出笑容。他對她使了個眼神，還輕輕捏了她一把，但她媽媽卻突然衝上來把她拉開。

「快去脫掉妳的戲服。」她媽媽說：「我們得回家了。」

那天晚上，貝蕾記得的就只有這麼多……

艾許醫生把仍處於催眠狀態下的貝蕾帶回現在，問她對這段回憶有什麼感覺。

「這是我第一次出現。」貝蕾說：「身為目光焦點的感覺我從來沒忘過，從那之後一直到高中，我經常參加表演。只有在舞台上，我才真正有活著的感覺，那才是真正的我。我要站在仰望的觀眾面前，讓他們聽我說的每一句話，迷得他們神魂顛倒，為我歡呼。我希望一直這麼活下去，永不落幕，永遠不必下台。沒有了歌舞和表演，我只是個無名小卒。後來我成了啦啦隊員，但那種感覺還是不一樣。」

她想想剛才說的那些話。「我只是個無名小卒，如果和她融合，我能變成明星嗎？」

「那是其中一種可能，」他說：「但妳必須自己作決定，仔細想想，星期一再告訴我妳願不願意接受。」

「會痛嗎？」

他搖頭說：「我保證，一點感覺都不會有。」

「會永遠有效嗎？杜芮說，你向諾拉解釋過可能會失效，有一天我們可能還是會再分裂。」

「那是其中一種可能，但我們從其他個案身上學到很多寶貴的經驗。我相信，結合密集的催眠治療和行為矯正，效果會比其他方式來得好。」

「我希望活下來，艾許醫生。」

「我瞭解，這是保住妳性命唯一的方法。」

週末，她思前想後，反覆問我覺得怎麼樣。我要她自己作決定，我說，我尊重艾許醫生。他一定是替我們作最好的選擇，這我敢肯定，不過，這個決定非同小可，我可不想擔這個責任。重大問題需要認真考慮，我可不願參一腳。

她要我問問諾拉的建議，好讓她知道那是什麼感覺，但我告訴她自從諾拉變成第二位莎莉之後，我就再也無法聯絡上她。

「她是不是像死了一樣？」她很好奇。

「死了是什麼感覺我怎麼知道？」

我告訴她，諾拉就這麼咻的一下消失不見了！上一秒人還在，下一秒就不知到哪去了。

我把兩座池水匯流的事告訴貝蕾，嚇得她緊張得要命，因為她是隻標準的旱鴨子。

那只是想像而已，我在她腦中對她說。聽了之後，她稍稍平復了些。但我告訴她，重要的是莎莉的想法似乎越來越像諾拉了。「如果妳願意接受融合，」我說：「可能會大大改變她們對性和跳舞的觀感。」

「還有戲劇。」她說。

「沒錯。」

「我覺得好為難。」她說：「以前我從來不需要作這種決定。」

整個星期五晚上，她都在聽那些老搖滾唱片。星期六下午看完「飛舞之足」後，晚上又一個人到舞廳跳舞。她和一大群陌生年輕人熱舞，卻覺得有些不同。她的心根本不在那裡，只想隨著音樂節拍舞動，拋開心中的恐懼，目眩神迷的燈光卻讓她昏昏欲睡。

一個紮馬尾的年輕帥哥黏在她身邊跳舞，輕吻了一下她的脖子，悄悄說他想和她做愛。她喝多了，心想有何不可？這可能是她最後一次演她自己。

「帶我回家。」她在他耳邊低語。

那男孩肯定不到十九或二十歲，一手開著那輛破爛的老道奇，一手不安分地在貝蕾大腿間游移。她湊過去，鬆開他褲襠的拉鍊，開始挑逗他。

一進到房裡，男孩就展開熱烈的攻勢親吻她，貝蕾也把他緊緊抱在懷裡。

「喔，寶貝，就是這樣……」她忍不住呻吟，雙手抓住他的馬尾，把他的臉埋進她的雙乳間。她渴望他進入……摩擦……慢慢到達高潮……就在他正準備進入時，她卻感覺到他全身顫抖。

「不！」她大叫。「別這麼快！等等！」

但他已經玩完了，他縮成一團，爬下貝蕾的身體，把臉別向一旁。「對不起。」他氣急敗壞地說：「天啊，真的很對不起。」

貝蕾一臉嫌惡地躺回床上。落幕了，一如往常，沒有高潮，只有一個爛結局。「沒關係，孩子，」她說：「我也很快就高潮了，就和你同一時間。」

「真的嗎？」他轉過身，急切地看著她。

「真的，聽我說，我跟你一樣很想要。你很棒，這是你的第一次嗎？」

他脹紅了臉點點頭，套上內褲和長褲。

「嘿，你要去哪？我還以為今晚我們要一起過呢。」

「我沒辦法。」他看著手錶說：「已經很晚了，我爸媽會殺了我。」

他吻了她一下，對她說：「妳很漂亮，謝謝妳所做的一切。」

她在他身後把門鎖上。「謝謝你，啥也沒做……」她等他走遠了才幽幽地說。

貝蕾攤在床上，虛弱無力地看著胸部隨著呼吸高低起伏。她用手輕輕搓揉自己的乳頭，感覺它們慢慢變硬。她好想要有人在身邊，不管是誰都好。她繼續搓揉，想要再享受一次那亢奮的感覺，卻未能如願。她爬起來在抽屜裡尋找幾個月前買的那支按摩棒，笨蛋莎莉還以為那是用來讓脖子和臉頰更緊緻用的。她把它藏哪去了？

貝蕾一心只想找出按摩棒，氣急敗壞地把所有東西扔出抽屜，卻什麼也找不到。莎莉老是移動東西的位置，老在打掃。那雙該死的手難道就不能少碰不屬於她的東西嗎？

她用手指代替，緩緩抽送，接著越來越快，越來越快。就在她感到興奮無比時，頭又開始隱隱作痛。

「可惡！」她怒吼著：「滾開！我還沒完呢，我要高……」

「讓我幫妳。」

「是誰？」貝蕾從床上坐了起來。

我告訴她是金妮。

「耶，有了。」她說。

我說我不打算蹚渾水，如果貝蕾想自慰，那是她家的事，但我可不喜歡玩這種兩人遊戲。貝蕾心想，她從來沒跟女人一起幹過那檔事，這主意還不賴。我告訴她，我連聽都懶得聽。

「可是，妳是我們之間的聯繫。」貝蕾說：「我只有透過妳才能找到金妮。」

「不用再說了，反正我不想和這件事扯上任何關係，虐待會讓金妮興奮。」

「妳這佔著茅坑不拉屎的傢伙，因為自己性冷感，就不准其他人爽。」

「我才沒有性冷感呢，我正常得很。」

「處女……也稱得上正常？」

「我只是不喜歡婚前性行為而已。」

「妳在等白馬王子來親妳屁股嗎？」

「別把我扯進來，我才不吃濫交這一套。」

「濫交？什麼濫交？」

「三個人一起從事性行為，不叫濫交叫什麼？」

「噢，拜託，這有那麼重要嗎？」

「誰管妳。」我說：「這簡直太噁心了，打死我都不幹。」

「我們不需要她。」這是第二次金妮直接和貝蕾對話。

「既然我們可以直接對付莎莉，」金妮說：「就不用再透過杜芮傳話了。」

貝蕾似乎很心動。「但莎莉不會——」

「現在是二比一。」金妮說：「我們隨時可能失去這個優勢。為什麼我們總得聽她的？」

「妳說的沒錯。」貝蕾說：「我還有好多事情沒嘗試過，而且現在看起來，時間大概不多了。」

「不可以。」我說：「艾許醫生跟莎莉說過，融合之後她還是很脆弱。類似這樣的事可能會讓她崩潰。」

金妮的笑聲讓我不寒而慄。「她和那該死的融合干我屁事？不融合還比較好。艾許醫生開始亂搞之前，我們還過得比較好。」

我突然明白她不斷慫恿貝蕾的真正目的何在。她知道融合後的莎莉還很脆弱，想讓她們前功盡棄。

「我們該怎麼做？」貝蕾問。

「去拿妳的按摩棒。」金妮說：「莎莉把它藏在壁櫥最下面的抽屜裡，上面蓋著電熱毯。」

貝蕾找出按摩棒試了試。「看來還不錯。」她說：「然後呢？」

「我們把莎莉找來。」

「妳辦得到嗎？」

「上次她都可以請妳們去喝茶，我們為什麼辦不到？」

她坐在那個有三面鏡子的梳妝台前，左邊那面鏡子裡，映出貝蕾赤裸的身體。金妮滿臉皺紋，抿著嘴，一副肅殺的模樣，慢慢浮現在右邊那面鏡子裡。她那頭黑髮還是會讓我聯想到蛇。然後，莎莉出現在中間那面鏡子裡，彷彿剛從睡夢中驚醒，滿臉困惑地四處張望。她從左邊的鏡子望向右邊的鏡子，發現自己全身上下一絲不掛，只有手腕上還纏著繃帶，吃了一驚。

「怎麼了？發生了什麼事？」

「這次換我開舞會，」金妮說：「歡迎光臨。」

莎莉認得出貝蕾的模樣，卻不認識金妮的臉孔和聲音。「妳想做什麼？」

貝蕾說：「我們只想找點樂子。」

「妳越來越強壯了。」金妮說：「不必再害怕了。」

「我想上床睡覺。」莎莉說。

「我們也想，」貝蕾說：「我們三個將共度今夜，就像以前的睡衣舞會一樣。」

「聽著，我不知道妳們兩個想做什麼，」莎莉說：「而且我也不在乎。妳們從哪裡來的就趕快滾回去，別再繼續煩我。」

「她要我們別煩她。」金妮說。

「那種高高在上的語氣聽起來還比較像諾拉——」

「我是莎莉，」她厲聲說：「我不想跟妳們兩個有任何瓜葛，趕快離開。」

「可沒這麼簡單。」金妮說。

「沒錯，」貝蕾答腔，「可沒這麼簡單。」

金妮按下按摩棒上的按鈕。

莎莉聽見按摩棒嗡嗡低鳴，露出驚恐的表情。「妳到底在幹嘛？」

「我們屬於彼此，」金妮說：「我們是彼此的一部分，屬於彼此卻又各自獨立，我們不需要其他人來滿足我們的需求和慾望。」

她輕撫莎莉的大腿，慢慢游移到她股間。

「住手！」莎莉激動地想拍掉她的手，左手臂卻被貝蕾壓得動彈不得。金妮的手指一圈又一圈，在莎莉身上來回撫摸。

「住手！」莎莉說：「不准妳這麼對我，我不要用那鬼東西。」

「我可要，」貝蕾說：「而且多多益善，三個人比一個人好玩多了。」

貝蕾撫摸著莎莉的胸部，還把指頭伸進嘴裡沾了些口水，輕輕摩擦她的乳頭。莎莉繼續掙扎了一會兒，呼吸越來越沉重，眼皮抽動幾下，翻了白眼。我嚇壞了，卻怎麼也出不來，她們太專心了。

金妮拿起按摩棒插進莎莉的下體，她的身體因為按摩棒而開始扭動，越扭按摩棒就越緊，每一道微弱的電擊都讓她全身發顫。她的嘴唇不停抽搐，住手的聲音越來越微弱，也越來越含糊。貝蕾伸出舌頭舔了舔，金妮加快按摩棒的速度，抽送得越來越用力，絲毫不肯罷休，甚至還在她耳邊低喃著一些淫蕩齷齪的話。「快點高潮，妳這賤女人。妳就是欠操、欠幹。這麼多年來，妳都把爛攤子推給貝蕾或我來收拾，現在妳可以跟我們一起大幹一場了。」

高潮來時，莎莉全身顫抖得厲害，背部高高拱起，暈了過去。

一陣大笑後，金妮一溜煙地跑了。貝蕾躺在地上，以為自己會全身酥軟，覺得比較舒服，卻發現自己覺得很愧疚。她從壁櫥裡拿出一瓶約翰走路威士忌，一杯又一杯地喝。

「可惡，不論我做什麼都不對勁。」

——因為這麼做是行不通的。

——是誰？

——妳知道自己做錯了事，所以才會難過。

——不是我的錯，那是金妮出的餿主意。

——別再怪別人了。

貝蕾聽不出這聲音是男是女，覺得有些困惑。她眼前出現了一張臉，卻模模糊糊地看不清楚。

——那是因為其他人活該。

——妳不該喝那麼多酒，妳需要清楚點的頭腦來作決定。

——你是誰？

——妳知道我是誰。

——你是杜芮說的那個叫ＩＳＨ的人嗎？

——對，我是妳的內在自我協助者，妳必須讓艾許醫生幫助妳融合，這樣一來，今晚的事就不會再發生。

——或許現在莎莉不想融合了，或許。

——不，她會沒事的。我已經替她抹去那些記憶，深深埋藏在她的潛意識裡。

貝蕾和ＩＳＨ聊到半夜，上床睡覺的時候還作不出決定。星期天早晨醒來時，她頭痛得要命，這輩子從來沒宿醉得這麼嚴重過。她決定再也不要用那雙充滿血絲的眼睛來看這世界。她幾乎一整天都躺在床上，額頭上敷著一個冰枕，管不了自己究竟是死是活。

「好吧，ＩＳＨ。」她大聲說，這時ＩＳＨ碰巧不在。「我答應融合，我如果後悔的話就唯你是問。」

星期一，莎莉到醫院接受治療時，一顆心七上八下悶得要命，卻又說不出個所以然，艾許醫生把貝蕾同意融合的事告訴她。

「我完全不知道。」莎莉說：「我還以為我把情況控制得很好。」

「如果真是這樣，那天晚上的表演，還有那些自己造成的傷又怎麼說？」他說。

「這樣就更不應該讓貝蕾有更多影響力。」

「事情不是這樣的，莎莉。把貝蕾融入體內後，妳應該可以控制她，也能控制妳自己，或許還可以對抗金妮。讓我這麼說吧，妳現在的行為是種防衛機制，這在類似的個案中是可以預見的。最初是否認，接著就是抗拒。然而，我們必須繼續前進。」

「為什麼要這麼快？到現在為止，這種充滿智慧的全新感受出現還不到一個月，我們為什麼不能再等久一點。」

「我原本打算多給妳一個月，再繼續進行。解決了自殺傾向後，我原本希望能夠冒點險，放慢進度，慢慢發掘過往的種種。但是，妳充滿恨意的那部分已經站上了前台。妳會需要更多力量來控制它，我覺得最好還是加快腳步。」

她沉默不語。

「妳同意和貝蕾融合嗎？」他問。

她點點頭。

「大聲說出來，妳必須全心投入，毫無保留。這不是為我，而是為妳自己。」

「我同意融合。」

他接著請貝蕾出來，問她是否認真思考過，現在是否依然願意接受這個治療。她說，她和我還有ＩＳＨ詳細討論過，決定背水一戰。

他拿出金筆。「好了，貝蕾，舞台上的燈光已經熄滅，布幕緩緩升起。腳燈亮起時，妳會有幾秒鐘睜不開眼，但妳知道觀眾就在眼前。妳會搖身一變，成為世上最偉大的演員之一，而眼前這座舞台的名字叫莎莉·波特，妳們從此合而為一，再也不分彼此。妳的心會回到耶誕節表演那天晚上之前，過去有個獨立的貝蕾，所有關於她的種種都將化做記憶的一部分，融入莎莉人見人愛的個性當中。」

她點點頭，眼看即將登場，觀眾一片鴉雀無聲，緊張得她肚子直打滾，她的協助者就坐在側面包廂裡對著她微笑……等待……等待……

「當我數到三，就請妳睜開眼睛。這一切妳都將不復記憶，但妳知道妳是莎莉·波特。我說我會數到幾？」

「三……」

「很好。一……二……三……」

莎莉睜開眼，眨啊眨的，四處打量一番。她彷彿期待自己站在最喜歡的舞台上，沐浴在耀眼的燈光中。卻發現身邊只有艾許醫生一個人，焦急地盯著她瞧。

「妳還好嗎？」他問。

「很好，很興奮。」她覺得興奮還遠不足以形容現在的感覺，她興奮得簡直要飛了起來。

「什麼樣的興奮？」

她舔了舔嘴唇笑道：「我好想跳舞，真稀奇，因為我從來不跳舞的。我甚至連怎麼跳都不知道，我太笨手笨腳了。」

「莎莉，妳會發現自己舞跳得很好。別訝異，也別抵抗。」

「以前，我甚至連想都沒想過要跳舞，不過……」她站起來，腦中揚起一段旋律，就這麼在房間裡跳了起來。「你帶我去跳舞好嗎，艾許醫生？」

「那恐怕不是個好主意，莎莉。妳的生命出現了許多變化，我們之間的關係還是只限於這間辦公室裡比較好。」

「你不喜歡我。」她噘起嘴說。她想得到他，也很清楚只要多加把勁，就能手到擒來。

「我沒有。」

「哼，」她說：「我聽說，有些精神科醫生會在治療以外的時間和病人碰面。我不是想勾引你，也不打算和你發生關係，這點你大可放心。只是認為，現在的我感覺煥然一新，頭幾次出去玩的時候，你應該在一旁監督我。」

「監督？」

「免得我惹上什麼麻煩。我們可以一起吃晚餐，看場表演，再去跳跳舞。你送我到門口就好，我發誓不會勾引你進來。」

「我不認為那是個好主意。」

她伸手摸頭。

「怎麼了？」

「我頭又痛了。」

她其實在騙人，她的頭一點也不痛，只不過是在博取艾許醫生的同情而已。我很想出來警告她，後來決定作罷。畢竟第三位莎莉是他的傑作，他得自己負責。看她怎麼捉弄他一定很有趣。我跟你保證，我沒吃醋。如果我認為她真的打算追他，我就會插手。但她只是想玩玩。這我可沒什麼意見。現在，有ＩＳＨ幫忙莎莉，我真的很替她高興，也很高興肩上的責任總算少了些。容光煥發的莎莉，彷彿已經準備出發，四處探索這個全新的世界，她熱愛生命。

我也鬆了口氣，貝蕾消失後，莎莉就比較不會和男人惹出什麼麻煩，第三位莎莉將能控制那些慾望。一想到再也沒有一個獨立的貝蕾，卻也令我有些感傷。她闖了很多禍沒錯，但有她在身旁時總是很開心。她帶我們去做的那些事還真的滿刺激的，以後的日子想必會黯淡許多。我告訴自己，她的精神還活在莎莉體內。這就像來生不是嗎？為了進一步確認，我還是試著尋找一下。果不其然，貝蕾不見了。諾拉和貝蕾消失後，莎莉不但變得比以往更聰明伶俐，也性感多了。回到家後，她搞不懂按摩棒為什麼會在床上，害羞地脹紅了臉，大笑出來，一把將它扔進垃圾桶裡，她再也不會需要那鬼東西了。

我呼喚ＩＳＨ，想問他願不願意和我聊聊，卻沒得到任何回答。我想他或她還沒準備好開始幫助我。

第四部。

13

兩星期後的九月初，莎莉打電話哀求艾許醫生：「我知道明天才要回診，但你今晚可不可以陪我出去走走？我需要找個信得過的人。這陣子我很乖，不再像以前那麼衝動了，但今天晚上我真的需要出去走走。」

他思考了好一陣子，總算按下對講機上的按鈕。「瑪姬，今天晚上我應該沒病人吧？很好。把其他的約都取消，我要出去一趟。」

「我們六點見。」莎莉說。

這聽起來有點雞婆，但我可沒打算放莎莉自己和艾許醫生獨處，門都沒有。我最好還是扮演好記錄者的角色。看表演之前，莎莉不知該去猶太熟食店還是法國餐廳吃晚餐好。艾許醫生說他知道一間義大利小餐館，裡頭用的是紅色格紋桌巾。我猜他是為了紀念貝蕾，香堤酒瓶蠟淚成堆，很是浪漫。

莎莉不覺得浪漫，她說這讓她覺得感傷。

天啊，我聽了差點沒衝出來揍她一頓。她什麼事都能挑剔，真恨不得讓她的頭痛到爆炸。如果再繼續這樣下去，我會找金妮來幫我教訓她。

「最近過得好嗎？」艾許醫生問。

「很好，」她說：「但有點靜不下來，覺得好像應該去什麼地方做些事才對。」

「我們不是已經在做了嗎？」

她微笑說：「我不是這個意思，我是說，應該用我的生命去做些刺激的事。」和他說話時，她不停東張西望看有沒有帥哥在附近，根本不把艾許醫生放在眼裡。老天，她真把我給惹毛了，這女人越來越會假裝了。

音樂劇很精采，最後以悲劇收場，如果是我，肯定會忍不住流下眼淚。但莎莉可不這麼認為，她一下分析情節，一下又批評他們的舞蹈和唱腔，囉哩叭唆講個沒完。我很喜歡，但我猜我的品味不是很好。

他送她回去時，她在他耳邊悄聲說：「你可以進來坐一下，艾許醫生，你可以留下來過夜。」

「我們說好了，莎莉。」

很欣慰他這麼說，如果只要她虛情假意挑逗幾下，他就上當的話，我一定會放金妮出來痛宰他們一頓。他沒有因為一個女人漂亮、聰明、性感就上鉤，這讓我對他更多了幾分敬意。我的意思是，他知道她的情感還不夠深刻、誠實，她不懂愛恨為何物，雖然才貌雙全，但仍舊只是個殘缺不全的人，還缺乏其他許多好的特質。

不過，她可精明得很。送她到門口時，她一再堅持要他進來陪她喝幾杯，不然她很可能會受不了，跑出去找其他男人陪。

「好吧，只待幾分鐘。」他說。

莎莉拿下披肩，放了張適合慢舞的音樂，原以為他會來把她摟進懷裡，怎料到他竟掏出一個像菸盒的東西來。

「我有預感，妳今晚可能會不大好睡，」他說：「所以我帶了些東西來幫助妳放鬆。」

她吃了一驚，她還自信滿滿以為他已經上鉤了。「我不想要放鬆，艾許醫生，不想用那種方式放鬆。」

「這是今晚唯一的方式，莎莉。」

「如果我想出去找男人，沒有人可以阻止我，這是我的權利。」

「話是這麼說沒錯，我是妳的醫生，今晚我開給妳的藥是上床休息，而且只准妳自己一個人獨處。」

她的怒氣慢慢升起，「你不要我就算了，竟然也不准我去找其他人。」

「妳誤會我了，妳現在還處於脆弱的過渡期，我只是不想讓妳傷害自己而已。」

「什麼過渡期？我很滿意現在的樣子。」

「妳還很不穩定，不會一直維持現在的狀況，還有很多事情要進行，我們得小心點，免得妳因為一時衝動而把自己扯得四分五裂。」

「羅傑．艾許拼湊好的東西，誰都不准弄壞是嗎？你是這個意思嗎？你以為你是神嗎，艾許醫生？」

他把皮下注射器從盒子裡拿出來舉高，插入一個透明的小藥水瓶。

「我才不要！」她忍不住嚷了起來，手一揮，打翻了他手裡的藥瓶。他們兩個不約而同盯著地板上的藥瓶，「輪不到你來替我下什麼道德判斷。」

他拿出那枝金筆，絲毫不為所動地說：「他知道黑——」

「不！」她尖叫著摀住自己的耳朵。「你絕對不可以那樣控制我，我不是三歲小孩，而且是你說我沒瘋的，這麼做一點都不道德。」

他凝視著莎莉。

「你這麼做只是為了支配我，」她說：「你這樣和史文葛利有什麼不一樣⑱？難道我只是催眠師手中的木偶而已嗎？你就是這樣支配你太太，讓她最後不得不自殺的嗎？」

他的臉慢慢變紅，緩緩把金筆收進胸前的口袋。「對不起，只要不是自我毀滅的行為，我想我真的沒資格干涉。」

「我並不想傷害你，」她說：「但如果我不能自己作決定，隨意來去，不就成了你的囚犯？這並不是我們希望見到的，不是嗎？」

他低聲說：「我承認我錯了。」

她把手輕輕放到他的手臂上。「我還是希望你能留下來陪我。」

他拎起外套，轉身走向門口，又忽然回頭說：「答應我，妳不會傷害自己。」

「我答應你，現在我最不想要的就是死亡。我希望自由自在享受生命的每一分每一秒，做自己的主人。」

「很好，莎莉，晚安了，明天早上九點請妳來回診。」

他離開後，她在原地呆站了一會兒，突如其來的自由讓她不知如何是好。心裡有個聲音建議她弄些爆米花來看深夜節目，再不然把剩下的《白鯨記》看完也好。但她把兩個選擇都拋在腦後，嘟囔著說：「我可不這麼想。」

⑱Svengali，是喬治・杜莫里埃小說《崔爾比》（Trilby）中一位邪惡的催眠師。史文葛利後被用來指意圖操縱他人的心懷不軌之徒。

她知道最好是待在家裡別出去，卻又坐立難安地在房裡走來走去。一下想出門，一下又想留在家裡。她很清楚出去也找不到什麼，在街上閒晃只會讓她更孤單、更沮喪。話說回來，她還是有可能碰見一些有意思的人。決定、決定，這對以前的她來說根本不是問題。她拿起電話，正打算打去艾略特家，卻臨時改變主意，撥了陶德的電話號碼。聽見電話那頭傳來陶德的聲音，她呆望著手裡的話筒連忙掛斷。

「可惡！」她總算下定決心，一把抓起皮包和大衣，衝下樓梯，跑到馬路上。天空正下著雨，她躲在葛林柏先生的遮雨棚下，從包包裡掏出雨帽，對著窗戶把雨帽戴好。墨菲還站在那兒，怪的是他的警棍不知跑哪去了。空出來的右手被人轉了過來，好像在比什麼下流手勢。她心想，真蠢。難道小偷看到穿警察制服的假人就會被嚇跑嗎？

她站在街角等計程車，但先來了一輛環市公車，她就跳了上去，沒必要浪費錢。她在第三大道下車，沿著馬路繼續往前走，覺得和一群夜貓子走在街上很刺激。她明知這麼做有危險，卻還是執意要做，連自己也覺得訝異。天亮之前，她或許會有些驚險的遭遇，或許會碰上哪個從此扭轉她一生的人也說不定。一段意外的插曲，一次偶然的邂逅，一切就此轉向。她錯了，這太蠢了，管他去死！她要好好瘋一瘋，反正她也是個夜貓子。

陣陣音樂聲從檸檬啤酒吧飄來，不知道檸檬啤酒（shandy）這個字是不是從破茅房（shanty）來的，她得找時間查查才行。酒吧裡擠滿了人，許多飢渴的眼神轉頭死盯著她。一開始她還很高興，鑽到吧台前點了杯威士忌，沒多久，一個人在她屁股上蹭啊蹭，嚇得她渾身起雞皮疙瘩，雙手抱胸，好似在保護自己。

「嗨，妳一個人？請妳喝杯酒好嗎？」

這人長得很帥，穿著件套頭毛衣，頭髮一看就知道花了不少時間打理。

她正準備答應，卻發現自己搖搖頭，話怎麼也說不出口。他轉身離開，她不知道自己想要什麼，到底是哪根筋不對勁？她想從皮包裡找支菸來抽，卻發現自己沒帶。她想來支菸，酒吧裡的菸味卻又讓她很不舒服。她從來不討厭菸味，現在聞起來卻噁心得要命。這表示她想戒菸嗎？她一口喝光杯中的威士忌，付了錢，擠過酒吧裡的重重人群。總算擠出店外之後，她停下腳步，靠在牆上，大口吸著被雨水洗刷過的清新空氣。

她到底抽不抽菸？這真把人搞糊塗了，她邊走邊搖頭，試著想把事情理出個頭緒。折扣書店裡燈火通明，莎莉透過窗戶，看見裡頭有人在一桌又一桌滯銷的書裡東翻西揀。她晃進店裡，到一元專區旁看了看。她拿起《簡易自製罐頭法》，草草翻了翻，又放了回去。她對做菜烤麵包之類的事已經失去興趣。《紐約美食餐廳評鑑》聽來有趣多了，她伸手準備去拿，目光卻被旁邊那本大紅色霧面的《解放女性的性意識》給吸引過去。她伸出的手停在半空中，她想拿，手臂卻猶如癱瘓般不聽使喚。一疊《前衛電影史》就放在旁邊，她把其中一本放在《解放女性的性意識》上，抖著手把兩本一起拿起來。翻看裡頭的照片，她的臉慢慢脹紅。那些交纏的裸體讓她想起賴瑞，他曾經拿過一些色情照片給她看，要她配合某些體位和動作。她記得自己又哭又叫，完事之後還吐得整床都是。真是噁心變態到了家。但她看著眼前這些照片，興奮得胸部隱隱覺得刺痛，忍不住伸出舌頭舔了舔雙唇，她覺得既嫌惡又著迷。她心想，一定要找個陌生男人才行。這樣一來，那些敢想不敢做的事都可以徹底解放，完事之後，大家各奔東西，不必擔心他會以嫌惡的眼光看著她。可是，告解時連這件事也得坦白嗎？她覺得身後有人正盯著她，轉過身，看見一個老先生咧著嘴在對她笑。

「看起來很有趣。」他說著伸手也拿來一本，翻了翻裡頭的照片，三不五時還瞄她幾眼，彷彿想像著她做那檔子事的樣子。「我願意花大錢找個有性意識的解放女性。」

他大剌剌地面對她，絲毫不想遮掩高高隆起的褲襠，放在肚子上的手慢慢往下滑。「願意取悅老人家的女人儘管開價。」

她大笑著說：「老爺爺，你的心臟恐怕會受不了喔。」

「牡丹花下死，做鬼也風流。」他點著頭回答。

「那你去死好了，」她說：「我還想多活幾年。」她把兩本書扔回桌上，一路大笑走出書店，既生氣又難為情。她讓沁涼的濛濛細雨潤濕她的臉，靜靜等著，好似在期待什麼事情發生。沒有頭痛的徵兆，和性有關的尷尬場面不再像以前一樣讓她頭痛了。這一定是個好現象，她心想。她的狀況越來越好了，明天回診時，可別忘了告訴艾許醫生這件事才好。

她希望能夠遇到些事情，卻又瞭解自己應該在事情真的發生前，趕快招輛計程車回家。她突然又陷入莫名的沮喪，如果無論做什麼事都下不了決定，進退不得，那繼續這樣打啞謎有什麼意思？與其這樣受折磨，不如死了算了。她大可衝到馬路上，讓迎面而來的卡車替她作最後的決定。一勞永逸、簡簡單單、後悔莫及。嘿，慢著！她勉強振作起來。她不是簽了份保證不自殺的協議嗎？不，那是另一個人在另一個國度簽的，而且那婊子已經死了。

噢，這些自艾自憐、自我分析統統滾一邊去。她是出來找樂子的，放輕鬆。如果真那麼想死，晚點再自殺也不遲。這是她自己的身體、心靈和生命，無論是整個人，或是任何一個部位都隨她處置。

她站在一間酒舖外，瞥見裡頭那些酒瓶，突然想起一件事。她看看手錶——十一點五十五分。她問一位老太太今天星期幾，「星期五。」老太太滿臉異樣的表情看著她說。

科克．席維曼教授的派對就在星期五晚上，她要的就是這個。在科克搞怪的瘋狂派對上，不怕沒有酒和大麻，也不愁沒有麻辣話題，或許她可以因此鎮定一些。她想起科克要他們帶什麼東西去，於是走進店裡買了瓶夏布利白酒。她看見一輛亮著燈的計程車駛來，立刻衝到路中央把車攔下。

「喂，小姐！」司機氣急敗壞地喊著。「妳差點沒命了知不知道。」

「這就是人生啊。」她笑著說：「第二大道和布里克街口。」

她靠在椅背上，很高興今晚找到一件比自殺更值得做的事。

莎莉在昏暗的光線中爬上五樓，總算爬到他家門口時，差點沒斷了氣。科克家的大門斑駁，連續被撬過幾次，鎖頭附近滿是凹痕。後來多上了一道鐵片，亮閃閃的門鎖看來幾乎是全新的。她按下門鈴，幾秒鐘後，她聽見有人撥開門上的貓眼，接著便把鐵鍊拉開。大門打開，科克．席維曼教授帶戴著厚重的眼鏡抬頭望著她。

「諾拉寶貝，」他說：「真不敢相信，妳總算決定來參加我的派對了。」

他身上穿著緊身喇叭牛仔褲，和一件白色針織套頭毛衣。

「我很寂寞，」想起是星期五晚上，心想乾脆來赴約好了。」

「我會信守承諾，讓妳玩個痛快……」他伸手摟住她的腰，緊緊抱著她，沿著狹長的走道往前，小手鼓的聲音蓋過交談的人聲。

「今晚人很多，諾拉寶貝，其中有些人很有意思。我先替妳介紹幾個人，接下來就看妳的囉。」

「這聽起來有點怪，科克，不過諾拉寶貝這名字我已經不再用了。」

他一臉不解地抬頭望著她。「喔？妳現在叫什麼名字？」

「諾拉是外號，從現在起，我希望你們叫我莎莉寶貝，我想和過去做個了斷。」

「莎莉？我從來不會把妳跟這名字聯想在一起，諾拉聽起來有意思多了。不過，畢竟是妳自己的名字，寶貝，莎莉寶貝，跟過去做個了斷嗎？很棒、很棒，在妳完整的未來當中，還容得下一個矮小又近視的經濟學教授吧？」

「那有什麼問題？」她笑說：「你是個很有意思的人。」

他用厚重眼鏡後朦朧的雙眼注視著她。「妳似乎變了個人，妳的聲音、妳的舉動、妳的笑充滿活力，妳渾身上下散發著一種磁力。」

「我敢說，你對每個邀來參加週五派對的寂寞男女都會說這句話。」

「一點也不，我只對那些靈魂貼近我的人說。不管是諾拉還是莎莉，妳有種特質，讓人難以捉摸。在那層盔甲之下，卻又隱藏著受苦的靈魂。我知道有種按摩技巧，可以穿透那層防護，讓妳體驗前所未有的輕鬆愉悅。」

她直覺感到噁心，正打算點頭時，他想必是察覺到她的反應，突然後退，拉開分隔廚房和擁擠客廳的珠簾。

「現在沒時間談這些東西，」他說：「好好玩吧，讓我替妳介紹，這是艾蓮，她情慾詩寫得很美。」

艾蓮上下打量著她，莎莉立刻感受到她眼神中的敵意。簡單聊了幾句後，她藉口去拿酒，順便抽身。一對對男女坐在四周的沙發上，忘情熱吻愛撫，其他人站在一旁聊得正起勁。遠處一個角落裡，一個年輕黑人光著上半身，輕輕拍打著小手鼓，四周坐著一群中年女人，一副崇拜不已的表情，隨著小手鼓的節奏搖擺。

她喝光一杯酒，接著第二杯、第三杯，大麻的味道和小手鼓反覆的節奏慢慢讓她亢奮起來。她有股衝動，想脫光身上的衣服和那個黑人共舞。她想像自己和他在森林裡狂舞、啃咬、做愛，但念頭戛然而止。種族主義者，她心想。

幽暗中，她看見房間對面有張熟悉的臉孔，莎拉・哥倫布坐在其中一張沙發上，一個男人的手在她兩腿間愛撫。她不知道自己為何生氣，但換妻這兩個字卻突然浮現腦海，她想起賴瑞曾經告訴她，如果能夠幫先生升官，做妻子的和業務部門主管上床也沒什麼不對，她覺得可怕又噁心，她記得她不願答應。那時他們在賴瑞的業務經理家，賴瑞和經理的太太已經消失了。莎莉喝了太多酒，經理才剛把她推倒在沙發上，手就已經開始在她兩腿間來回撫摸，她還來不及把他推開，頭就已經痛得暈了過去。

直到現在，眼前的黑幕總算揭開，她才記起那天晚上後來發生了什麼事。失憶之幕如同珠簾般被掀開，她就在眼前，熱情如火，兩舌交纏，下體也蠢蠢欲動。她不願想這些，但記憶如同被喚醒的夢境，越見清晰。她覺得很可恥，卻又覺得自己就是沙發上的莎拉・哥倫布，男人的手在她兩腿間遊走探索。

天啊，她到底怎麼了？難不成她真的變得那麼下賤變態了嗎？她從來沒幹過那種事。那為什麼所有事情又突然歷歷在目？記憶，她不停地想，那是某個人的記憶。

她又喝了一杯，想等聚會結束之後，留下來和科克．席維曼在一起。她正準備再來一杯酒，卻不小心被絆倒了。

我穩住她。

我想，趁她喝醉時，正好可以出來伸展一下。我可以感覺到金妮也想出來，但我說，嘿，這次輪到我了。上次妳跑到舞台上，差點害我們全都沒命，而且妳也高潮過了。如果妳不介意，這次該換我出來找點樂子。在我全力堅持下，她總算知難而退。

我到廚房享用一些食物（熱量有什麼好怕，我愛死啤酒和乳酪了）。裡頭一個戴耳環的短髮帥哥不停對我拋媚眼，幸好貝蕾已經不在，否則肯定會出亂子。她肯定會勾引他。我對他毫不理睬，他最後跟個長髮及臀的女人走了。

我不是個酒鬼，也不算喜歡喝酒，但喜歡偶爾讓自己微醺一下，這可以提振精神，讓我有勇氣去做些稀奇古怪的事。我在人群中來回穿梭，這邊聽聽，那邊說幾句，一轉頭，發現科克．席維曼正凝視著我。

「妳還好嗎，莎莉？」

我正打算告訴他我是杜芮，後來想想，就別為難這可憐蟲了。「很好啊，再好不過。你這地方很棒，派對很有意思，來的人也夠特別，很榮幸能跟你們這群知識——知識——」我不停打嗝，連話都沒辦法說完。

「莎莉，讓我們離這些人遠點，到書房聊聊。」

我知道他不只想聊聊。拜託，我又不是笨蛋。不過，他長得那麼矮，厚重眼鏡後的那雙眼睛看起來又那麼悲傷，我很替他難過，所以就跟著走了進去。在他汗牛充棟的書房裡有張沙發，這我早就料到。但我沒料到的是，書房正中央的地板上，矗立著一個上頭覆滿鉛板，看來像電話亭的玩意。

「電話呢？」

「這不是電話亭，妳以前從來沒看過嗎？」

「這是什麼？現代雕塑？」

「這是爾剛盒（orgone box）。」

「你用它來演奏音樂嗎？琴鍵呢？你來彈，我跟著唱。」

「妳顯然沒聽過威爾海姆・賴希⑲的作品，他就是發明爾剛盒的人。」

「啊？噢，有啊，當然有。今天還在，明天就消失。」

他露出困惑的表情。「莎莉寶貝，妳每分每秒都在變，甚至連妳的聲音聽起來都不太一樣。」

「是酒精的關係。」我說：「對不同人會有不同的影響。」

「不，莎莉寶貝，還不只如此。妳渾身上下籠罩著一種溫暖的氣息，妳渾身發光，散發著善良的精粹。」

「喔，我的天，看得出來啊？」

「很高興妳今晚到這來，我常想起妳。」

⑲Wilhelm Reich，美籍奧地利裔精神分析師，原本研究佛洛伊德的理論，但後來覺得仍有不足之處，而提出人的生理會受心理能量影響的「生理心理能量」理論，但此理論至今仍有許多爭議。

「告訴我一些這個奧勒岡盒（Oregon box）的事，它是從那裡來的嗎？要怎麼用？」

「偉大的賴希告訴我們，原欲力集中在一種叫爾剛的帶電物質中。如果妳站在爾剛盒中，可以幫助妳集中性能量。」

「你在跟我開玩笑。」

「跟我一起進來，莎莉。」

他像查爾斯·博耶一樣，用那低沉渾厚的法國口音，又說一次：「和握一氣進來這個爾剛盒……」

「對一個經濟學教授來說，你那些故事和噱頭還真教人大開眼界啊。」

他憂傷地看著我。「如果妳是個矮子，又有近視，就得靠些噱頭來吸引美女。但我跟妳保證，我有的是能力和天分，妳永遠不會覺得厭煩。妳深深吸引著我，莎莉寶貝。那麼熱切，那麼深沉。我希望能抱著妳——」

「你剛才要告訴我它怎麼用。」

「它會集中在爾剛上，讓體內的能量提升到一個臨界質量。然後，就像氫彈融合一樣，帶來遠遠超乎妳想像的性爆炸，引發一連串的高潮連鎖反應。」

「真希望我沒問。」

「讓我和妳一起分享，莎莉。」

他抓住我，把我扯進爾剛盒裡。他的大啤酒肚頂得我們倆差點沒窒息，兩條腿纏在我其中一條大腿上，開始磨蹭。

「住手，科克。」

「爾剛慢慢在增強了。」

他像條胖狗一樣撲在我身上，在我大腿上蹭個不停。我怎麼甩也甩不開他，不知道該怎麼辦才好。我大可讓他繼續下去，讓他的爾剛慢慢增強，但我已經開始擔心後面那個核子爆炸了。我最好還是找個輻射塵防護罩比較好。

金妮見縫插針，出肘把我頂開，就看她一腳把科克從爾剛盒裡踹出來，兩三下，那該死的東西就已經橫躺在地。

科克眼眶泛著淚水說：「妳犯不著這樣吧，莎莉。」

「你這該死的王八小變態，我沒把你的睪丸扯下來，就算你走狗運了。」

他幾次欲言又止，我猜得到他在想些什麼。金妮衝出房間，把擋路的人全推到一旁，每個人都張大嘴，一副莫名其妙的表情。我想，接下來好長一段時間，莎莉寶貝恐怕別想參加科克週五晚上的聚會了。

金妮三步併作兩步衝下五層樓，幾次險些跌倒，還好及時靠牆才沒摔下去。她跑到大馬路上，想知道自己人在哪裡。她四處張望，發現自己在布里克街和第二大道路口，原本想找輛計程車，又改變主意，拐進巷子裡，尋找忘了上鎖的車。她在亞斯特廣場附近找到一輛，不到兩秒鐘就把引擎發動，吱的一聲尖響，揚長而去。

我知道她打算做什麼。融合這件事，我們討論過好幾次，她說她寧死不屈。「我發誓，」她說：「我要先宰了那個精神科醫生，然後一切就會回復到他出現前的樣子。」

金妮這麼說時，我可不敢掉以輕心，她向來是說話算話的人。她打算把槍挖出來，保持冷靜，一直到明天早上九點回診為止。時間一到，她就要帶著皮包裡的槍，走進艾許醫生的辦公室，實踐自己的諾言。我試著出來，即使我知道她在想些什麼，仍找不到可以現身的破綻。

她記得槍就埋在後院裡某根電線杆旁。出城的路上，她想這件事想得出神，幸好緊急煞車，才沒闖紅燈。現在絕不能出任何差錯，或是被人發現她開的是輛贓車，她還有正事要幹。越來越不容易出來了，每一次的機會都要好好把握才行。她強忍住把油門踩到底的衝動，慢慢往前開。

我還是不死心，想找機會出來，但所有管道都被她封鎖。我也沒辦法讓她頭痛，等她發洩完所有的憤怒和恨意，筋疲力竭後，自然會放手，只有這時候才可能避開她，奪回主控權。不過，她心意已決，不殺死艾許醫生絕不罷手。回家的路上，我試著和她溝通，不停在她腦海邊緣叨叨唸唸著隻字片語，試著製造些機會。可能是她氣昏頭了，又或許是細雨紛飛、沁人心脾的夜晚讓她覺得很舒服，她竟然決定和我聊聊。

「今晚就到此為止吧。」我說。

「那個精神科醫生沒死之前免談。」

「為什麼？」

「因為他跟其他混蛋沒兩樣，他打算把妳跟我趕盡殺絕，就像對付諾拉和貝蕾那樣。然後，妳知道嗎？……他會把我們全都裝進一個漂漂亮亮的女人身體裡，利用我們。」

「我不介意。」我說。

「哼，男人休想碰我一根寒毛。」

「他很善良體貼，不是一般的男人。貝蕾曾經引誘過他，第三位莎莉也曾經對他投懷送抱，但他都不為所動。這不就證明了他和一般男人不同嗎？」

「這只證明了他要等妳也被融入莎莉之後，再伺機而動，妳才是他的目標，但我可不願意讓這種事發生，要我放棄自己的自由來服侍莎莉，門都沒有。」

「如果拒絕的話，代價會很慘痛的。」

「天底下沒有不需要付出代價的事。」

「聽著，我很喜歡艾許醫生。」我說。

「那是妳家的事。」

「也是妳家的事，如果沒有我的幫忙，妳就像斷了線的風箏一樣。莎莉在想些什麼、做些什麼，妳完全無法得知。現在妳可以和她有些聯繫沒錯，但也只能記得出來時事情發生的片段。如果妳殺了他，妳知道會有什麼後果嗎？」

「我不怕死。」

「問題就出在這裡，妳不會死，但妳會被套上約束衣關起來，我們所有人都將失去自由。妳只能用那顆沒有感覺的腦袋去撞橡膠牆來發洩心中所有的怨恨。」

這句話惹火了她。她腦海中浮現我說的那個情景，一氣之下，把我給趕了出來，一腳把油門踩到底。我還以為我們八成會撞成一團爛泥，好險，她的駕駛技術還真沒話說。

「妳為什麼這麼痛恨男人？」我問她。

「因為他們說話不算話。」

「妳指的是誰？」

我知道她說的是誰，但如果我能讓她繼續說話，或許有機會趁她一個閃神溜出來。

「賴瑞。」

「他是莎莉的先生，不是妳的。」

「或許吧。」

「妳這是什麼意思？」

「他以前常求她鞭打他，但她怎麼也辦不到。」

「喔，原來是那回事啊……我不是很清楚，我對做愛的花招沒興趣。

「他跟我處得很不錯，這輩子我只愛過他一個，他說他永遠都不會變心。那個銀的飛魚胸針，他只給過我一個人。」

「然後呢？」

「我發現他跟其他女人有一腿。」她大剌剌地闖過紅燈。

「噢，拜託。他騙的是莎莉，又不是妳。他不可能認識妳，情緒的改變他根本分不出來。」

「我以為他跟我是朋友、是伴侶，卻發現貝蕾曾經跟他睡過，她才是他真正喜歡的人，不是我。我好痛，真的好痛。」

「妳又不會痛。」

「妳說那什麼蠢話，杜芮，或許我的身體感覺不到痛，但我心裡的痛卻是其他人的十倍。我傷得好深，一心只想讓其他人也嘗嘗這種感覺。換妻那件事對我造成的傷害，其他人永遠無法想像。」

她說的沒錯，我知道一路上她有多痛苦，認識她這麼多年來，沒看她真正快樂過。我過得那麼幸福快樂，她卻過得那麼悲慘，這似乎不太公平。她在下一個紅綠燈前停車，一腳踩著煞車，一腳踩著油門。綠燈亮起的瞬間，車子吱的一聲衝出去。

「金妮，我為妳感到難過。希望有時候能和妳交換，讓妳體會一點我的快樂。」

「哼，少來了。妳還真慷慨，噁心死了。」

「好啊，至少妳不像大家說的那麼惡劣。妳因為自己在受苦，所以才會做出那些事。可是，傷害艾許醫生也無法停止妳的痛苦。」

「可能可以，如果他死了，莎莉就會再次分裂，諾拉和貝蕾會重新出現，我們就可以恢復老樣子了。」

「諾拉和貝蕾已經消失了，我努力試著尋找她們，但相信我，她們已經不存在了。」

「她們到哪去了？」

「我想她們到彩虹的另一頭去了。」我說。

「啊？」

「妳沒看過茱蒂・嘉蘭演的『綠野仙蹤』嗎？我一直都想到彩虹的那一頭去，或許那裡有人可以幫我們的忙，讓我們變得更完整。在夢裡，我夢見自己就像她一樣，只不過身旁的狗變成了貓，我還穿著那雙深紅色的鞋，我們五個人一路往彩虹那邊前進。」

「我的天啊，」她說：「妳可真多愁善感。」

「我只是希望，有一天我可以變成一個真正的人，和我相愛的人在一起。直到現在我還是會想，仙杜芮拉到底怎麼了？」

「妳很清楚，牠已經死了。」金妮的口氣有點不耐煩。

「但是貓有九條命啊。」

「牠已經死了，連屍體都爛了。」

「那牠還剩八條命，總有一天我要找到牠。」

我們默默往前開了一段路。她還是念念不忘那把槍，我則是絞盡腦汁，想阻止她去殺艾許醫生。

「希望妳不要穿著莎莉漂亮的新衣服去挖那把槍，」我說：「請妳小心不要沾到泥土，這點我絕不妥協。」

「去死吧妳！」她把車停在離家一條街遠，直接去挖槍，現在是早上五點。

那把槍還在原地，沒被人發現，我罵自己怎麼沒把它挖出來扔掉，我得想點辦法才行。

「求妳別把莎莉的衣服弄髒。」我哀求道。

「給我滾遠點！」她一邊怒吼，一邊把沾滿泥巴的手往身上擦。「妳看，她這件該死的衣服已經髒了。如果妳敢再囉唆半個字，我就要把它撕成碎片。」

我可放心了，這下她非上樓去換衣服不可。到家之後，我建議喝杯小酒，卻被她拒絕。

她就這麼一直坐著，望向窗外，等待破曉，今天的日出好美。七點三十分，她起身換衣服。

我敢肯定，她一定會挑她最喜歡的那套黑色套裝。果不其然，銀質飛魚胸針當然也沒忘。這樣一來，至少艾許醫生和瑪姬會知道不是我或莎莉。

金妮原本打算去開那輛贓車，後來想想警察有可能在找它，於是決定改搭計程車。我默不出聲，期望她把我給忘了，讓我有機會攻其不備。我一次又一次試圖溜出來，但她的心充滿恨意，讓我無法穿透。

如果有電話，我就可以打去警告艾許醫生，但她可不肯讓我去打小報告。

如果她殺死艾許醫生，莎莉會再次分裂，諾拉也會自殺。我想告訴金妮這點，但恐怕不會奏效，她根本不在乎我們是死是活。如果艾許醫生死了，那我也什麼都不在乎了。我們五個人將就此畫下句點。這一切都是我的錯，要不是我在科克的聚會上出現，金妮永遠不會跑出來。

她搭電梯到他辦公室，告訴瑪姬她是來赴九點的約。我看得出，瑪姬知道事有蹊蹺，眼前的人不是莎莉而是金妮。她和艾許醫生都曉得，只有金妮會穿黑色衣服，飛魚胸針的事他們也很清楚，希望他們知道情況很危險。只見瑪姬點點頭，按下對講機上的按鍵，告訴艾許醫生莎莉・波特已經到了。我試著大喊：她不是莎莉，是金妮，她打算殺了他，卻怎麼也發不出聲音。手腳和聲音都已經不聽我的使喚，我只能眼睜睜看著她打開門，走進他的辦公室。

那身黑色套裝和飛魚胸針讓艾許醫生察覺到異狀，他看著她，眼神中帶著幾分責難。他發現了，但他絕對不知道皮包裡藏著什麼東西。我試著抖動她的手臂，讓皮包掉在地上，卻一點用也沒有，我只能眼睜睜看著事情發生。

「請進，請坐。」他說。

她走過他指的那張椅子，在他桌前那張坐了下來，把皮包放在大腿上。她心想，不急著馬上開槍，她要先玩玩他。她要看他亂了手腳，露出一臉恐懼的表情。

「最近還好嗎？」他問。

她玩弄著皮包上的釦環。

「很高興妳願意和我聊聊，金妮，我常常想起妳。」

她很氣竟然被他發現了，便不再假裝。「我不相信你，你根本不在乎我，你的詭計我清楚得很。」

「妳願意說說看嗎？」

「哼，聽你放屁。就算我說了，你也不會承認。」

「給我個機會。」他說：「把妳的想法告訴我，我再告訴妳，妳說得對不對。」

「好，你準備要把杜芮融合成第四位莎莉。然後，我就會永遠被關起來。就像那些迷失的靈魂一樣，被關在那個，那個地方叫什麼名字，就是那些沒有受洗的小孩的靈魂會去的地方？」

「靈薄獄嗎？」

「就是那裡，融合了其他人之後，莎莉會變得越來越強大，而我就會永遠迷失在靈薄獄裡，我絕不允許這種事情發生。」

「要怎麼處理妳，目前還沒有明確的計畫，我決定開放所有可能，其中包括把妳留到最後才和莎莉融合，妳相信嗎？」

「鬼才相信，你一點都不喜歡我。我是大家視若無睹的黑羊，我是內心深處不可告人的秘密，而你只希望把我鎖起來，再把鑰匙給丟了。這一生我受了太多的傷，除了恨，其他什麼也沒留下，你絕對不希望完美的新莎莉身上有我的存在。」

「妳錯了。」

「你這個騙子，杜芮也是計畫的一部分，那還用說。你創造了一個聰明冷酷的性機器，再把杜芮的快樂和善良加進去之後，你就會罷手，你絕不可能讓我毀了你的完美女人。」

「我不否認，有時我的確會那麼想。」

他竟然這麼大方承認，讓她頗感訝異。

「然而，」他繼續說：「身為一位精神科醫生，我必須拒絕那個想法。」

「放屁。」她站起來，慢慢往後退開。

「聽我說，心理學家都知道，每個人類心中都有憤怒和恨意，忽視這一面只會為我們自己帶來危險。單單只把有攻擊性的感覺藏起來，再如妳所說，鎖進內心深處，這就是我們所謂的『潛意識壓抑』。我們已經瞭解，這麼做是無法真正化解的，那些感覺會不斷出現騷擾我們。我們的職責是讓這些源自痛苦、挫敗的感覺浮現。這樣一來，它們就不會化膿潰爛，毀了一切。

「我不覺得妳很邪惡，」他說：「在我眼中，妳的痛苦已經遠超過常人所能承受。自從妳有意識以來，其他人無法面對的苦和情緒上的痛，都是由妳承擔。現在，該是讓整個莎莉一起來承擔的時候了。妳自己一個人無法承受的事，如果由五個人一起面對，或許就能化解。」

「哼，說的比唱的好聽，我可不吃你這套。」

她打開皮包，把手伸進去。她握住金屬握把，食指停在扳機上，拔出槍，鬆開保險。

他看著那把槍。

我死命尖叫，我呼喚協助者幫我把金妮的手放下來。我叫個不停，腦袋差點沒爆炸。金妮似乎也感覺到什麼，她遲疑了一會兒，一臉難以置信的表情摸著自己的頭。

「我的頭好痛。」

「妳感覺到了？」他問。

我不斷對她尖叫，啊……啊……啊……我感覺到她稍稍虛弱了些。她正打算扣扳機，但頭痛令她詫異，手也因此動彈不得。我逼她慢慢把槍口從艾許醫生身上移開，回頭對準自己。她瞪著槍口，不敢相信手竟然不聽使喚。「不要阻止我，杜芮！」她低聲說：「讓我……！讓我……！」

「金妮！」艾許醫生大喊。「他知道黑暗裡有什麼……」

太遲了，她指頭一扣，槍聲大作，一陣刺骨的劇痛傳來，在那電光石火的剎那，一切都變得好安靜，我越過彩虹……

14

莎莉睜開眼，發現自己躺在沙發上，心情頓時變得很糟。她轉頭，發現艾許醫生和瑪姬正憂心忡忡地望著她。

她掙扎著爬起來。「艾許醫生，發生了什麼事？我本來在參加一個派對，然後——」

「別起來，」他說：「妳受傷了，傷勢不嚴重，但妳流了點血。」

她看見身上一身黑色套裝。「噢，天啊……是金妮！」

「現在已經沒事了。」

「她做了什麼？」

她看他一臉蒼白。

「金妮沒得逞，她把槍對著我，我猜，應該是杜芮插手，才讓她把槍口轉向自己。重要的是，這是第一次金妮能感覺到痛。」

莎莉躺回枕頭上，左肩毫無知覺。「接下來我該怎麼辦？如果金妮還是可以跑出來故技重施，那我永遠都沒辦法正常生活了，乾脆讓她把我殺了算了。」

「一切都是我的錯，莎莉，這和妳無關。如果昨晚我堅持下去，把妳弄上床睡覺，金妮就不可能出現。我差點失去了妳，我們得加快腳步才行。她沒辦法直接透過妳出現，這點我很確定，她必須透過杜芮才能出來。如果我們把妳和杜芮融合在一起，封住最後這道緊急出口，我肯定妳一定會有足夠的力量來壓制金妮。」

「如果沒用怎麼辦？」

「還有時間嘗試其他方法，這樣大鬧一場之後，我想，短期內金妮應該不會再出現。」

「你說的『其他方法』指的是把金妮也融合進來，對不對？」

「如果真有必要的話，那是釜底抽薪之計。讓她那些強烈的衝動攤在陽光下，和妳其他的感受、想法和情感調和，可能可以控制住她的憤怒和敵意。不過，只有到了背水一戰的那一刻才該走這步險棋。除此之外，也得要她答應才行。」

「你希望她的惡毒成為我的一部分嗎？」

「我怎麼想不重要。」他說。

「對我來說很重要。」

「我們先讓杜芮的豐富情感有機會融入妳的新人格裡，之後再作決定。我要妳回家去，好好想想。和杜芮聊聊，別急著下決定。如果妳同意，而且妳們兩個都願意接受，我們明天就來進行。我會叫瑪姬另外特別安排。」

艾許醫生說，他想和我聊聊，於是讓我走進光明。我又驚又喜，等不及把事情的來龍去脈告訴他。

「哈囉，艾許醫生。」我說：「幸好她沒殺了我最愛的醫生。」

「是妳阻止她的，對吧？」

「我本來還以為辦不到，金妮最近越來越強大了。」

「我還不知道這點，」他說：「這樣一來，就得從長計議了。」

我把他離開莎莉之後發生的事，一股腦全說給他聽，從她怎麼到了科克的派對上，到我溜出來玩，還有金妮出現後的情況，全都交代得清清楚楚。

「杜芮，妳知道我為什麼在這時候找妳出來嗎？」

「因為你終於發現，沒有我你就活不下去了嗎？」

他被我逗得哈哈大笑，握住我的手。我緊緊抓住，不讓他鬆開。

「妳也知道我對莎莉說了些什麼。」

「艾許醫生，我還沒準備好要離開。我還年輕，還想繼續以現在的我再活個幾年。」

「我們沒時間了，杜芮。金妮的狀態很不穩定，妳自己也說，她越來越強大了。我們得更加小心，以免今天早上的情況再次上演。」

「我好害怕，艾許醫生。」

「沒必要害怕。」

「你需要我，是你自己這麼說的。」

「到了該放手的時候了，我們必須讓莎莉更強大，截斷和金妮之間的連結。」

「我將不再扮演記錄者的角色，再也無法知道她們心裡在想些什麼嗎？」

「不是她們心裡，是妳們心裡。妳不再只是莎莉的一部分，妳就是莎莉。妳會實現長久以來的夢想，變得完整而圓滿。」

「我沒辦法想像自己有腦袋的模樣，每次有人打算和我討論世界大事、藝術或文化之類嚴肅的事，我就會裝瘋賣傻，這樣他們就看不出我有多笨。」

「妳一點也不笨，杜芮，妳再也不必那麼做了。諾拉和貝蕾知道的一切，都將變成妳的知識。」

「我對性一直有恐懼，嘻皮笑臉其實是我的偽裝。」

「性會變成妳生活中再正常不過的一部分。」

「我從來沒哭過，艾許醫生。我從來不曾和其他人一樣，真正感受過傷心欲絕的痛苦。我看莎莉成天愁眉苦臉，哭了一輩子，總覺得她生不如死。我不想變成那樣，艾許醫生。」

「可是，身為一個完整的人就是這樣啊。生命中不是只有歡笑和快樂的時光而已，生命中充滿五味雜陳的情感、責任、深刻的感觸和順逆起落。每個人都失去過某些東西或某些人，因而感到難過。我必須幫助妳變得更強大，珍惜每一秒鐘的生命，不再對流淚感到丟臉。哪個人不是哭著來到這世界的？」

「我也是這麼出現的嗎？」

「我們來看看妳是怎麼出現的。」

「我好害怕。」

「我也是，但妳還有我在。準備好了嗎？」

「好了。可是，你要緊緊抓住我的手，艾許醫生，不要放開。」

淚水在他眼眶中打轉，他握握我的手，語帶哽咽地說：「他知道黑暗裡有什麼……」彷彿靈魂出竅，他的聲音從幽暗的遠處傳來：「我們要回到杜芮出現的那一刻。從前，只有莎莉和金妮，後來發生了某件事，妳才分裂成一個獨立的人格。當我數到三，妳將重溫當時的種種，讓心中最真實的感受流露出來。妳、莎莉和我都將明白，妳是怎麼出現的。」

我從黑暗中破繭而出，穿越層層幽暗的雲霧，冒雨在大街小巷裡四處尋找仙杜芮拉的影子。我記得那天是復活節，莎莉只有十歲。我要等到三天後才會出現，但透過金妮的記憶，我看見了事情經過，一點一點說給艾許醫生聽。

幾個月前，莎莉發現一隻跛著腿的小貓，看牠少了隻腳掌，所以叫牠仙杜芮拉。她說，牠在舞會上掉了隻鞋，正等牠的王子帶著那隻鞋來找牠。奧斯卡以前告訴她的那些床邊童話故事，她總會搬出來自導自演，「灰姑娘仙杜芮拉」是她最喜歡的故事之一。不過，這還是第一次有隻屬於她的寵物來幫她演出，儘管弗瑞德不同意，她還是想盡辦法說服媽媽讓牠留下。

她會餵牠牛奶和一些剩菜剩飯，還假裝弗瑞德就是那邪惡的繼父，把仙杜芮拉關在骯髒的地窖裡，不准牠出來玩。

她喜歡把仙杜芮拉抱在懷裡，把牠貼在臉上，感覺牠舒服的時候，發出咕嚕咕嚕的叫聲，柔軟的毛搔得她鼻子發癢。牠也常跑來她身邊，用背磨蹭她的腿。

每次她媽媽和繼父把她自己一個人關在家裡時，她就會和仙杜芮拉一起玩。她會把所有問題都告訴仙杜芮拉，牠會專注地傾聽，偶爾還會咕嚕幾聲，表示牠瞭解其他人對莎莉有多壞。

那時候，莎莉相信自己是個非常健忘的小女孩。她從來不承認自己調皮搗蛋，總是被她媽媽和邪惡的繼父懲罰。她繼父說她是個無可救藥的騙子，常把她關在房間或衣櫥裡。每當這時候，她都會假裝是個落難公主，她的生父是國王，假扮成郵差模樣，在自己的王國裡雲遊，還暫時給了她一個名叫薇薇安的女僕。如果她聽話，有天奧斯卡國王會回來找她。不過，只要她和以前一樣，做了壞事又忘得一乾二淨，就會被關在衣櫥裡。她對仙杜芮拉說，肯定是個壞心女巫對她施了魔咒，她才會暈倒，什麼都記不起來。只要等到奧斯卡國王回來，把她放進魔法郵袋裡遠走高飛，她就能恢復自由，重回公主之身。不過，她得先不再調皮搗蛋才行。當然，那時候她不知道，也沒有任何人知道，那些可怕的事全都是一個叫金妮的惡毒小女孩的傑作。

我不知道金妮是從哪來的，她從來沒告訴我。但她後來跟我說，每當莎莉要挨揍的時候，她就會暈倒，讓金妮來挨打。莎莉可以說變就變，挨打時不但一點都不痛，甚至連挨過打都不記得，連她自己也說不上來這是怎麼回事。事後，莎莉總會看見手上腳上一道紅一道紫的，隱隱作痛，搞不懂這些傷到底是哪跑來的。不知道是不是每個人都會遇上這種奇妙的事？

我把金妮和莎莉的記憶拼拼湊湊之後，得到這樣的結論：復活節那天天氣晴朗，她媽媽上醫院去探視她奶奶，留她自己一個人和弗瑞德上教堂。

耶穌復活的故事讓莎莉深深著迷，坐在板凳上張大了嘴，還要弗瑞德用手肘推推她，才知道把嘴閉上。佈道結束後，剛走出教堂，弗瑞德立刻戴上他那頂軟呢帽。他老把帽子斜戴在右邊，好遮住光禿禿的頭上那道凹痕。

「耶穌復活，」她問，「是真的嗎？」

「當然是真的，妳該不會以為安德森神父會在佈道的時候說謊吧？他可是在傳福音耶。」

坐車回家的路上，她怎麼也想不透，一個人明明死了，怎麼還可以活過來，這簡直是童話故事裡才有的情節。「審判日那天，」她又問，「所有死掉的人都會再復活，這是真的嗎？」

「那還用說，」他說：「我們深信不移，除非妳是異教徒，不然妳也得信。」

她點點頭。原來，世界上真的有魔法。

那天下午稍晚，弗瑞德從屋裡走出來時，她正好在和仙杜芮拉說復活這件事。他已經換上工作服，準備到花園翻土施肥，那頂軟呢帽還是斜向右邊，遮住他的右眼。莎莉發現，他一開始工作，臉就脹得通紅，缺了牙的嘴一笑起來，簡直和掛在杆子上的南瓜燈沒兩樣。

「妳在跟小貓說早上佈道的事嗎？」

「聽起來真的好神奇喔。」

「那是耶穌復活的奇蹟，妳跟妳媽媽一樣是個好天主教徒對吧？」

她點點頭。

「妳相信奇蹟對吧？」

「或許吧。」

「或許，妳是什麼意思？信就信，不信就不信，而且啊，如果妳不信，死後馬上就會下地獄，永遠沒辦法復活。」

這句話把莎莉嚇壞了，她急忙說：「我信、我信。」她不是因為弗瑞德這麼說就相信，而是因為如果《聖經》這麼說，神父也這麼說，那就一定是真的了。

「好，如果這樣的話，」他說：「妳想親眼目睹復活嗎？」

她一臉不解地抬頭看他。

「這種事經常在貓身上發生。」
「為什麼？」
「妳沒聽過九命怪貓嗎？」
她點點頭。
他攤開雙手。「就是這意思，這是上帝在這個世上顯示奇蹟給我們看的方式，妳很想看看對吧？」
她點頭。
「好，那妳把仙杜芮拉帶來這裡，我們讓耶穌復活的奇蹟在我們眼前再次上演，復活之後，牠斷了的腳掌就會完好如初，妳等著看吧。」
她不知道弗瑞德究竟要做什麼，緊緊抱住仙杜芮拉，臉來回摩擦著牠的毛。「仙杜芮拉，我們馬上就要知道答案了，世界上真的有奇蹟和魔法喔，復活的奇蹟馬上就要出現了。」
「可是，千萬別告訴妳媽。等她看到仙杜芮拉長了新腳掌，讓她驚喜一下。」
弗瑞德在花園後的籬笆旁挖了個洞，放下鏟子，撿起一塊石頭。
「好了，仙杜芮拉要和復活節這天的耶穌一樣。」
「怎麼樣？」
「牠要像上帝一樣，為了我們犧牲九條命當中的一條。牠死了以後，我們把牠埋起來，然後牠就會像新生一樣死而復活。」
死這個字讓莎莉很害怕，但也真的很好奇。她從來不知道死亡是怎麼回事，也試著想像重生會是什麼感覺。「你確定牠會長出新腳掌嗎？」

「那還用說，妳該不會以為，上帝會讓一隻斷腳的貓復活吧？《聖經》告訴我們，最後審判那天，我們都會變得完美無瑕，瘦弱的人也會變得健壯。牠會像隻新生的貓一樣完美，跟正常的貓一樣跑來跑去玩個不停。牠生下來就有權利當隻完整健康的貓，妳應該不想剝奪牠這個權利吧？」

莎莉覺得，這麼做的話就太自私了。

他把石頭拿給她。「來，上帝說，用石頭來建立他的教會。」

「我該怎麼做？」

「狠狠在牠腦袋上敲幾下，越用力越好。我們等牠睡著之後，把牠埋進這個洞裡，之後牠就會復活。從頭到尾妳都能看得一清二楚，然後妳就可以瞭解佈道裡頭說的到底是什麼了，牠一點都不會痛的。」

她猶豫了一會兒。

「妳睡覺前都會跟牠說些童話故事，牠就會像故事裡的睡美人一樣。妳還記得嗎？睡美人刺破指頭，流了血，可是不覺得痛，後來不就醒來了嗎？趕快去敲牠腦袋，」他說：「不然我就自己來囉。」

她舉起石頭說：「再見了，仙杜芮拉，復活之後，妳就會有四隻腳掌了。」她使盡全身力氣，把石頭砸在仙杜芮拉頭上。仙杜芮拉一聲慘叫，腦門凹陷，白毛上濺著斑斑血跡。

「流血了！」她嚇了一跳。

「那當然囉，」弗瑞德說：「我早就告訴過妳，妳沒看過耶穌的手被釘在十字架上血流不止的畫嗎？復活一定要流血才行，這樣牠才可以在羔羊寶血中被洗淨，鮮血是魔力的來源啊。」

「牠什麼時候會復活？」

「我們先把牠埋起來再說。」

他把仙杜芮拉扔進洞裡，蓋上泥土，密密實實地埋好。接著再找來一塊大石頭，蓋在牠的墳上。

「牠要怎麼從裡頭出來？」

「就像耶穌那樣。」

「要花多久時間？」

他把鏟子放到陰影下，進屋前轉頭對她說：「耶穌花了三天，我猜通常大概是那麼久。如果不是三天，就是要等到有人來親吻牠。妳就好好盯著那個墳墓吧，石頭開始動的時候，別忘了來叫我。妳看見牠復活，甚至比新生還要更完美的時候，我希望我也在場。妳媽回來的時候，別跟她說我們做了什麼。仙杜芮拉的新腳掌跟這一切，可是給她的驚喜喔。就說牠死掉以後，我們把牠埋起來，這樣就好了。」

莎莉不眠不休守在一旁，直到深夜，才被媽媽拉進屋裡。

「真不懂是怎麼回事。」她媽媽說。

弗瑞德邊看著報紙邊說：「薇薇安，我簡直不敢相信，她突然像發了瘋一樣，拿塊石頭就把那隻貓給殺了，她狠狠在牠腦袋上敲了一下。」

莎莉準備開口反駁，說是他要她這麼做的，但弗瑞德搶先一步說：「妳也知道，這孩子老做些卑鄙的事，還會騙人說她不記得了。我親眼看她殺了那隻貓，而且還是我把牠埋在後院的。」

莎莉被送上床，想不透弗瑞德為什麼會那麼說，怎麼也睡不著。或許這樣一來，等仙杜芮拉復活，變成一隻完美無瑕的小貓，大家會更訝異，她媽媽一定會很驚喜的！

隔天上學的時候，她根本沒辦法專心上課，老師罵她只會作白日夢。放學後，她到後院裡，坐在仙杜芮拉的墳墓旁守候，直到她媽媽出來罵她是個壞小孩，竟然連這麼可怕的事情也幹得出來。

「等到明天，」莎莉告訴她媽媽，「妳一定會嚇一大跳的。」

薇薇安搖著頭，感慨她的行為一天比一天古怪。

隔天，雨下得很大。莎莉的老師讓他們畫畫，莎莉畫了張有四隻腳掌的仙杜芮拉，可是有個同學說那張圖畫錯了，因為仙杜芮拉沒有左前腳掌。

莎莉向他們解釋，這張圖是仙杜芮拉復活後的樣子，她剛用掉九條命的其中一條，復活的時候，所有腳掌都會再長出來……

其中一個孩子說，貓根本沒有九條命。兩人吵得不可開交，逼得老師不得不介入說：「莎莉，我得同意南西的說法，和耶誕老公公還有牙仙子一樣，貓有九條命是騙人的，妳已經夠大了，應該能夠分得出事實和——」

莎莉忿忿地瞪著她。「那《聖經》怎麼說？耶穌在復活節復活又怎麼說？那也是騙人的嗎？」

「妳是在問我相不相信嗎？」

莎莉噙著淚水點了點頭。

「莎莉，就我個人來說，我不相信耶穌復活這件事。有宗教信仰的人相信，但沒有宗教信仰的人，會認為那是個幫助我們接受死亡的美麗故事。」

莎莉雙唇發顫，瞪著老師的眼神中充滿恨意。「妳騙人，你們全都在騙人。仙杜芮拉一定會復活的，今天是牠復活的日子。我要回家，去看牠是不是正要從墳墓裡爬出來。」

「莎莉，等等！」

她把書和毛衣都留在桌上，老師還來不及阻止，她就已衝出教室，跑到大馬路上。她上氣不接下氣在雨中跑了將近一哩路才到家，她以為自己的胸口就快爆炸了，腳步卻停不下來。她得趕快回去，她要親眼看牠復活。

她渾身發抖來到後院，濕透的頭髮散亂地掛在臉上。她凝視著那塊石頭，石頭一動不動。已經三天，該是時候了，仙杜芮拉得出來了。

她想，或許是那塊石頭太重了。她把石頭推開，繼續觀察泥土的動靜。仙杜芮拉馬上就會從洞裡爬出來，四隻腳掌完好如新地跳進她懷裡，把莎莉的衣服弄得全都是泥巴，但她一點都不會在意。

她靜靜等著，希望在她媽媽和弗瑞德出來之前，仙杜芮拉就會復活，她希望自己是第一個看見的人。

她擔心弗瑞德用鏟子背面把土壓得太實，於是把土鬆開，讓仙杜芮拉比較容易就能爬出來。她用指頭輕輕鬆鬆把泥土挖開，她繼續往下挖，偶爾會停下來看看底下有沒有什麼動靜。她挖啊……挖啊……總算挖到仙杜芮拉潮濕的毛，也聞到屍體腐爛的味道。她把泥巴從僵硬的腳掌和頭上撥開……看見牠頭上被砸出的那道傷口。

或許給牠一個吻，就會有奇蹟出現，把牠喚醒。她把嘴唇湊到仙杜芮拉濕淋淋的毛上，她感覺有東西在動，有東西搔著她的嘴唇，是活的！莎莉往後退，看見一大群蛆從鮮血淋漓的傷口爬出來。她想哭卻哭不出來，無法呼吸，只能放聲尖叫……

我的狂笑取代了她的尖叫。

尖叫聲把莎莉的媽媽和繼父從屋裡引了出來，看我站在被挖開的墳墓旁大笑，無法瞭解究竟發生了什麼事。

「莎莉，妳在幹什麼？妳瘋了嗎？」

我要怎麼跟他們解釋，我不是莎莉？我是仙杜芮拉。我不但已經復活了，而且那個充滿神奇魔力的吻，還把我從一隻小貓咪變成一個小女孩，這可是天底下最偉大的奇蹟。

「她已經瘋了。」弗瑞德說：「我早跟妳說過，妳看看，沒血沒淚，一點人性都沒有。殺了那隻可憐的小貓後，竟然還把牠挖出來，開心地哈哈大笑。真該把這小鬼送進瘋人院去。」

她媽媽拿鏟子來用泥土把貓蓋上，然後一把抓住我髒兮兮的手說：「回妳房間去，一整天都不准出來，莎莉，怎麼有妳這麼邪惡的小孩。」

我不知道她為什麼一直叫我莎莉，我知道我不是莎莉，而是另外一個人。後來我才想起來，我的名字叫做杜芮，來自仙—杜芮—拉這個名字的中間，最核心的部分。杜芮，這就是我的名字。她媽媽又叫了我一次莎莉，我只是笑著對她說：「妳什麼都不知道——你們兩個都一樣。」然後就蹦蹦跳跳走開，去探索莎莉的房間，看她到底有哪些寶貝，我從此過著幸福快樂的日子。

15

艾許醫生把我從催眠狀態下喚醒，若有所思地看著我，搖搖頭。「妳竟然能捱過這麼不堪的童年，真是太不可思議了。」

我笑著說：「你是指我還是莎莉？那段時光我可樂得很，但我不記得原來自己的名字是從仙杜芮拉的第二個音節來的。有趣的是，幾天後我去挖那個洞的時候，小貓竟然不見了，肯定是薇薇安或弗瑞德把牠挖出來扔掉了。我這一生都在尋找仙杜芮拉，現在我才明白，莎莉已經用一個吻讓牠藉由我起死回生了。」

「妳很清楚，午夜一到會發生什麼事。」艾許醫生說。

「我還不希望自己的故事就此結束，艾許醫生，我希望永遠快樂地活下去。」

「妳會的，杜芮，但會是在與莎莉融合之後，活在真實的世界裡，妳的幸福快樂並不會消失。那天，小女孩在雨中失去信心，創造了妳，妳的幸福快樂會融入她的心靈中。該是犧牲另一條生命，讓莎莉再次完整的時候了。」

「我好害怕，艾許醫生——」

「怕沒有關係。不過，現在的妳已經知道，光靠魔法和童話是沒辦法讓妳變成真人的。」

「我一直都想變成那個真正的人。」

「妳的渴望強大到足以克服恐懼嗎？除非妳願意與莎莉融合，否則這個夢想永遠無法實現。」

「然後，我就會死。」

「——或者以第四個莎莉的身分復活。」

「融合之後，會是誰的心？誰的感覺？」

「如果我的理論沒錯，妳還是會有意識。」

「如果你的理論不對呢？」

「我不知道。」

「你真的希望我這麼做嗎？」

「必須妳自己希望才有用，杜芮。」

「一部分的我想，另一部分的我不想。天啊，我都已經快四分五裂了，想融合的是哪一個我？」

他忍不住笑了起來。我好希望他能摸摸我，把我輕輕抱在懷裡。我要的不是性或類似的東西，也說不上來為什麼，我總覺得只要他輕輕一吻，我所有的感覺、思想和情感都將復活，成為一個有血有肉的真人。

「我和莎莉、諾拉及貝蕾說過的話妳一定還記得，好好想想，明天告訴我答案。」

「我們是該各自決定，還是要一起討論？」

「都可以，今晚和其他人聯絡一下可能比較好，或許妳們的ＩＳＨ也會幫忙。」

「就像是場告別會嗎？」

「何不當作一場見面會呢？」

「你真的很喜歡玩文字遊戲。」

「明天我再替妳的肩膀換藥。」

他說，他要給莎莉一些藥，免得她痛得受不了，不過藥效不會太強，也不含什麼麻醉成分，他不希望她在明天回診前暈倒。接著他請莎莉出來，告訴她同樣的話。

那天一整晚，莎莉遊魂般悶悶不樂地在家裡晃來晃去。她一口氣把布蘭登堡協奏曲的六個樂章全都彈完，差點沒把我逼瘋。諾拉以前這麼幹時就已經夠糟了，如果以後都得這麼過的話，即使是為了艾許醫生，我也無法忍受。

為了決定融合前的最後一頓晚餐該吃什麼，我們大吵了一架。她想去小屋法國料理，我想到荷坊中國餐廳。她說中國食物她吃膩了，我說法國菜也好不到哪去。最後我們決定各退一步，來點我們兩個都不想吃的東西。我提了個鬼主意，乾脆來兩頓最後的晚餐。我說，都已經最後一餐了，還計較那些熱量幹什麼？她堅持要先吃法國料理，因為她不相信我會遵守承諾。我假裝很生氣，但她說得沒錯，我的確經常說話不算話。老實告訴你，這輩子不論我想要什麼，都得靠逃避現實一陣子才能得到。我很清楚她從不食言，天啊，老是遵守承諾、說實話，以後的日子一定無聊爆了。我暗自覺得，如果真的和她融合，頂多只能偶爾說點善意的謊話，但我沒告訴她這點。我說：「我們應該先吃中國菜，這樣一小時後就餓了。如果先吃法國菜的話，恐怕就吃不下中國菜了。」她無法反駁，於是我們就往荷坊去。我吃了一大堆炸餛飩、排骨和蝴蝶蝦，吃完之後，散步走了好長一段路，消化消化，順便討論事情。

來往的人不停回頭看我們，我要她別理他們。他們懂什麼？可能只是覺得她腦袋有問題罷了。

我看她心情有點低落，便故意惹她。「有時候我覺得，妳根本就喜歡讓自己沮喪。」我這麼說。

「妳這是什麼意思？」

「我從來沒看過哪個人像妳那麼常悶悶不樂，這種情緒一定讓妳覺得很舒服。」

「妳說這什麼蠢話。」

「妳最好不要說我蠢，如果妳敢再說一次，我就拒絕跟妳融合。」

「妳以為我想跟妳融合嗎？」

「不融合的話，妳的損失可比我大多了。」她沒答腔，我猜我找到了她的罩門。「我不是個真人，」我說：「死或發瘋對我來說都沒差，倒是妳——」

「杜芮，妳又在騙人了，妳一直很想變成真人，怎麼肯放過眼前的大好機會？想自殺的人是我，而且至少試了五次，是妳跟貝蕾阻止我的，少跟我裝blasé了。」

「blasé是什麼意思？」

「是法文的——」

「我就知道。」

「blasé是死氣沉沉、百無聊賴的意思。」

「好吧，妳說得沒錯，我從來就不覺得生活無聊。」

「我會。」

「我猜，艾許醫生之所以認為融合對我們兩個都好，這也是原因之一。我會燃起妳對生命的熱愛，讓妳無憂無慮過生活，而妳則會讓我穩重點。」

有個人正在發按摩院的傳單，我伸手要拿一份，純粹為了好玩，卻被她把手扯了回來。真是殺風景！我們靜靜走了一會兒，她才開口說：「妳今晚想做什麼？」

「找些人來個雙重約會吧。」

「幫幫忙，杜芮，別胡搞好嗎。」

「應該會很有趣。」

「是有點意思，我們肯定會捅出大樓子，然後那個人就會出來幹那種事。」

一如往常，她說得沒錯，但我還真不想打退堂鼓。「等等，我想到可以找誰雙重約會了，而且他們絕對不會誤會，這樣我們就不會惹上麻煩了。」

她沒繼續說下去，因為我們兩人腦中浮現同一個念頭。「一定會很刺激。」她說：「他們一定會被我們搞得暈頭轉向。」

「快去，妳打電話給陶德，我打給艾略特，約他們一起見面。」

「這樣是行不通的。」她說。

「嘿，拜託好不好。」我說：「這是我最後一次狂歡了，我們要好好玩個過癮。」

「簡直瘋了妳，好吧，不過，還是我打給陶德比較好，說我寂寞難耐，想出去走走，順便替艾略特也找了個伴。」

「哇！」我說：「真有妳的，我們先別想該怎麼做，試試看及，那個叫什麼？——即

——即——」

「即興演出，這我最在行了。」

「我們今晚就從頭到尾都來臨場發揮好了。不過，妳要怎麼解釋肩膀上的傷呢？」

她早就忘了肩上的傷口。「當然就實話實說囉。」

「沒關係，」我說：「交給我來解釋吧。看我隨便編個理由，保證笑掉妳的大牙。妳把陶德和艾略特約到小屋見面就是了。」

她打電話到黃磚路，告訴陶德她今晚沒人陪，晚上餐廳打烊後，不知道他和艾略特想不想來個雙重約會，他說沒問題。

「艾略特想知道她長相如何。」

「跟我很像。」我忍不住插嘴。

「我是說，她看起來很像我。」莎莉連忙補充。天啊，她也未免太錙銖必較了。

陶德說，艾略特沒問題，他們兩個凌晨一點會和我們在小屋碰面。

現在才十點，莎莉提議去看場電影殺時間。她想看一部由「大地之歌」導演執導，討論印度大饑荒的老片。我心裡的選擇則是正重新上映的馬克斯兄弟電影「歌劇之夜」。我們擲硬幣決定，她贏了。肚子裡還裝滿中國菜，叫我看那些印度飢民四處乞討，蒼蠅在傷口上飛來飛去，實在受不了。我決定去打個盹，讓她自己一個人看。

電影結束後，我覺得有點懊悔，我的時間只剩那麼一點點，竟然還跑去殺時間，畢竟我很快就要長眠了。

我們到小屋去等艾略特和陶德。莎莉點了杯哈維撞牆調酒，我點了杯波本威士忌。服務生看我們的樣子，八成覺得我們瘋了，我好不容易才沒笑出來，不然他一定會覺得我們喝醉了。

兩位男士到的時候，看見桌上擺著兩杯酒，不約而同四處張望，想看看另一個人到哪去了。

「她去上洗手間。」我說。

「她其實就在這裡。」莎莉說。

陶德挑了莎莉身旁的位置，艾略特坐在我對面。艾略特穿著一件金色絲質運動衫，和那件金色長褲很搭，絲質運動衫的鈕釦沒扣，露出底下毛茸茸的胸膛。他又變胖了，身上到處堆著一圈圈脂肪。陶德還是老樣子，穿了件牛仔褲，但今晚也套上一件丹寧運動外套。

「好啦，她長什麼樣子？」艾略特問。

「我告訴過你，就像我一樣。」她說。

「問題是，現在只有妳一個人啊。」陶德說。

她用淫蕩的眼神挑逗他，逗得他心頭小鹿亂撞。「我不是在開玩笑，妳認真點。」

「拿海用說！」我說。

突然改變的聲音讓他們一臉錯愕，他們說不出有什麼不同，直覺有點不太對勁，卻又說不出個所以然來。

「我正在練習一個新角色。」我笑著說。

陶德露出微笑的表情。「妳看來心情很好，希望妳朋友也是，她叫什麼名字？」

「杜芮。」她說，我猜她忘了他們認識我。

他們對望一眼，又把視線移回莎莉身上。「杜芮？」艾略特不解地問。

我瞎掰一通帶過，她暗地裡踹我一腳。

「不好意思，」莎莉說：「我去洗手間看看，馬上回來。」

她溜出座位，趁他們還來不及問其他問題前跑得老遠。一進到洗手間，她忍不住放聲大笑，我也一樣。看到莎莉身上有那麼多貝蕾的影子，我總算鬆了口氣。

「妳有看見陶德臉上的表情嗎？」她笑得合不攏嘴。

「尤其是妳提到『杜芮』這名字的時候。」我說。

「我不曉得他們知道妳的名字。」她說。

「幫幫忙好嗎，替他們工作的人是我耶，記得嗎？」

「現在怎麼辦？」

「跳跳舞，去吃第二頓晚餐，這不是妳想要的嗎？」

「我想要的不只如此。」

「喂。」我說：「妳別亂來，我可是守身如玉的。」

「為了艾許醫生？」

「沒錯。」

「妳得不到他的，」她說：「對他來說，妳跟我不過是個吸引人的病例罷了，如此而已。」

「對他來說，我不只是個病患。」我說。

「聽著，如果妳把移情作用誤認為愛的話，那可就大錯特錯，不是——」

「我不想聽。」我伸手捂住耳朵。我實在夠笨，她根本半點聲音都沒出，那些話是不斷從腦海傳過來的。

「——就算他真的喜歡妳，他強烈的道德感也不會允許自己跟個病人交往，妳只是在自找苦吃。」

「那是我家的事。」

「也是我家的事。」她毫不妥協。

「我以為妳喜歡陶德。」

她微笑著說：「他喜歡我，他年輕、有錢、長得又帥，妳還有更好的人選嗎？」

「艾略特比陶德有趣多了，賭徒活得太認真，老是算來算去。」

「艾略特就像一棟拉過皮的中古屋，」她說：「一個過氣花花公子，瞧瞧他身上多出的那些肥肉，真是越來越墮落。」

「那又怎樣？就算如此，他還是比較風趣。他瞭解我們，知道我們有什麼問題，而且也願意接受。」

「陶德也知道。」

「問題就出在這裡。」我說：「我猜，陶德發現只剩下我們兩個人的話，一定會很失望。對他來說，我們五個是葫蘆（full house），一手讓人血脈賁張的好牌。」

「而且三張皇后都還在。」

「別把那張王牌算進來。」我說。

有人在洗手間門上敲了幾下。「莎莉，妳還好嗎？」是陶德的聲音。

「嗯，我馬上出來。」她說。

她飛快梳了梳頭髮，推開門，陶德還等在外頭。

「妳確定沒事嗎？」

她握住他的手，走回桌邊。

「男士們，很抱歉，我那位朋友閃了。」我說：「剛才我看到她跟個帥哥眉來眼去的，點了酒之後，假裝說要去上洗手間。有人告訴我，她跟那男的一起走了，真的很抱歉。」

這故事不知從哪來的，就這麼樣冒了出來，笑得莎莉差點坐不住。艾略特一副垂頭喪氣的模樣，我猜，過來之前，他想必費了不少心思，現在一定覺得自己像個電燈泡。

「嘿！」莎莉說：「今晚我們三個就一起過吧，我們都是朋友對吧？平常四個人可以玩得很開心，我們三個也可以啊。我們還是可以先跳跳舞，然後去吃飯，之後再到我家去找點樂子。」

我嚇了一跳。她心想，Manage a twah，我聽不懂，聽起來像是法文，而且從她的感覺，我猜得出一定又是什麼齷齪的事。我私下告訴她，我可不幹。

莎莉和我輪流跳舞，他們兩個被搞得一頭霧水。他們兩個沒在一起時還好，一起坐在桌邊的時候，談話就變得很刺激。他們一定覺得，她是世上最沒大腦的人，上一分鐘才這麼說，下一分鐘就自打嘴巴。我說謊，她接著替我圓謊，我跳出來拆她的台，她又立刻把事實抖出來。真是太有趣了，我慢慢覺得和她融合也不賴，她跟以前的莎莉簡直判若兩人。

我們離開餐廳時，已經是凌晨三點，我不由得開始擔心，今晚要如何畫下句點。我知道莎莉打算邀他們上來小喝一杯，我有預感，他們心底都巴不得另一個先離開。莎莉全身上下每個細胞都期待著要放肆一下，我可不希望事情發展到那個地步，但我擔心如果暈倒的話，有可能攔不住金妮。

我試著說服莎莉，但她根本懶得聽。我只能揣想，她身為莎莉、諾拉和貝蕾三個人的混合體，手中握有比較多票，有權自己作決定，就像以前身為記錄者的我經常那麼做。老實說，我有時候也滿固執的。

下計程車時，我急忙對他們說：「晚安啦，兩位，今晚我玩得很開心，但明天一大早還有約。」

「嘿，不是還要上去喝一杯嗎？」艾略特說。

「沒錯，」莎莉說：「莎莉・波特說話算話。」

「妳剛才真把我搞糊塗了。」

「至少比搞垮了好。」

「也比搞死了好。」艾略特說。

「搞什麼鬼啊！」莎莉說。

「嘿。」艾略特指著葛林柏先生的窗戶說：「看，墨菲在對我們比中指耶。」

「在哪裡？讓我看看。」陶德說：「真的耶，你們看，那個葛林柏還真幽默。墨菲的警棍呢？」

「不見了。」我說。

莎莉皺著眉頭，她完全不曉得金妮曾假扮警察鬧得天翻地覆。

「對了。」我說：「我們邀墨菲上來一起喝一杯如何？葛林柏說，有警察制服在的地方場面比較不容易失控，說不定還真有點道理。」

他們覺得這主意很棒，我告訴他們怎麼撬開後門，從地下室進去。偷偷把墨菲運出來後，陶德和艾略特兩人把他一路扛上我家。他們把他放在其中一張安樂椅上，蹺著二郎腿，兩隻手懸在椅子兩旁。莎莉拿出一瓶沒開過的愛爾蘭威士忌，我們大家都喝了幾杯。

「當假人的感覺一定很糟。」艾略特說。

「誰知道，」陶德說：「這種生活很平靜，就像個守夜人一樣。」

「他希望變成一個真正的人。」我說。

「什麼？」艾略特正在替自己倒酒。

「就像想變成男孩的小木偶皮諾丘一樣。」我解釋道。

「對啊。」陶德說：「說謊的時候，鼻子就會變長。」

「變成真的小男孩之後，會變長的就不只鼻子而已了。」艾略特笑著說。

「可憐的墨菲，連手上那根都不見了。」莎莉說。

艾略特傻笑著說：「插回去會不會很怪？」

「喂，你們越來越噁心囉。」我說：「褲襪穿穿，我要準備回家了。」

「妳已經在家啦。」陶德說。

「那你們兩位最好也褲子穿穿回家去吧。」我說。

「拜託，時間還早吧。」艾略特說。

「那就趁天還沒黑快滾回去。」我說

陶德笑著親了我一下。

我臉上的笑意消失無蹤，他緊緊摟住我，深情款款地吻著。我既想推開他，又想抱緊他，費了番工夫才弄清楚，原來是莎莉想抱他，我卻想把他推開，搞得我一團亂。我們融合之後就會是這樣嗎？如果真要融合的話，此刻的我，就只差沒點頭了。

艾略特拍拍陶德的肩膀說：「可以讓我插個隊嗎？」

陶德很快欠身退開，艾略特親吻莎莉時，我可以感覺他的手輕撫著她的胸部，硬挺的那話兒抵著她的大腿。

「嘿，艾略特。」我說：「我們別擦槍走火，聚會結束了。」

他用鼻尖輕輕摩擦我的耳朵。「我以為才剛開始而已。」

「那你搞錯了。」

「你現在是誰？貝蕾嗎？」

「還是諾拉？」陶德問。

我把艾略特推開，瞪著他們倆。「你們是什麼意思？」

陶德說：「妳根本沒約另一個人來，對不對？妳想跟我們兩個一起約會。妳連自己在做什麼都搞不清楚，我們認識的那個莎莉絕對不會來這套。」

「你們最好現在就離開。」我說。

他們兩個都不答應，但我毫不退讓。「聽我說，兩位，如果我讓你們覺得今晚有機可乘，我向你們道歉。你們都知道莎莉的問題，過去那段日子充滿歡樂，但我得告訴你們，諾拉和貝蕾都已經消失了，她們已經和莎莉融為一體。明天早上，我也會和她融合。結束之後，我們就會變成正常人。」

他們總算恍然大悟，艾略特搔搔腦袋，點了點頭。「哇，真是太棒了，莎莉，我真的很為妳高興。」雖然這麼說，他的表情卻黯淡下來，一切的刺激和吸引力，都將隨著莎莉變得庸俗而煙消雲散，因為他能征服的可能只剩一個人。

陶德倒是真心感到高興。「嘿，妳的機會來了，我打賭，妳善良的一面會帶妳一路衝過終點線的。」他說：「我想我瞭解今晚到底是怎麼回事。」

「怎麼說？」艾略特問。

「沒什麼。」陶德說：「我想，接下來莎莉可能會想獨處一陣子，可能有很多事情需要好好想清楚。莎莉，下星期一之前，妳就先休息幾天，我們會請艾薇代妳的班。」

莎莉還打算多說些什麼，我趕緊握了握陶德的手謝謝他，也在艾略特的臉上吻了一下。「謝謝你們兩位，有朋友真好，如果沒有你們兩個，過去這六個月，我真不知要怎麼過。」

他們離開後，莎莉坐在墨菲對面的椅子上，久久凝視著他。「你在想什麼，墨菲？」

「他在思考，我們到底應不應該融合。」我說。

「妳怎麼知道他在想什麼？」

「別忘了，我可是記錄者。」

「墨菲又不是我們其中之一。」

「誰說的？」

「妳是什麼意思？」她問。

「我們就別拐彎抹角了。」我說：「一開始，妳都假裝我們是真人。然後，我們才各自發展出自己的生命。艾許醫生說，有些多重人格患者有不同年紀、種族，甚至不同性別的人格。妳可以想像墨菲是真人，只有今晚，妳可以和男人享受魚水之歡，不必擔心金妮出來破壞。」

莎莉認真思考了一陣子，這主意很吸引她，我只需要播下種子就行了。我知道自己是個大麻煩，但我一直很希望墨菲也是個真正的人，哪怕只有一晚也好。明天我就要煙消雲散了，今晚則是墨菲最後一次機會。

她假裝墨菲是個真人，替他倒了杯酒，開始和他聊天。莎莉輕輕撫摸他的頭說：「我們來跳舞，墨菲。」

她放了張唱片，把他抱在懷裡，如夢似幻地緩緩在房裡跳了起來，猶如老電影裡唐納・奧康諾抱著支拖把，卡斯提洛摟著櫥窗模特兒跳舞的畫面。莎莉假裝墨菲是個深愛著她、有血有肉的男人。

我忽然聽見她腦中有個聲音，這整件事是我起的頭，但萬萬沒料到真會成功，簡直詭異到了家。他性感的嗓音輕柔低沉，帶有一種愛爾蘭特有的土腔。

「我一直在窗戶後面看著妳，」他說：「盼妳盼了好久好久。」

他的表情變得柔和許多，湛藍的雙眼，柔情似水，尋覓著她的眼神。她好希望被他摟在懷裡，她心想，被惡魔戀人擁吻的感覺就是這樣吧。

「你有名字嗎？」

「我只知道我姓墨菲，葛林柏先生都這樣叫我。」

「老是舉著手站在門口，你不覺得累嗎？」

「這是我的工作，抱怨也沒用。」

「沒人可以說話，也沒人陪，一定很無聊吧。」

他聳聳肩。「妳睡著後，有時杜芮會來陪我。生活、政治，還有妳和腦袋裡這些人要一起面對的問題，我們都深入討論過。」

「你已經跑進我的腦袋裡，墨菲。」

「只有今晚而已。」他說：「我和其他人不同，我並不是從妳小時候就和妳在一起。」

她慢慢褪下衣衫，她知道他正看著她，眼裡充滿愛意。她覺得墨菲是她認識的人中，最體貼、最善解人意也最疼愛她的人，是她這輩子一直在尋找的男人。她替他把衣服脫下，帶著他上了床。他深情款款輕撫她的肌膚，親吻她的雙眼、頸部、胸部，十指如蛛絲般輕柔撫遍她全身。

「我不能……」他說：「妳知道，我不能——」

她用吻打斷了他的話。「沒關係，墨菲，我經常在作夢和幻想時這麼做。愛怎麼來的不要緊，你只要緊緊抱著我就行了。」

結束之後，他謝謝她賦予他生命，即使只有短短一個晚上。

「不一定就只有一晚，」她說：「我可以把你藏起來，孤單難過的時候，你可以來找我。」

——不可以，莎莉。妳不能再這麼想了。

她從床上坐起，四下張望，那聲音聽來有點熟悉。

——這樣一來，妳和艾許醫生一起努力的成果就白費了。妳又陷入以前的舊習慣裡，還是想透過在腦袋裡創造出其他人來解決問題。

——你是協助者嗎？

——是的，但我不是來責備妳，我來幫助妳做好和杜芮融合的準備。

——杜芮也和墨菲說話啊。

——但墨菲不是妳其中一個人格，如果妳讓他成真，就等於在走回頭路。妳會再次分裂，分裂出許多人格，越來越多，越來越多。如果不改變妳面對事實的方法，妳腦袋裡的人就會無止盡地增加下去。

——事實是什麼？

——莎莉，這不是我們該討論的。身為諾拉的時候，妳總擅長搬弄文字，但她卻讓文字主宰了她的生命。我們必須利用文字來把結解開，而不是製造出更多糾纏不清的結。

——我應該怎麼辦？

——讓墨菲從此離開，讓他恢復假人這個真正的身分。

莎莉點點頭，一想到自己再也不能創造新的人格，不禁有些落寞。她站起來，替他穿上警察制服後，把他在椅子上放好。

「對不起，我不能把你變成真人。」她說。

她睡著之後，我溜出來打開電視。一開始，只看得到測試訊號，協助者不久也跟著出現，我們聊了一會兒。

——你是男人還是女人？

——兩者都有一點。

——怎麼可能。

——每個人都是這樣，各有些男人和女人的特質。

——這我從來不知道。

——杜芮，妳決定怎麼辦？

我坐立難安地望著墨菲，他帶著淺淺的微笑，帽子斜壓在其中一隻眼睛上方。他這個樣子看來有點像弗瑞德，我看了很緊張，趕緊伸手替他把帽子扶正。

——嗯？

——我不知道，我好害怕，我不想死。

——妳知道，這不是死亡。妳也知道，艾許醫生說過妳會變成莎莉的一部分。

——我不知道之後會是什麼情形，這種感覺就有點像死亡。我不知道自己究竟是會清醒、昏睡還是在作夢。我還能不能夠思考，或是會就此消失無蹤，什麼事情也不知道。我想問問諾拉、貝蕾她們，融合之後究竟是什麼情況，卻怎麼也聯絡不上。儘管我在莎莉身上看得見她們的影子，但那就像父母死後，可以在他們的孩子身上看到他們的一些特質，如此而已。

——杜芮，我會握著妳的手，替妳指引方向。與其把它想成死亡，不如想像妳即將復活。

——這句話我以前聽過。

——但不是我說的，我站在妳這邊。

——我這邊，還是莎莉那邊？

——莎莉那邊，還有——

——你看！

——妳們其實是同一個人。

——才不是這樣，你知道根本不是這樣。其他人不接受一個心靈中可能存在不同的人，所以才會這麼說。不過你比他們清楚得多，你就在我們腦海裡，對我們瞭如指掌。我們其實不是一個人，我就是我。

——這是如何定義真實的問題。

——慢著，莎莉在談到真實的時候，你好好訓了她一頓。不過，這招用在我身上可不公平。

——妳說得沒錯，杜芮。不過，如果妳不照艾許醫生的建議去做，終究還是會分裂。

——諾拉和貝蕾會重新出現嗎？

——不會，她們已經被融合了，但其他一些新人格有可能被創造出來。

——陌生人嗎？

——沒錯，這會變成一種逃避挫折和憤怒的便宜之計。創造新人格的力量會像脫韁野馬一樣，無法控制。

——我的天啊！

——如果不加以控制，妳的心會不斷分裂，創造出越來越多的新人格，直到毀了妳的生命為止。

——聽起來好像癌症。

——就某方面來說，的確很類似。

——我瞭解了。

——決定權掌握在妳手上，杜芮，妳必須用自己的自由意志來作決定。

——非得現在不可嗎？

——就是現在。

我坐在漆黑的房間裡，呆望著那台映像管電視，希望能夠知道協助者到底是男是女，那聲音聽起來真的非常熟悉。一想到要給個答案，我就坐立難安，但我知道別無選擇，因為艾許醫生希望我這麼做。我原本希望能拖到最後一秒鐘，或許再和他討價還價一下。現在，ＩＳＨ卻把我逼進牆角，不給我一絲喘息的機會。

——好吧。

——妳作了個正確的決定，杜芮，妳絕對不會後悔的。

——如果我後悔了，一定會回來找你算帳。

我關掉電視，上床睡覺。

我一大清早就起床，趁葛林柏先生還沒開門，把墨菲抱回店裡。我在墨菲冰冷僵硬的臉上親了一下，對他說：「要不是ＩＳＨ突然出現，你本來可以變成一個真人的。雖然你只活在莎莉的腦子裡，但我還是很高興你至少活了一晚上。」

他默默無語，不過，我把他放回玻璃門後時，他對我眨了眨眼。我替他把帽子整理好，舉起他的右手，對著外面指揮交通。上樓的路上我心想，和莎莉融合之後，希望還能記得這一切。不知道我能保有多少回憶，不知道還會不會記得諾拉、貝蕾、金妮和我自己。會不會像電影「上錯天堂投錯胎」，或舊戲新拍前的「喬丹先生出馬」裡頭的男主角一樣，時間還沒到就先死了，最後什麼也記不得，即使有了個新身體，也開始了新生活，對過去卻沒有任何記憶。一個真正的人，怎麼可以沒有過去呢？早知道就問問協助者這個問題。

我們回到樓上。莎莉淋浴時，我問她：「咱們倆都同意了嗎？」

她點點頭。「昨晚的事情證明了，我們相處得還滿愉快。不同，卻不至於水火不容。我們最好趕快到艾許醫生的辦公室去。」

「妳先去吧。」我說：「最後還有些細節我想處理一下，等一下再跟妳碰面。」

這是個美好的十月午後，空氣清新，湛藍的天空美不勝收。莎莉跳上計程車，決定奢侈一下。她很慶幸艾許醫生給了她一天時間思考，現在她很確定，融合這條路行得通。

他在辦公室裡替她的肩膀換繃帶，一面靜靜端詳著她。

「今天早上，妳感覺如何？」

「很棒。」她說。

他遞給她一本記事本，請她在上頭簽名，看到簽的名字沒錯，他點點頭。「昨天發生了哪些事，妳們的決定是什麼？」

她告訴他和艾略特與陶德雙重約會的事，他聽了覺得很好笑。她還告訴他，他們把假人從葛林柏先生的店裡偷出來，讓他從頭到尾都坐在椅子上。

「看起來妳和杜芮處得很不錯。」

「可以這麼說。」

「關於融合這方面的事，妳們決定怎麼做？」

她點頭表示同意。

「我很欣慰，」他說：「我現在就把妳催眠，請杜芮出來，妳可以和她一起分享這段經驗。」

「我之後會記得嗎？」

「會記得一部分，她的記憶會和妳的合而為一，對於融合過程本身，妳能記得的，或許不會比一個小孩對於出生時的記憶來得多。」

「有些人說，他們還記得出生時的種種痛苦。」

「但大多數人記不得。」他伸出金筆說：「我現在想和杜芮說話，杜芮，走進光明。」

「哈囉，艾許醫生，」我說：「很高興你找我。」

「剛才我們說的，妳一定都聽到了，妳同意融合嗎？」

我點頭。「不過，我希望你能替我做件事，艾許醫生。我知道這麼說很不專業，可是我馬上就要消失了，希望你能給我一個吻，一個真正的吻。然後，就像童話故事裡寫的一樣，一個深情的吻，解除了女巫的魔咒。」

他微笑點點頭。「好吧，杜芮，我就當妳的白馬王子，我的吻破除妳身上的魔咒之後，變成真人的夢想就會實現。他知道黑暗裡有什麼。」

我悄悄溜開，黑暗中，我聽見艾許醫生說：「杜芮，我們會回到弗瑞德騙莎莉殺死仙杜芮拉的那一刻。不過，這次我們可以讓九命怪貓的幻夢成真。妳站在一旁，看見埋在土裡的小貓真的復活了，一隻腳掌也沒少，宛如新生。午夜就快到了，我們知道，杜芮是仙杜芮拉的靈魂，妳會回到變身前的模樣。馬兒變回白老鼠，馬車變回南瓜。而妳——杜芮——將變回莎莉的一部分。妳曾經是莎莉，午夜十二響鐘聲馬上就要響起，當最後一聲敲響時，妳就會和她永遠合而為一。」

他開始數，我看見莎莉去參加舞會，聰明美麗的她穿著一襲動人的白色禮服，和艾許醫生翩翩起舞。鐘聲響起，我聽見他低沉哽咽的聲音。我知道，他捨不得我將永遠離開。

「一……二……三……」

她急忙衝出宮殿，跑下如彩虹般五彩繽紛的階梯。

「四……五……六……」

匆忙中，她的一隻玻璃鞋掉了，她得在變身前趕回家。

「七……八……九……」

跳上車，車夫一聲吆喝，雪白的駿馬撒腿飛奔，趕在最後一聲鐘響把她變回一個普通女孩前，送她回家。

「十……十一……十二……」

協助者魔棒一揮，艾許醫生低頭，溫柔地在我唇上一吻，那就是杜芮我最後的記憶。我放棄自己的生命，與她合而為一，成為第四位莎莉。

第五部。

16

我睜開眼，只看見艾許醫生心急如焚地凝視著我。

我說：「你總算找到我了，白馬王子。」

「請告訴我妳的名字，」他說：「以便記錄。」

「莎莉・波特。」我說。

「妳覺得如何？」

「好像在黑暗中跑了好久好久，彷彿失去了什麼，卻又同時找到了自己。我知道我是莎莉，但我同時也是杜芮。」

她說的還不足以形容我的感覺，那是種飽滿、歡悅的感受。這個世界是這麼美麗，裡頭的一草一木我都愛不釋手。我要不是個無可救藥的樂觀主義者，就是個笨蛋。我知道，世界上還有痛苦、失落和邪惡，但這些都離我好遠、好遠，我覺得安全又快樂。

我突然發現肩膀上纏著繃帶。「有些事我忘了對吧？大概是被我壓抑下去了。」

他幫忙我坐起來。「妳剛結束一段痛苦的經驗，身心都留下一些傷痕。」

「我還以為我已經痊癒了，有那麼一小段時間，我感覺好快樂、好完整。」

「這是很自然的，妳已經克服許多困難，以後會一直覺得快樂。深藏的記憶偶爾會浮出檯面，塵封已久的過往回憶起來也總教人心痛。愛、失去、憎恨，對妳來說，這一切都將成為歷史。」

「我不知道你在說什麼。」我笑著說：「這輩子我從來沒恨過人。」

他點點頭。「那是因為，妳是個善良體貼的人。」

看得出他有點心煩，還不打算在這時候告訴我。

「我想教妳一些方法，幫助妳控制自己，以免暈倒。最近我們這一行中，有很多人提到『放下』這個技巧，也就是拋開認知與理智的過程，讓內在的妳來主導。對妳來說，這種看似浪漫的態度會有危險。」

「我不認為我會走到那一步。」我說。

「有些時候妳還是會覺得似乎沒辦法控制自己，現在，妳可以說是孤軍奮戰了，沒有人會來援助，除了妳自己之外，也沒人會幫妳記錄妳的思想和行為——」

「ＩＳＨ和記錄者。」

「妳說什麼？」

「這幾個字突然在我腦中出現。你以前不是這麼說的嗎？ＩＳＨ和記錄者？」

「沒錯。」他說：「妳得取代他們，做自己的指揮家和轉轍員，讓主要軌道保持暢通，才能全速前進。」

「我真的很喜歡你用的比喻，那也要沒有車務員車廂拖累我才行啊。」

「我希望妳能夠學幾件事。」

「我能夠當東方特快車嗎？」

他望向我眼神深處端詳了好一陣子，彷彿打算看穿我的虹膜。

我跪在地上，彎身向前，把臉湊上去。「我看見兩個我。」我說：「你的兩片鏡片上，一邊一個。」

他伸手翻過我的手掌心。「妳必須明白，妳的內在還有兩個人。」他說。

我試著把手抽開。「我不准你這麼說。」我說：「就算開玩笑也不行。」

「我不是開玩笑，離開之前，有些事妳必須面對。」

「我不想聽。」

「唯有瞭解狀況，才能夠保護妳。今天，妳剛做完某種形態的心靈手術。妳的內在有個人會放大妳壓抑的憤怒，她希望妳再次支離破碎，妳需要一些武器來對抗她。」

「你還是用工具這個詞好了，武器有點嚇人。」

「工具就工具。」他說：「但我不想在名字上浪費太多力氣，我們現在的名字已經夠多了，名字一旦出現，它們的生命就會越來越真實。但除此之外，卻還有感覺、直覺和一些細微的覺察。妳是個非常敏感纖細的人，莎莉。頭痛或昏厥前的那種寒意和前兆，妳還是感覺得到。妳說過，這種警告只會持續幾秒鐘而已。」

「我不記得說過這句話。」

「在妳的記憶恢復正常之前，妳必須信任我的錄音和記錄。在警告發出的那幾秒鐘內，妳還有機會可以控制自己。我現在要給妳一個催眠後的暗示，妳只要雙手緊握，用力捏三下，就能夠保持清醒。前兆出現時，這麼做可以立刻舒緩頭痛和緊張情緒。如此一來，妳就不會失控。」

我告訴他，我瞭解了。

「很好，莎莉。他知道黑暗裡有什麼。」

我出現的時候，他正凝視著我的雙眼。「妳覺得如何？」

「一切都在控制中。」我說：「有種存在感，一種活在當下的感覺，好像我實實在在地安住在此時此刻。我也說不上來為什麼，以前從來沒有這種感覺，好像以前我總是輕飄飄的。」

「這種感覺好嗎？」

我思考片刻，點了點頭。「我有種比較真實的感覺。」

他捏捏我的手，我也捏回去。「我的意思是，」我說：「有種腳踏實地、真真實實的感受，感覺好好。」

「這種感覺應該會持續擴散。對了，有些時候妳可能會覺得不太真實。不過，每個人都會有這種輕飄飄……如夢似幻……似假猶真的感覺。如果暈倒的警告出現，妳應該知道要怎麼辦。妳還記得嗎？」

我緊握雙手，捏了三次。

門診結束時，我忍不住湊過去，在他臉上吻了一下。「我覺得好棒，」我說：「這一切都要感謝你，你是世上最好的醫生。」

他聽了眉開眼笑。「莎莉，我也從妳身上學到很多。祝妳今天一切順利，我們後天同一時間再見。」

走出醫院後，我的眼前煥然一新。我心想，孩子一定也是用嶄新的眼光看著這個世界。

我認真探索每張臉孔，每間店面的櫥窗也不放過，抬頭觀察那路過幾千次卻總視而不見的屋頂建築結構。我仔細端詳五十七街兩旁的每一家藝廊，經過第五大道的航空公司時，我忍不住心想，有好多地方可以和艾許醫生一起去。當然，他可能已經去過歐洲了。不過，要為另一個人介紹這地方時，他也會需要換上新的眼光，我的眼光，而我則會透過他來看眼前的世界。

艾許醫生愛我，這點我很清楚。打從第一天進他的辦公室開始，有部分的我也愛上了他。就算他說這是移情作用又怎樣？我會讓他知道，我對他的感情遠不只如此。這幾個月來，他變了許多。變得更溫暖，也更體貼了。

一位媽媽拉著兩個小孩從眼前走過，我突然發現，自己也有了些改變。自從上次打電話給賴瑞之後，兩個小孩就被我拋到九霄雲外，這點讓我很困擾。時間就像條彈力繩，有時度日如年，有些時候，幾星期的時間又消失得一乾二淨，一切陷入混亂。不過，我怎麼能忘記派特和潘妮呢？我真的很想去看看他們，給他們來個驚喜。可是，這是行不通的。我依稀有些模糊印象，賴瑞被我的電話糾纏了好一陣子，我自己卻忘得乾乾淨淨。我還深愛著賴瑞，還是希望能和他在一起。不，等等，我可不愛他，更別說想和他在一起。我到底怎麼了？我在洛克斐勒中心前停下腳步，坐在一張長椅上。有一部分的我還愛著他，因為他娶了我，把我從那個我稱之為家的可怕地方帶走。但那不是愛，那是依賴。我對艾許醫生的感覺也是如此嗎？

我看見一座電話亭，急忙在皮包裡掏零錢。我撥了通電話，三聲鈴響後，安娜接起電話。

「請別掛斷，」我說：「我是莎莉。」

「噢，天啊！」她說：「怎麼又來了。」

「妳聽我說，安娜，我已經變了。我打電話來，是想向妳和賴瑞說聲對不起，很抱歉給你們帶來那麼多麻煩。我知道你們一直以來都很容忍我，我保證以後再也不會給你們添麻煩了。這陣子我在接受治療，那個醫生很棒，我想我已經好了。我沒發瘋，我得的是種叫多重人格的病，相信你們一定在電視或其他地方聽說過，那些問題都是我體內其他人格惹出來的。絕大多數時間，我根本不記得自己做過什麼事。」

「是莎莉嗎？」

是賴瑞的聲音，他一定是接起了某支分機。

「是我，完整圓滿的莎莉，我已經能夠完全控制自己，大部分的記憶也已經恢復了——」

「妳聽起來不太一樣。」他說。

「這又是她的詭計。」安娜說。

「我不怪妳懷疑我，」我說：「但我希望妳能瞭解，先前我其實是好幾個不同的人。或許我可以找一天去拜訪你們，把一切解釋給你們聽。最重要的是，我希望派特和潘妮能知道這點，瞭解以前為什麼會發生那些事。如果他們知道我真的很愛他們，從來沒想過要傷害他們，那我就心滿意足了。」

「說得還真像回事呢。」安娜說。

「等等。」賴瑞說：「莎莉，這樣妳真的就心滿意足了嗎？」

「不過，妳還是希望他們回到妳身邊吧？」

「我保證。」

「如果說不想的話，肯定是在騙人。但現在我很清楚，這對他們來說不是最好的安排。你和安娜很疼愛他們，他們需要一個穩定的家，」

「嗯，」賴瑞說：「妳打來是想和他們說生日快樂吧，如果妳想——」

「我忘了！」我失聲說道：「噢，天啊，賴瑞，我完全忘了這件事。是今天嗎？不，等等，是明天。」

「他們明天下午一點會有個小小的舞會，如果想過來看看，應該沒什麼問題。」

「噢，謝謝你，賴瑞，我還來得及去替他們買些禮物。你放心，我不會給你惹麻煩，現在我已經能完全控制自己了。」

我掛上電話，飛快走向第六大道，要是我知道他們已經有什麼東西，現在需要、想要的又是什麼那就好了，我對他們幾乎一無所知。要承認自己的孩子竟然和陌生人沒兩樣，真不是件容易的事。我被自己的問題弄得焦頭爛額，他們的成長過程我從沒真正留意過。

我逛過一家又一家商店，希望找個有特殊意義，讓他們可以長久留在身邊的東西。我原本打算買套有象牙與黑檀木棋子的攜帶式棋盤組給派特，卻又不記得自己有沒有教過他下棋。噢，天啊，我甚至不確定他們到底幾歲了。等等，我一定想得出來。高中畢業後那年，我一定是十九歲，還是十八？不，十九。所以，我的雙胞胎現在十一歲。不，明天是他們十一歲生日。嗯，如果我二十九歲的話……還是我其實只有二十八？我氣急敗壞地在皮包裡找駕照。我鬆了口氣，全身無力地靠在櫃台邊。我二十九歲，他們十歲。我的記憶竟然有這麼大的落差，真是把我嚇壞了。

最後，我決定買兩本當代小說和一組油畫顏料給潘妮，給派特的則是一台相機，請店員替我包好。回家後，我早早吃過晚餐，準備和孩子和前夫見面。

在往英格塢的公車上，一種似曾相識的感覺弄得我坐立難安。我一再對自己說，我從沒來過賴瑞的新家，也沒見過他太太安娜，腦中卻浮現出一幢交錯式平房，紅黃相間、醜得可以，草皮上還有四根羅馬式樑柱，和一座仿十九世紀風格的瓦斯燈。

抵達時，眼前所見和腦中的景象一模一樣，嚇了我一大跳。這絕對不只是似曾相識，我以前一定來過這地方。埋藏在深處的記憶猶如海潮陣陣，帶走沙灘上層層細沙，現出底下褪了色的海洋動物骨骸，如今終於重見天日。

我十分確定自己從沒來過這裡，此時，警察開著輛撞爛賓士車的畫面突然閃現腦際，還有眼前這棟房屋、汽車追逐、警察。

我急忙把心裡那付骨骸覆上一層沙，但它的輪廓仍舊如同一座沙雕清晰可辨。

我沿著車道往前走，安娜來到草坪上迎接我，她嬌小的身材和圓圓的眼睛都讓我訝異。她步伐輕快，動作簡潔俐落，好像一隻小松鼠，一有什麼風吹草動，隨時準備落荒而逃。

「賴瑞去拿蛋糕了，」她說：「馬上就會回來。」

「很可愛的房子。」我說。

「很高興妳也喜歡，瓦斯燈可能替我們添了點最新潮的復古情調。」

花。

跡。

「我知道時間還早，」我說：「不過，我得承認，我巴不得早點到。」

「快進來，其他孩子來之前，妳可以和派特和潘妮好好聊聊。」

我跟著她走進客廳，客廳裡堆滿各式各樣小型雕像和玩具，仿明式花瓶裡還插著些假花。四面牆上掛滿明媚宜人的風景畫。一幅畫中，維多利亞式花園裡可以看見羅馬時期的遺跡。

「這裡真可愛，」我說：「有那麼多漂亮的東西。」

「我一直認為，應該讓孩子多接觸藝術。」

派特和潘妮出現在客廳門口，滿臉好奇的表情，可又卻步不前，好像不知怎麼和我打招呼才好。我幾乎不敢相信，才短短一年，他們就長這麼大了，他們身上還看得見暑假曬黑的痕跡。派特紅棕色的頭髮剪短了，他穿著一條黃褐色長褲和一件海軍藍夾克。潘妮則是一頭波浪捲，搭配一襲綠色玻璃紗洋裝。他們兩個看起來，簡直和開學用品型錄上的模特兒沒什麼兩樣。安娜竟然把他們打扮成這副德行，真是氣死我了。

我伸出雙手，他們心不甘情不願地向我走來。我把他們抱在懷裡，吻了幾下，他們抵死不從的拗勁讓我心如刀割。

「帶妳媽媽上去看你們的房間，我先去把桌子排好。」安娜說：「她一定很想看你們的那些寶貝。」

他們的房間裡，擺著許多攤開的書，知道他們還喜歡閱讀，我很欣慰。我們聊書，也聊運動，派特很意外我竟然這麼瞭解美式足球。我說，今年達拉斯牛仔隊肯定會晉級季後賽，爭奪超級盃冠軍。派特雖然是巨人隊球迷，卻也很期待看到牛仔隊的四分衛羅傑・史托巴全力衝鋒，第三次達陣，或是看他突破重圍，節節挺進。

「我一直很愛美式足球，」我說：「高中的時候，我還是啦啦隊員呢。」

「妳從來沒跟我說過，」派特說：「為什麼？」

「喔——」我笑了起來——「我一定說過，只是你可能忘了而已。」

「我哪有！」他的語氣很激動。「我的記憶力好得很！」

我到底在說些什麼？我從來就不喜歡美式足球，對這運動我一點也不瞭解。誰是史托巴？衝鋒又是什麼？派特卻聽得懂，可見我不是在胡扯。我是從哪知道這些事情的？又是什麼時候當啦啦隊員的？

「我最討厭美式足球了。」潘妮說：「太暴力了。」

「安娜也這麼覺得，」派特埋怨道：「所以她都不讓我看比賽。」

「爸爸馬上就要回來了，」潘妮說：「妳在他面前又會怪裡怪氣的嗎？」

「妳說的是什麼意思？」我問。

派特用手肘頂了頂她，她才沒繼續說下去。

我決定不再追問下去，派特拿他最新的集郵冊給我看時，若有所思沉默了好一陣子的潘妮突然迸出這麼一句：「我也不記得妳跟我們說過妳當啦啦隊員的事，如果我們兩個都忘了，是不是表示，我們以後也會變得跟妳一樣？」

「妳是什麼意思？」

「安娜說，爸爸告訴過她，妳每次都會忘記自己做過的怪事。每次只要我們有人說謊或忘了什麼東西，她就會對我們大吼：『你們越來越像妳媽了！』」

派特又用手肘頂她一下，警告她閉嘴。潘妮瞪大眼睛說：「幹嘛，是真的啊，她就是這樣說的啊。」

我目瞪口呆地站在原地，滿臉發燙，不知如何是好。

「媽，妳沒事吧？」派特說。

「沒事，只是頭有點暈。我想我真的得了種病，很多事都記不起來。可是，我不是騙子。只是其他人看我把做過的事忘得一乾二淨，所以才這麼叫我而已。」

「我們會變得跟妳一樣嗎？」潘妮問。

「當然不會，親愛的。爸媽其中一個人有病，並不代表孩子就一定會得同樣的病。我相信，妳的記憶力一定很好。」

潘妮握起一個拳頭，在臉頰上摩擦。「上星期我忘了做功課，」她開始抽泣，「還把零用錢搞丟了，派特考數學的時候，考卷背面最後一題也忘了寫。」

「那不代表什麼──」

「我們越來越像妳了！」她尖叫說：「我不想跟妳一樣！求求妳，不要讓我變得跟妳一樣！」

派特揍她一拳，她吼著一腳踹回去。派特一手抓住她的頭髮大吼：「閉嘴！爸說不要讓她不高興，不然她會傷害我們。」

寒意倏地襲來，氣氛越來越緊張，頭痛從頸根逐漸擴散。我好像該做點什麼，是什麼？我不記得了。暈厥的前兆好強烈，猶如一道冰冷的靜電貫通全身。

看著派特和潘妮扭打成一團，我突然覺得自己的兒子很噁心，我好想一把抓住他的喉嚨，狠狠掐死他。

總算想起來了。我握緊雙手，用力捏了三下。一下、兩下、三下。前兆慢慢消退，冰冷僵硬的身體逐漸回暖。

「你看！」潘妮大叫。

他們倆瞪大眼睛看著我。

「妳要昏倒了嗎？」派特問。

「不要打我們！」潘妮尖叫著說。

派特衝出房間。「最好去找安娜來！」他高聲說。

「等一下！」我險些喘不過氣來。「我不想傷害任何人，我沒事，只是頭有點暈而已。拜託你，別去打擾她，反正我也得走了。」

我衝下夾層樓梯，回到那間堆滿東西，差點讓我得幽閉恐懼症的客廳，安娜從起居室走出來。

「賴瑞早該回來了，不知道什麼事情耽擱了。」

「我得走了，」我說：「還有個重要的約。」

她臉上閃過一抹疑惑，隨即鬆了口氣。「妳確定嗎？潘妮和派特好期待跟妳一起分享他們的生日蛋糕呢。」

我強忍住大罵她騙子的衝動，勉強擠出一個微笑。「沒關係，反正我正在節食，還是不要有太多誘惑比較好。」

「好吧，我懂。」她說：「我會告訴賴瑞妳來過。」

「代我問候他。」

「竟然沒見到妳，他一定會很後悔。」

我得趕在賴瑞回來之前離開這裡，有個聲音告訴我，如果我見到他，世界上沒有一種自我控制的方法能幫助我保持清醒，手握得再緊，捏再多次也是枉然。

往公車站走的路上，我看見一輛車的駕駛座上，坐著一個很像賴瑞的人。他轉過頭叫我，但我假裝沒看到也沒聽到，不敢回頭。我加快腳步，幾乎跑了起來。那輛車往回倒車。

「莎莉嗎？我家在另一個方向，上車吧。」

我不敢回答他，更不敢看他。

「妳還好嗎，莎莉？」

我兩眼直視正前方，不斷往前走。只見他一臉厭惡的表情，把車打回前進檔，疾駛而去。

一踏上公車，每個乘客都轉過頭來，看我不停捏著那雙緊握的手，淚流滿面。

17

艾許醫生說，我沒暈倒轉換成另一個人，這是個好現象。

「換成哪個人？」

「我不覺得有必要討論這件事。」他說：「就目前來說，有些事情最好還是不要攤在陽光下比較好。」

被沙覆蓋的骨骸又多了些。

「我還以為，深層治療的基礎在於挖掘被壓抑的情緒，以免造成一些可能導致癱瘓的症狀。」

「我同意妳的說法，」他說：「大部分個案是如此沒錯，但妳需要些時間來適應新的莎莉。現在妳還很脆弱，從妳對兩個孩子的感覺可以看出，妳的敵意就快浮現了。」

「所以說，我馬上離開是對的囉？」

他點點頭。「這是妳練習自我控制的第一次考驗，現在的妳就像一座新的水壩，不可以馬上就承受太大壓力。妳要慢慢提高自己的抵抗力，以免潰堤。」

「老實說，看到他們對我孩子做的那些事，我真的好難過，還以為這下鐵定要崩潰了。」

「不過，妳畢竟撐過來了，應該給妳些獎勵。」

「還是用行為修正那套嗎？」

「有點像，獎勵我們想加強的行為，懲罰我們想改變的行為。許多人站在道德立場反對這種作法。不過，我一直和一些治療多重人格的精神科醫師有聯繫，他們說這個方法很有效。」

「沒問題，」我說：「那就給我點獎勵吧。」

「妳想要什麼？」

「陪我出去走走，我們現在就到街上散散步。」他臉色一沉，我趕緊收斂。「不過，如果你覺得這麼做不好的話……」

「不，沒這回事，我很願意和妳一起出去。只不過，我今天下午還約了個病患。妳知道，取消門診對他們來說是多麼痛苦的一件事。」

「那當然，對不起，我真的太遲鈍了。自己放假，就沒想到其他人。」

「不過，我晚上有空。」他馬上補了一句。「妳想去哪裡？吃晚飯？看表演？還是跳舞？」

「三個一起來如何？我會不會太貪心了？」

「那有什麼問題。」

我好不容易才忍住親他的衝動，可不能那麼輕易讓他知道我很開心，一次只能表現一點點。就像史考特·費滋傑羅曾說，情感銀行裡的存款越來越少了。我不想透支這美好的感覺。「好。」我說：「我自己先四處逛逛，找點事做，晚上再跟你碰面。我變了個人，城市看起來應該也會有點不同才對，你懂我的意思嗎？」

「我可以想像，」他說：「但不可能完全體會。我想，這應該就像離開多年後，重新回到某個地方一樣。人變了，帶著新的知識和經驗來感受周遭的一切，相同之中卻又帶著些不同。」

我們約好在「馬車夫瞭解她」吃晚餐，然後再去外百老匯看表演。艾許醫生送我離開，我趁他還沒轉頭，親了他一下。他突然往後退，僵硬的手臂慢慢放鬆。他沒有回吻我，但我很感謝他沒有退開。

既然晚上要在格林威治村見面，我決定下午就先到那裡。我搭地鐵到華盛頓廣場，發現那裡正好有場深秋的戶外藝術展，覺得很愉快。那些畫作彷彿勾起某種回憶，讓我不寒而慄。我搖搖頭，把這感覺甩開，回頭看那些認真下棋的人，孩子在沙坑裡玩得好開心。

五點整，我到「馬車夫瞭解她」和艾許醫生碰面。

店裡正在慶祝擴大營業，我穿過重重人群，走進擴建的座位區，發現牆上的壁紙貼的還是歐洲報紙，但和主要用餐區裡泛黃的情調不同，這些全新的報紙讓這裡瀰漫著一股刻意裝窮的感覺，新舊兩種氣氛不太搭調。等到這些新報紙也泛黃之後，就可以和原來的融為一體了。

亞伯．哥倫布一見到我，立刻從櫃台後走出來。他一臉為難地對我說：「我們不歡迎妳，諾拉。」

「什麼？」我不確定有沒有聽錯。

「把別人的畫撕爛的人是混蛋。」

「你到底在說什麼？」

「妳想毀了自己的畫，我沒話說。身為一個藝術家，妳有這個權利。不過，破壞其他人的畫是最無恥的——」

「我真的不知道你在說什麼。」

「如果被梅森發現妳在這裡，她會宰了妳，我可不希望有人在這裡鬧事。」

「我發誓，我從來沒動過她的畫。」

「梅森說妳有，快滾吧。」

「我約了人在這裡見面！」我說。

「我告訴妳，如果梅森看見妳，她絕對不會放過妳。她每晚都會來，請妳在她到之前離開。」

我感覺怒氣逐漸上升，呼吸越來越困難。「這是公共場合，我什麼也沒做，你們沒有權利這麼對我。如果你想把我攆走，那就儘管來吧，不過你得先動手才行，我們等著法庭見。」

因為緊張而汗濕的兩隻手掌不自覺慢慢握拳，我費了好一番力氣才張開。

亞伯瞪著我。「我以前還滿喜歡妳的，知道嗎？我警告妳，如果妳敢跟梅森在這裡打架，我鐵定告死妳。」

他離開後，我在窗邊一張小圓桌坐了下來，頭痛欲裂，渾身發抖，止也止不住。我恨不得把菸灰缸、鹽罐和胡椒罐全扔出去，還好忍了下來，我必須克制住。我坐在桌旁，彷彿坐在課桌前一樣，雙手握得死緊，望著窗外的景色，期盼艾許醫生趕快出現。

亞伯的太太莎拉穿著黑色緊身衣和白圍裙，帶著寫在小黑板上的菜單朝我走來，中途不知為何改變心意，就這麼從我身邊走過。我很清楚每個人都在看我，交頭接耳竊竊私語。有些東西我忘記了，還有些記憶仍舊塵封。我記得最後一次看見梅森，是帶陶德去看我的畫作那天。我記得他親了我，把我推倒在沙發上。除此之外，我什麼也不記得。一定還發生了什麼事，讓我和現在一樣，巴不得把這個地方搞得天翻地覆。但我不會那麼做的，我會盡力控制自己的憤怒，靜靜坐在這裡，等艾許醫生一出現，我們就到其他地方去吃晚餐。

科克·席維曼走了進來。我對著他揮手，他卻假裝沒看見我。我記得參加過他的聚會，卻沒印象是怎麼離開的。還是我只知道第二幕……天啊，何時我才能填補這道裂縫，清楚自己的過去呢？

我從邊窗看見梅森結實的身影走向咖啡館，她差不多也在同一時間瞥見我。

我對梅森瞭解不多，只知道她是男同志聯盟的成員之一。我想起來了，那天，我去租她閣樓的一小部分當工作室，一見到她就覺得很喜歡。她是個陽剛味十足的女人，以前我總覺得她像隻友善又強悍的小北京狗，現在的她卻隨時準備狠狠咬我一口。我的第一個反應是從後門開溜，但她人已經到了隔壁，一路穿過人群，向我走來。這時，莎拉也看見她，連忙上前把她攔住。她們離我太遠，聽不見梅森和她說什麼，只見她脹紅了臉，推開莎拉，朝我直奔而來。

「我一直都在找妳，妳這臭婊子。」

我坐在位子上，強作鎮定，心卻撲通撲通跳個不停，手掌也汗濕了。「妳說的那些話，亞伯都跟我說了。我發誓，我從來不記得砸爛過妳的畫。」

「下賤的騙子！給我到外面來，吃我兩拳，妳就會記得。」

「我不想跟妳打架。」我說：「如果我真的造成妳的損失，我願意賠償。我一直很喜歡妳，梅森。先前我病了，希望妳能諒解。我的意識不是很清楚，我——」

她賞了我一巴掌。

「先賞妳一道開胃菜！」她對我大吼。「接著再把妳碎屍萬段！」

寒意襲來，暈厥的前兆也慢慢浮現，我竭力抵抗，我千萬得控制住自己，這時候暈倒太危險了，我緊握雙手。

她伸手抓住我的手臂，扯開我緊握的手，把我整個人從座位上扯下來，拖到人群中。圍觀的人自動讓開，在我們四周圍成一圈。亞伯走向我們，眼看我已經落入梅森手裡，只好停下腳步，雙手交抱胸前作壁上觀。

「梅森，住手！」我苦苦哀求她，試著握起雙手。「我發誓，幫幫我——」

她空出的那隻手一拳狠狠打在我肚子上，把我打倒在地，差點喘不過氣來。她騎在我身上，把我的兩隻手釘在地板上。我一點也不想打架，上帝為證，我真的一點也不想打。我倒在地上，一個念頭倏地閃現，如果我再不抵抗，會有另一個人出手。頭越來越痛，我試著掙脫雙手，膝蓋朝她脅下死命一頂，把她甩開。

我滾到一邊，手臂繞過她的喉嚨，施展鎖喉功，把她壓在地板上，我不知道這招摔角招式是哪學來的。她難過得不停哀號。有人說，用力！扭斷她的脖子！我知道，只要手臂多使點力，梅森肯定馬上斷氣。

架在她脖子上的手臂沒鬆，我兩手掌心相對，十指交錯緊握，相互捏了一下。

殺了她！殺了這臭婊子！

原先我以為，圍觀的人群中有人在慫恿我。後來才發現，聲音是從我腦袋裡傳出來的。我明明覺得從容悠哉，周圍的一切卻動得飛快，像部老電影般走走停停。

梅森沒命地亂打一通，不停想往我頭上招呼，幸好被我一一閃過。此時的我已經恢復冷靜，一切都在掌握之中。我用右手把左臂往後拉，把她的脖子勒得更緊，讓她暫時無法呼吸，但沒打算傷害她，順便乘機捏了第二下、第三下。

「我想跟妳談談。」我緩緩對她說：「我會鬆手，讓妳喘口氣，但請妳仔細聽我說。如果妳答應我不再掙扎，就請妳點點頭。」

她勉為其難咕噥幾聲，點了點頭。我把手臂略微鬆開，讓她在我的控制之下，喘上幾口氣。

「這場架不是我起的頭，但我比看起來的樣子強壯得多。如果我想，三兩下就可以扭斷妳的脖子，妳明白嗎？」

她點點頭。

「前一陣子我病了，詳細的情形，現在沒辦法說清楚。那天我暈了過去，不知道曾經對妳的畫做了什麼事，請妳務必相信我。就像妳吸毒吸得不省人事，醒來後卻一點印象也沒有。不同的地方在於，吸毒的人是自願的，但我要昏倒的時候卻沒得選擇。對於她，不，對於我所做的一切，我感到很抱歉。我希望妳當著所有人的面答應我，如果我讓妳起來，妳不會再攻擊我。如果妳硬是不聽，我有可能會失控，到時傷了妳可別怨我。有時候我做了某些事情後，連自己也沒有任何印象，我一點也不想這樣。現在的我，就像是垂死掙扎一樣。」

我冰冷的聲音中，透著孤注一擲的絕望。梅森微微轉過頭，彷彿想要看我，她眼中的神情從憤怒轉為恐懼。她點點頭，上氣不接下氣地說：「好……放開……我，我……不會……輕舉……」

我一鬆開手，她立刻滾到一旁，雙手搓揉自己的脖子。我站起來，她也跟著站了起來。

「我要走了，」我說：「以後我再也不會回來這裡。如果哪天我們在街上巧遇，就讓我們靜靜擦肩而過。我再重複一次——我真的非常抱歉。」

她往後退開，我回到桌旁拿皮包，四處看了最後一眼，便轉身離開。

穿越麥道格街時，艾許醫生從後面趕上來。他看著我的臉，「發生了什麼事？」

突然間，剛才的力量、冷靜和自信不知跑哪去了，我險些崩潰。他抓住我的手臂，把我扶起來。

「怎麼了，莎莉？發生了什麼事？」

淚水忍不住奪眶而出。「帶我回家，艾許醫生，我好冷，求求你，帶我回家。」

搭計程車時，我哭著把剛才的經過說給他聽。「我想殺了她，然後跑到一個陰暗的地窖躲起來，割斷自己的喉嚨。」

「可是，妳什麼也沒做啊。」他說：「幾個星期前，或甚至幾天前，妳很可能真的會暈倒。但是這次妳沒退縮，靠著自己的力量保護自己，我很以妳為榮。」

「可是，我恨不得殺了她。」

「相互殘殺是人性的一部分，能夠控制衝動就是成熟和文明的表現。」

到家後，他付過計程車資，站在門口和我道別。

「求你上來一下，艾許醫生，現在我沒辦法獨處。」

他猶豫了一會兒才點頭答應，上樓時，我挽著他的手。

「為什麼我記不得對梅森的畫做了什麼事？為什麼我的記憶一片空白？」

「莎莉，我們對生命中許多事情的記憶，其實都是一片空白。人會壓抑痛苦的經驗，隱藏傷痛和種種幻夢，在記憶中留下一道道傷痕。經年累月之後，有些傷痕會像傷口上結的痂一樣，漸漸闔上，把過往永遠塵封起來。其他傷痕則會像大量出血的傷口，血流不止。這兩種情況都很痛苦，妳正在學習怎麼面對。」

「艾許醫生，我的病還沒好，對不對？」

「妳就快痊癒了，莎莉。」

「可是我還沒好。還有些事我不知道。」

「對於事物的認識與瞭解是急不來的。」

我坐到他身旁的沙發上，倚在他胸前。他的心跳得很快。

「艾許醫生，我不得不急啊。我有種可怕的預感，之後一定有什麼事會發生。某個人或某個東西會來偷我的時間，我得把握每一分每一秒才行。以前，我總是把門鎖上，這樣一來別人就偷不到我的財物。現在我終於瞭解，有人一直在偷我生命中的時間，一小時又一小時、一天接著一天。那些時間再也買不到，再也存不下來，也不能靠它生利息，或拿它來投資。能做的就只有不停地用，一次一秒鐘地用。我心裡的那些人總是悄悄溜進腦海裡，夜以繼日偷走我的時間。我已經失去好多時間，得加快腳步才能彌補啊。」

「莎莉，妳在發抖。」

「抱緊我，艾許醫生，我快要崩潰了。」

他把我緊緊摟在懷裡。「妳被剛才和梅森之間的事嚇壞了，別擔心，會過去的，試著放輕鬆，我會盡量幫妳冷靜下來。他知道黑——」

我貼緊他，雙唇緊湊著他的唇，用吻打斷他的話，他也深情地回吻我。

好一陣子之後，他把我拉開，看著我的眼睛。「妳為什麼不讓我催眠妳？」

「因為我想控制自己，艾許醫生。」

「我不應該吻妳的。」

我伸出指頭抵著他的嘴。「是我吻你的。」我說著又吻了他一下，但這次只在他唇上輕輕一碰。

「我愛你，艾許醫生。」

他搖頭把我推開，起身看著我。「這麼做是不對的，莎莉。」

「你也想要我，我很清楚。」

「我得走了。」

「你不能就這樣丟下我，如果你不想要我，至少也給我一點愛吧。」

「我辦不到！」他大叫著說：「看在老天分上，我說我做不到，妳難道不懂嗎？我太太就是因為這樣才自殺的。」

這句話猶如一巴掌把我打醒，我凝視著他。「你在說些什麼？」

「一個人心力交瘁的時候，影響的不只是他和病人之間的關係，他整個生活都會受到影響。你倦了、累了，再也不想關懷別人。外表一切看起來都很正常，但其實內心早就已經死了。」

他搖著頭，來回踱步，心裡的話再也藏不住。「有好幾年時間，我都能把這種情緒藏得很好，不但同事沒發現，甚至連病人也察覺不到，但這一切卻瞞不過我太太。我試著讓她瞭解，這不是她的錯，不是因為我不再愛她。身和心是一體的，我身心俱疲。如果一個人夜以繼日治療那些心裡生病的人，逼自己的心不斷、不斷突破以往的極限，奢望身體不受到影響是不可能的，這種感覺會慢慢消磨你。一開始，你很關心其他人，願意為他們奉獻自己。然後，同樣的生活，未曾間斷的抨擊，日復一日、年復一年重複再重複，讓你的情感越來越遲鈍，終於麻木不仁。所有同情都被你用光了，沒剩下一絲一毫給自己和家人。但你隱藏得很好，你知道大家都希望看到一個富有同情心的你，於是你開始假裝。然而，你也開始鄙視自己是個偽君子。你開始為自己辯駁，說之所以這麼做，是為了滿足其他人的需要。不過，連這也都是個謊話。大家都能感覺到你的冷漠，也都覺得你有所保留。尤其是那些精神分裂患者，他們真是敏感。噢，我的天啊，你假裝關心的時候，他們心底可是一清二楚。靠著說謊過日子，你的心因此日漸枯萎。」

看他眼眶泛淚，我好想抱抱他，卻不敢打斷他正在宣洩的情緒。

「我太太很清楚，琳兒是個纖細、柔弱的女人，我再也無法和她做愛之後，她就開始怪罪自己。我的身體無法回應她的需求，再多甜言蜜語也於事無補。」

他直盯著我。「妳不懂嗎？她不是自殺的，是我殺了她。我把那條繩子套在她脖子上，繞過樹枝，再把她腳底下的椅子一腳踢開。是我殺了她，因為我是個騙子。我被掏空了，什麼也不剩，整天晃來晃去，假裝自己還活得好好的。」

我握住他的雙手，拉他在我身旁坐下。「艾許醫生，很高興你把這些話告訴我。但就像你說的，你的病人很清楚你只是假裝關心，不過，你假裝不關心的時候，我們也同樣心知肚明。」

他探索著我的目光，正準備反駁，我隨即伸手摀住他的嘴。「讓我說完。」我說：「或許那時候的你真的是心力交瘁，不過，我可以感覺到你的改變。我知道你愛我。如果你除了自己之外，還能夠愛另一個人，那你就有能力去愛其他更多人。看著我的眼睛，告訴我你不愛我，你做得到嗎？」

他搖頭說：「妳知道我很愛妳。」

我輕撫他的臉頰。「如果你說得沒錯，身心會相互影響的話，你的身體應該也能夠感受得到愛才對。」

「莎莉，住手……」

我輕輕吻著他，解開襯衫，撫摸他的脖子。在我的親吻下，他的身體止不住輕輕顫抖，在失敗的恐懼和可能成功的罪惡感之間天人交戰。我緩緩褪下他的衣服，他再也按捺不住心中的渴望。我推開他，只見他一臉詫異地看著我。

「慢慢來。」我說：「我們要很慢、很溫柔地一點一點來。別急……我們先來愛撫……」

我的手在他身上遊走，彷彿有股暖流在我倆的指尖與肌膚間流動。他親吻我的胸部，探索我每一吋肌膚，沒多久，就脹滿勃勃生機，蓄勢待發。

「莎莉，」他低聲道：「我已經好久沒做愛了，我們不可以——」

「我已經是個真正的人了，艾許醫生，完完整整的人，我也希望你變成一個完整的人。」

我帶著他進入我體內，就在他慢慢融入的那一刻，前兆又出現了。我摟著他的脖子，握緊雙手開始捏，我的腦袋不斷抽搐。他一次又一次挺進，力道貫透全身，直逼腦門，如巨石般反複擊打我的頭腦。

我好想大叫，但只要一叫，他一定會停下來，性致全失。我只好在腦中放聲尖叫，不停捏自己的手，不讓那要命的痛把我摧毀。不！快離開我！我要做個完整的人！

做愛時，艾許醫生把他全副身心都獻給了我，而我只能以痛苦回報。一番雲雨之後，他溫柔地親吻著我，我鬆開緊握的雙手，頭痛欲裂。一個熟悉的尖叫聲在腦中迴盪，我突然想起被我遺忘的那個人是誰，只能放手。

金妮發了瘋似地狂叫。

她的頭髮化成了蛇，我害怕只要一看見那張臉，就會被變成石頭。她像黑暗天使般無情地攻擊我，把現實從我手中奪走。眼前的世界幻化出種種異象，上一刻，我感覺自己彷彿是口瓶子，滿滿盛著他對我的愛，下一刻就分裂成兩張對望的臉，由她來接管。金妮出現了，一切都在她掌控之下。我在黑暗的深淵裡抬頭望，看著、聽著、感覺她心裡的一切。

艾許醫生把金妮擁在懷裡，她看了這個中年男人一眼，呸地吐了他一口口水。

他舉起手保護自己的臉。她用指甲在他的手背亂抓一通，扯住他的頭髮，又踢又叫……

「你這混蛋！齷齪的老色胚！滾開！該死的王八蛋！我要把你的眼睛挖出來！我要你死！」

她全身赤裸跑進廚房，找出一把切肉刀。這下他插翅也難飛了，只要他一死，金妮就會擁有自己的身體、心靈和生活，她要一手掌控自己的存在。她會展開一場瘋狂大屠殺，沒有人能制止她，就算殺了人，她也不會有事，只要拍拍屁股，讓其他人來背黑鍋就行了。不過，現在只剩兩個人，而不是五個。第四位莎莉會被懲罰，金妮卻仍舊逍遙法外，隨時準備再殺個痛快。

首先，要有血和灰燼才行，艾許的血。

她看見艾許醫生站在門口瞪著她。此時，他已經穿上褲子。看見她手裡握著把刀，他馬上從皮椅上抓起一個椅墊。雙方準備對決！她要把他的皮剝下來釘在牆上。她要親耳聽他慘叫，任他如何哀求都不眨眼，一刀切斷他身體和靈魂的連結，扔進洞裡去。

「我要先好好折磨你，」她尖叫道：「再把你給殺了！」

她一刀砍進皮椅墊裡。

「求求妳，金妮。」他說：「冷靜下來，我們好好談談。」

「你用你說的那些話來殺人，」她用那低沉的聲音說：「你的話是條繩子，高高掛在知識的樹上，吊死了你太太。現在你又把話塞進其他人的喉嚨裡，打算故技重施。你手淫的時候，射出來的話又濕又黏，碰到的人都會染上性病。被你隱藏在背後的意義殺人不眨眼，這一切都是謊話……謊話……無盡的謊話！」

「金妮，妳恨我沒關係，但動刀是絕對找不到答案的。」

「那我用刀來發問吧，讓刀劃破真實的界線。」

她手裡的刀時而左右揮舞，時而前後急刺，他的胸膛掛彩，手指也捱了一刀，再也握不住手裡的椅墊。他不再後退，反而猛撲上前，讓她大吃一驚。她在他肩上劃了兩刀，旋即被打倒在地，拿刀的那隻手腕被他的膝蓋牢牢抵住，他毫不遲疑伸手掐住她的喉嚨。

「臭婊子！」他狂吼，「我先把妳宰了，妳根本不存在！妳是地獄裡的夢魘！」

他的拇指越掐越緊，窒息的感覺讓她覺得有點頭暈，卻絲毫不覺得痛。四周漸漸變暗，他的臉越來越模糊。她知道，想活命的話就得趕緊離開，讓莎莉來死吧。讓他親手結束莎莉的生命，莎莉一死，金妮就自由了，他會因此懊悔不已，自殺謝罪。

她感覺到他突然放手，氣急敗壞地說：「我的天啊，我到底在做什麼？退入黑暗！」

金妮開溜時心想，這樣對她們一點好處也沒有。現在的她已經更強大了，隨時可以再次掌控莎莉，而且要待多久就待多久。

因為，只有她才能面對黑暗裡的……

18

醒來時，我人在一間病房裡，雙手雙腳成大字形，被皮銬固定在床的兩頭，刺鼻的尿味聞得我直想吐。頭頂上的燈泡外頭用鐵絲網包著，窗戶也上了條鎖鍊，窗外白雪紛飛。

我想叫人來，喉嚨又乾又痛，就算用盡力氣，也只勉強發出一絲沙啞的聲音。鑰匙轉動，一位穿著皺膠底鞋的護士捧著一盤食物走進來。鑰匙在她腰間的皮製鑰匙護套裡叮噹作響，是芬頓太太。

「好了……好了……」她說：「金妮，午餐時間到了，如果妳再把食物吐到我臉上，我可要替妳插胃管灌食喔。」

我告訴自己，別慌，看看到底發生了什麼事。很顯然她弄錯人了，芬頓太太不知道是我。

「聽懂了嗎，金妮？」她語帶威脅地瞪著我。

我點點頭。「我會聽話的，芬頓太太。」

她有點吃驚。「喔？總算有點不一樣了。」

「如果給妳添了什麼麻煩，請原諒我。」

她似乎被搞糊塗了，更仔細地打量我。「妳叫什麼名字？」

「莎莉．波特。」

她的眼神漸漸變得柔和。「呼，也該是時候了，莎莉。感謝上帝，我們等妳等好久了。

等我一下，艾許醫生說，妳一醒過來要立刻通知他。」

「我還是得被綁在床上嗎？」

「等我回來就幫妳解開，再忍耐一下，我們會讓妳好過些。」

芬頓太太離開後沒多久，又和臉上纏著繃帶的大嘴杜菲一起回來。

「我不相信這婊子。」杜菲一臉不屑。

「沒事了，」芬頓太太說：「是另外一個。」

「什麼雙重人格，老娘我才不信，全是騙人的。如果她敢再咬我的臉，我一定會要她好看。我們不該把皮銬拿掉。」杜菲替我拆下左腳的皮銬，兩隻眼睛一直惡狠狠地瞪著我，好像知道我一定會踹她。她看我什麼反應也沒有，不以為然地說了聲：「裝死。」

「艾許醫生的囑咐是，只要她說她叫莎莉，就立刻替她解除身上的束縛，我們快把她弄出來吧。」

「如果我弄傷了妳，請原諒我。」我說：「我不記得了。」

杜菲把所有皮銬全拆完時，艾許醫生人剛好也到了。一看見他，我就忍不住放聲大哭。

「沒事了，莎莉，想哭就大聲哭出來吧。妳剛作了場惡夢，現在妳醒過來了，這才是最要緊的。」

「發生了什麼事，艾許醫生？我們原本還在一起，然後……」

他點點頭，要杜菲先離開，但要芬頓太太留下來。

「芬頓太太替妳梳洗完畢後，會帶妳到我的辦公室，到時我們再好好談。」

「我怎麼了，艾許醫生？」

他凝視著我的雙眼。「我們犯了個錯，妳就像沉睡了好長一段時間，莎莉。等妳到了辦公室，我再解釋給妳聽。我們拍了卷錄影帶，也該是知道事情真相的時候了。」

沖了個澡後，芬頓太太幫我梳了梳頭，替我從家裡帶來的衣服中挑了一件出來。我請她替我拿那件藍色洋裝，我知道艾許醫生最喜歡看我穿這件衣服。我巴不得趕快和艾許醫生見面，但她堅持要我先吃點午餐。

我說有點暈，全身懶洋洋的，不大對勁。

「那是妳，或者該說是她吃了藥的關係。德美羅（Demerol）止痛藥對另一個人一點效果也沒有，艾許醫生說，不可以讓多重人格的病人吃Thorazine，只好給妳吃些新藥，但妳的反應可能會不太一樣。妳的動作會有點遲緩，這是正常的。」

走廊上，每扇門前都放著一雙鞋，看起來彷彿鬼魂在站崗，我們必須穿過交誼廳才能出去。有些病人一看見我馬上口出穢言，有些人立刻轉頭面壁，一副怕得要命的樣子。我究竟成了什麼樣的惡魔，竟然可以把他們嚇成這副德行？

芬頓太太要我在玻璃隔間的護理站外頭等，她撥了通電話，說她正要帶我過去。裡頭有些護理員正在喝咖啡，紛紛對我投以異樣眼光。其中一個人還跑出來，緊緊湊到我面前。

「妳叫什麼名字？」她問。

「莎莉・波特。」我回答她。

「妳騙人。」她說：「妳裝瘋賣傻或許騙得過其他人，不過我可是會好好盯著妳。」

芬頓太太走過來，要她別煩我。她打開走廊上的門，帶著我離開交誼廳。

走了好一陣子後，我們搭電梯到最底層。走出電梯，穿過地底通道，沿路上每個路口都設有一道鐵絲網大門。

「這是什麼地方？」

「這是通往戒護病房的地底通道，所有建築物都有地底通道可以相互連通，這樣一來，我們就不必帶著病人到戶外，在一棟又一棟大樓間來回奔波。」

「從外面看起來，這些建築各自獨立，恐怕永遠也想不到它們其實是連在一起的。第一次來的時候，我還不知道有這些通道。」

「莎莉，那時候妳是自願住院，妳從來不需要被送進戒護病房。」

「我這次情況很糟嗎，芬頓太太？」

她連看都沒看我，點了點頭。「我從來沒看過這麼可怕的病人。」

通道緩緩向上，我們來到一扇厚重的雙重門前，芬頓太太從腰間的皮帶上，掏出一支鑰匙把門打開。跨過門，迎接我的是那涼爽、熟悉、光線充足的接待室。

瑪姬一見到我，立刻給我一個暖暖的擁抱。「莎莉，真高興再見到妳，妳還好嗎？」

「有點懶懶的。」我說。

「我最好趕快回病房去，」芬頓太太說：「妳會再打電話叫護理員送她回來嗎？」

「我來處理就好，」瑪姬說：「謝謝妳。」

芬頓太太拍拍我的肩膀。「祝妳好運，莎莉。」

瑪姬帶我走向艾許醫生的辦公室。一進門，他馬上起來對我說：「找個地方坐，莎莉，我們還有好多事要忙。」他對瑪姬點點頭。「把上星期我們拍的那卷錄影帶拿來。」

「上星期？」我低聲說：「有那麼——？」

他點點頭。「快一個月了。」

「天啊，你要給我看什麼，艾許醫生？我好害怕。」

「害怕是很正常的，莎莉。不過，妳一直不知道暈倒之後發生了什麼事，現在是該告訴妳的時候了。妳一定覺得好像在睡覺，但妳的身體還醒著。我們已經把妳的其他人格融合，她們叫什麼名字就不提了，而妳也發展出遺忘機制，來對付那些人格和這整件事。我覺得，這是件好事。」

「那你為什麼還要給我看錄影帶？」

「前幾次融合，都是等到妳和對方有所接觸後才開始進行的。」

「你該不會又要改變我吧？」

「莎莉，我原本以為可以不必這麼做。我原本希望，妳變得更完整、更有深度也更豐富之後，就能壓得住另一個人。不過，妳變強的同時，她也越來越強大。她彷彿在另一邊跟著妳亦步亦趨，我們沒辦法把她鎖起來，就此遺忘。我們必須好好處理她，釋放她，抒解她越來越多的憎恨和狂暴的衝動。」

「我還以為你關心的人是我，艾許醫生。」

「我是關心妳啊，莎莉，妳千萬要相信我。」

「我不知道，艾許醫生。或許你內在的那個科學家、研究員又佔了上風，一心只想看看之後會發生什麼事，你對我的感覺已經比不上完成工作的重要性了。」

「我們別無選擇啊，莎莉。」

「有，愛可以辦得到，愛可以戰勝憎恨。」

「那是杜芮才會說的話，抱歉，我不該提她的名字。我想說的是，如果妳理性地想想，就會明白妳說的是情緒話。我很清楚，『愛能戰勝一切』這種話，我們兩個都不是那麼相信。」

他的話讓我很難過，但他說的卻是事實。

「我好害怕，艾許醫生。」

「每個人都害怕自己那些強烈的衝動，但我們可以把這些衝動導入積極正向的行為當中。

「妳幼小的心靈把被壓抑的憤怒隔離出來，讓它和完整的自我分開，自成一個如滾燙油鍋般永無寧日的小天地，再給它個名字，就這樣創造出第一個暴戾而邪惡的人格。」

「我想，精神科醫生應該不會用那個字眼才對。」

「沒錯，那是道德判斷，不過，我們還可以怎麼樣形容，那個在妳心靈的黑暗面裡，把妳搞得天翻地覆的人呢？」

「如果以後我恨你怎麼辦？」

「那是我必須冒的風險，如果必須放棄妳，才能挽回妳的生命，那也是我道德上應盡的義務。」

「現在是誰在說情緒話啊？」

「我們換個方式說好了，就我的專業立場來說，如果我們堅持到底，她總有一天會毀了妳。」

「你不希望這變成你良心的負擔。」

我看得出來，這句話傷了他。「對不起，艾許醫生，我這麼說很不公平。」

「妳說的也不完全不對。」

「你是說，這終歸是場賭注嗎？」

「沒錯。」

瑪姬走進來時，手裡拿了卷錄影帶，艾許醫生接過來，放進電視裡。一開始，我連看都不敢看。只聽見一個低沉、沙啞、滿嘴髒話的陌生聲音傳進我耳裡。我摀住耳朵，眼睛也不敢睜開。但那聲音還是傳進我的腦海，於是我慢慢把手放下，望向螢幕。

我曾經夢過這張臉，但從沒看過她控制我的身體。怒目圓睜的臉因憤怒而扭曲，只聽見她說：「……王八蛋！等我掙脫這些皮銬，一定要把你的眼睛挖出來。你只是想利用她、操她，你還以為可以孤立我，讓我發揮不了作用。你等著看我怎麼耍你吧，我會趁你想不到的時候殺了你，然後再把莎莉也殺了。」

「那妳怎麼辦，金妮？」

「我會像風一樣自由。」

「妳也會跟著一起死。」

她狂笑起來。「艾許，我相信有來生，我是惡魔的孩子，我的靈魂會進入另一個人的體內。你明白了吧，我只是心靈中的幻象，可以任意轉換軀體。她的身體死亡之後，我會再找一個……再下一個……或許我生在這裡，但我一直很想四處旅行。女巫不死。我在薩冷鎮被燒死之後，又藉著她的身體活了過來。[20]」

我覺得既驚訝又噁心。竟然有個長得和我一模一樣的人，滿臉仇恨，不停咒罵，真是太不可思議了。我終於瞭解，這一切都得怪我。為了逃避痛苦，我用想像力創造出這個怪物，之後卻又拒她於千里之外。每次出事，受懲罰的都是她，其他人說謊、當偽君子，或有什麼變態舉動，後果也都是她概括承受。她說她很孤單，滿心痛苦，聽了我忍不住眼眶泛淚。我知道這聽起來有點蠢，但我好想把她抱在懷裡，溫柔地對她說：「妳再也不必孤單，再也不必活在仇恨中了。」我要彌補她的傷痛。

「我沒有權利否認她。」我說：「我是負責任的人，在我改變心意之前，趕快動手。」

他關掉電視螢幕，對我說：「我就知道妳會這麼想。」

把我催眠之後，他請金妮出來，但金妮不願配合。

他說：「如果她不願配合，或許我們可以透過妳來找出原因。」他把我帶回金妮出現的那一刻，我記得……

我當時七歲，那是我爺爺去世前不久，某個十二月的早晨。我看見我在布魯克林區舒特大道旁，一間雜貨店樓上，奈媞奶奶的家裡面。我媽要去成衣工廠上班時，有時會把我帶來這裡。我一個人在廚房裡，聽見奶奶起床從臥室裡走出來，套上高統鞋套還有那件羊皮背心，冬天早上她要出門送牛奶時總是這身打扮。她說，我得待在爺爺的房間裡，萬一他需要

⑳ Salem，位於美國東北部麻薩諸賽州，於一六九二至一六九三年的宗教迫害期間，曾有十九人因被控操弄巫術而在此地被判絞刑。

什麼東西，我才可以幫他。我說我不想一個人跟爺爺在一起，我很怕他會對我做些不好的事。

她反手就是一巴掌，警告我不可以用這種要不得的謊話侮辱一個德高望重，而且還在主日學校教書的長輩。她囑咐我坐在床邊，才知道他是不是想拿藥或是便盆，然後就把我反鎖在他房裡。

我害怕得不停大叫，但她的腳步聲漸漸走遠，外頭的門開啟又關上，我只好縮在上了鎖的門邊哭個不停。轉頭，我看見爺爺靠在三個大枕頭上，緊盯著我，他皮膚泛黃，臉頰凹陷，掉光牙齒的嘴上爬滿了皺紋。他要我替他倒杯水，我尖叫著說，我絕對不會靠近他，也絕不讓他碰我一根寒毛。他說，他對我做的那些事，是我自己想像出來的。他還說，他是我爺爺，很疼我這個可愛的小孫女，想要教我玩些遊戲。他掙扎著掀開毛毯，把睡衣褪到膝蓋以下，露出那根硬挺挺的陽具。我閉上眼睛，乞求上帝殺了他，這樣我就不必再看見他，不必再摸那東西，不必再聽他的話，做那些噁心的事……

下一段記憶充滿玫瑰的香氣。我一睜開眼，就看見他躺在棺材裡，腫脹的臉上不再泛黃，而是一片慘白，活像櫥窗裡的假人，周圍站滿許多眼眶泛著淚光的人。我靜靜坐著，不知道這是哪來的魔法。我是希望他死沒錯，卻不知道光是用想的就可以殺死一個人。

我聽見許多人在說話。有人說，他是個好人，主日學校一定會很懷念有他上課的日子。有人說，他看起來好像是因為痙攣而死，莎莉和一個瀕死的人共處一室，還能這麼冷靜，真了不起。我什麼也不記得，但我知道最好什麼也別說。

這是我第一次失去記憶。

艾許醫生把我帶回現在，我說：「金妮就是在爺爺打算侵犯我的時候出現的。」

他又試著請金妮出來，還是沒成功。他沒放棄，試了第三次，告訴我，爺爺死去那天，金妮也會出現，她會記得自己一個人跟他待在房間裡。

金妮睜開眼，這一次，我好像也在現場注視著她。她不知道自己在房間裡待了多久，轉過身使盡所有力氣去撞門，想把門撞開。爺爺揮揮手，要她到床邊來。他掀開衣服，她最痛恨他這麼做。

「來爺爺這邊，莎莉，乖女孩，對妳的老爺爺好一點，不會痛的。」

莎莉忿忿地瞪著他，四處張望，想找個東西來保護自己。她慢慢靠近床邊，假裝就範，就在他要伸手抓她時，她卻立刻後退。一來一往，他總算抓住她的頭髮，把她拖到床邊，脫下她的內褲。

「妳一定要對爺爺好一點，我是個老人，日子不多——」

她不停尖叫掙扎，卻沒人聽見，也沒人來救她。情急之下，她伸手到他腋下搔他的癢，他笑著縮了回去。她在他腋下和肚子旁邊又試了一次，他總算放開她的頭髮。

「我要好好教訓你！」她大叫道。

「住手，莎莉！」莎莉搔遍他全身上下，弄得他上氣不接下氣笑個不停，在床上滾來滾去，卻怎麼也躲不過她飛快的手指。他笑著笑著，一口氣卡在喉頭，咳了幾聲。莎莉這才發現，只要她繼續，他就沒辦法傷害她。他的咳嗽聲漸漸轉弱，只剩游絲般虛弱的氣息，然後突然「哇」的一聲吐了出來。她受不了嘔吐物的惡臭，連忙後退。他兩眼暴突斜躺在床上，嘴上掛著僵硬的笑容，嘔吐物沿著臉頰緩緩流下。

她穿上內褲，坐在門邊的地板上，靜靜等著。

不久後，奶奶回到家，進房打算帶她出來。「噢，可憐的孩子，竟然讓妳看見這麼可怕的事。」

金妮說：「他想對我做壞事，很高興他總算死了。」

奶奶又賞了她一巴掌，氣沖沖地嚷著：「妳這壞小孩，妳敢再說一次試試看。不准對其他人這麼說，不然妳就會直接掉進地獄，永遠被烈火焚燒。妳這個壞小孩，邪惡透了……簡直是惡魔的後代。」

金妮轉身衝出屋外，在寒冷的十二月天裡不停奔跑，想把那噁心的味道、奶奶的巴掌和爺爺暴突的死魚眼全都遠遠甩在腦後……

我聽見艾許醫生的聲音，呼喚金妮回到現在，但她不願回來。她想這麼一直跑下去，永遠不要再看到我們。她不想再回到幽暗的深處，只想留在外頭逍遙。她心想，她被關在裡頭，實在沒理由總是讓我出來快活。不過，艾許醫生還是可以把她帶回來，我感覺有股力量慢慢拉著她，他聽見……「妳可以記得所有事情，或者其中一部分，或完全忘記……」

我睜開雙眼，兩行熱淚汩汩而下。「我從來沒想過要那麼做，艾許醫生。我試著告訴奶奶跟我媽媽，但她們都不想聽，沒有人願意幫我。他硬逼我做那些噁心的事，她們卻一點也不在乎。我試著告訴她們，她們卻罵我是說謊的壞小孩。我好懊悔，真的好懊悔……」

「不要把他的死怪在自己身上。」

「我因為恐懼和憤怒而創造金妮，我得重新接受她才行。」我說：「快動手，艾許醫生，我一個人跑開躲起來，留她自己承受我所有的痛苦、心碎和憎恨，她卻一點也感受不到我的幸福和快樂，這樣太不公平了。」

艾許醫生要我握緊雙手。「金妮，妳因為痛苦和憤怒而生，」他說：「但現在，莎莉希望重新接納妳。」

我聽見她的聲音大喊：「門都沒有！我要一直做自己，直到天堂和地獄合而為一的那一刻為止。」

指甲深深掐入手背，弄得我好痛。一低頭，發現我竟然流血了。

艾許醫生目瞪口呆，彷彿不知該怎麼辦才好。「其他人都是自願融合的，」他說：「我早該知道，金妮絕對不會答應，我們無法逼她拋棄她的身分，她必須自願放棄獨立的狀態才行。」

「一切全都白費了。」我說：「所有的人，所有努力都白費了，融合也白費了。每次一眨眼，就會像幻象一樣變個模樣，要我過這樣的生活，還不如死了算了。」

「千萬不要放棄！」他激動地大喊。「一定有方法可以繞過她。如果回到更久之前，我們或許可以避開她的防衛。」

她的大笑聲從我喉嚨深處傳來，我絲毫無法控制。「那你們可得回到人類意識誕生的破曉時分才行。」

ＩＳＨ的聲音在我腦中響起——那就是答案和問題的關鍵所在，回到原初吧。

我把協助者的話告訴艾許醫生。

「好吧，」他說：「如果ＩＳＨ覺得需要這麼做，那我們就照做吧。」

我很害怕，但只是靜靜坐著，聽他繼續說。

他拿起金筆。「妳的心是台時光機，妳要回到久遠的過去。當我從七數到零的時候，指針就會回到人類意識誕生的黎明時分，把妳看到的描述給我聽。」

他開始倒數，我的心隨之回溯。

回到金妮的心裡，憎恨、思緒、回憶……

無盡久遠之前，她心想，這應該夠久遠了。遠在防衛出現之前，遠在人類自我意識產生之前，所有的心不分彼此，沒有人格之間的隔閡，只有一個全知全能的宇宙心靈，無須語言亦能相互溝通。心靈與心靈間水乳交融，所有想法都對彼此公開。沒有恐懼、沒有痛苦、沒有憤怒。默然中，一切運作自如。宇宙心靈如風，拂起片片如葉翩飛的靈魂，毫無隱瞞。沒有猜忌、嫉妒與憎恨……每一個心靈都向全體敞開自己，沒有困惑的潛意識，沒有夢魘，宇宙心靈行走在大地之上。

始料未及的事竟然發生了，冬日越來越長、越來越嚴寒，在人類幾萬年的記憶中，從未經歷過如此酷寒。無數心靈挨餓受凍，懇求心靈施予更多食物，卻總是未能如願。

心靈下定決心，只能餵飽其中幾張嘴，剩下的嘴得像樹枝一樣，稍微修剪修剪，只能留下幾萬人，其餘的只能由造化決定。

有人孤軍反抗，一個女人向心靈偷來自我意識，孤立出一小塊角落，一方私密的小天地。族人不知道她是誰，人在哪裡，只能憑直覺猜測，該是在宇宙心靈裡某個荒僻的角落，那個女人就是我。

我生來與眾不同。當他們將我從溫暖的胸脯前抱開，我哭喊著還要更多奶水。不多久，時間消逝的感覺開始令我不安。我不知道，飢腸轆轆時，原來只有我一個人會生氣。心靈意識到了，族人因此開始提供我更多食物。第一次性交時，我感受到一種非比尋常的震顫，心靈大為震驚。從來沒有哪個部分如此關注他自己的身體。

哺餵自己的孩子時，我感到一股溫暖的悸動，而當另一個女人也想來哺餵時，卻被我拒絕了，我不願接受其他人的孩子。生命的每個階段，我都因為自我的感覺，受到宇宙心靈的懲罰。單獨的妳並不存在，宇宙心靈低聲對我說，存在的只有這個整體。

然而，有一天，我在自我意識的某個角落裡，發現一道細縫，伸手在磨損的意識上挖出一個洞。起初，幽暗未知的彼方令我恐懼，急忙在宇宙心靈發現之前走避他方。不過，要遠離它實在太困難了，三不五時我就會像舌頭探索脫落的牙齒般，屢屢試探。我發現，穿過這個洞，就能把自我思想送出集體心靈的天幕之外，安放在我自己的意識天地裡，沒有人會發現。

我開始蒐集種種私密的念頭和感覺，再把它們藏起來，一如把採集回來的莓子，用樹葉包好儲存在洞穴外頭，只讓我自己的心靈知道，不讓群體的心靈發現。當我幼小的女兒因飢餓而哭泣，我會偷偷哺餵她，不讓心裡浮現絲毫念頭，免得宇宙心靈發覺。我也這麼對待第一個和我性交的男人，彼此慢慢發展出異於尋常的關係。

我的寶貝長大後，在眾多族人中，唯獨偏愛我一人。這種異乎尋常的情況讓宇宙心靈很苦惱，儘管如暴風般掃過族人的意識，卻找不到我那私密的心靈空間。其他人挨餓時，我和我的男人與小孩都還有東西可以果腹。我教導我的孩子，如何為她的思想建立專屬的私密心靈空間，如何不被他人察覺，如此一來，紛雜的記憶和種種學習經驗才能不斷累積。我那壯碩的男人找到了肉，藏在森林裡，也沒讓其他人發現。我們一起教孩子怎麼如法炮製。

這時，宇宙心靈起了疑心，它側耳傾聽，四下搜尋探索，終於還是發現了我們，所有族人起而攻之。我們痛苦萬分，我無法承受意識的煎熬。我們什麼事都沒做錯。再也無法忍耐這種情況了，我們要逃離宇宙心靈，各自找尋一個私密的天地，存活下來。

於是，我們穿越那個洞口，一腳跨進自身的意識中，把宇宙意識懲罰我們的苦難和痛苦全都隔絕在外。宇宙心靈把我們驅趕向更遠的遠方，滔滔洪水席捲而來，封死了那個洞口，把我們永遠封鎖在外，再也無法重回那偉大的思想。知識逆反，我們私密的空間成了我們的意識，而共同的偉大心靈卻成了我們的潛意識。

我成為新人類的母親，每個人都是獨立的個體，擁有各不相屬的意識。我們永遠被隔離在人類偉大共有的存在之外，只能在夢境、癲狂或神秘的啟示中，偷偷溜回去，汲取一些滋養，卻再也無法和人類的意識合而為一。

我的子孫不斷繁衍，由於對身體的意識，體能因而越來越強壯。不可告人的企圖、貪婪與欲望相繼浮現，火、車輪、刀、槍砲也陸續出現。一代繁衍過一代，逐漸佔據整個地表，而無視這些化外之徒的宇宙心靈仍不斷修剪它的枝葉。新人類學會了憤恨和戰爭。我的每一個子孫都把他或她對於偉大心靈的記憶喚作「靈魂」或「心靈」，急切希望能夠重回它的懷抱。然而，大地之上不再只有一種語言、一種文字和一種思想，取而代之的是一座高聳的巴別塔。

人類就這樣創造出多重人格，從此過著痛苦悲慘的日子……

金妮娓娓訴說她的奇想，我聽得直打顫。她顯然瘋了，對金妮有更多瞭解之後，我慢慢相信，她把自己從人類中自我放逐，而我為了遠離邪惡，也將她隔絕在外。過去，我一直拒絕接受靈魂深處充滿憤怒與痛苦的那一面，我必須為此負責。然而，金妮卻說，人類從原初以來便一直如此……

身為大我，我必須打開通往那幽暗角落的通道，讓她融入其他的我當中，也必須接受她最真實的模樣，連同她自己一人受苦所產生的憤怒、挫敗和憎恨也一併接受。我不住顫抖，若無法得到她的寬恕，給她我滿滿的愛，我永遠不可能變成真正完整的人。

艾許醫生輕撫我的手臂說：「必須由妳出面和金妮溝通，我想，她是不會理我的。」

我敞開心胸說：「金妮，請妳原諒我。」

她沒回答。

「金妮，我到現在才知道妳經歷了多少痛苦，又為什麼會被我隔絕。妳是我永遠難以表達的憤怒。我希望妳回到我身邊，我希望成為完整的人，一個真正的人，只有透過妳，我們才有能力實現這個夢想。如果我們無法和平共處，等著我們的就只有撕裂、死亡和毀滅而已。」

「我對事情的現狀很滿意。」她說。

「但我們不能永遠這麼活下去。」我告訴她。「現在，我們兩個都太強大了，我們會把自己給撕裂的。金妮，我們沒辦法這樣一分為二地活下去，而且也不能再繼續活在虛構的世界裡。未來的日子裡，我們不能再盼望那個睡眼惺忪的郵差用郵袋背我們到魔法城堡去。我們必須同心協力，活在當下，協助者也是這麼想的。」

金妮嘆了口氣，這是我這一生中聽過最深沉、最悲痛的嘆息。

「請妳原諒我，金妮，原諒我讓妳受了那麼多折磨。我把這一切全推到妳頭上，當妳痛苦反擊時，我竟又把妳視為魔鬼。求妳也原諒我這點，回到我身邊來。我要妳，金妮，我需要妳。我因為妳受的折磨而愛妳，我發誓再也不會把妳趕走。」

她又嘆了口氣。「好吧，」她說：「我又冷又怕，再也不要孤零零一個人了。」

「妳同意嗎？」艾許醫生問。

「我同意。」她答道。

「好，走出黑暗。」

她步出幽暗的洞穴，站在我身旁，我握起她顫抖的手。

「當我數到六，」艾許醫生說：「金妮將不再抗拒融合，此時此刻，妳們即將展開一段新的旅程。我說要數到多少，金妮？」

「六……」她輕聲道。

「妳的身體不再被陸地封鎖，」他說：「妳的意識彷彿一條河流，從挫敗、絕望的高山順流而下，流過清泉、小溪……」

她看見自己是條河流，起初是山間縹緲的雲霧，從天而降，沿著地表的輪廓順流而下，流淌過枯槁的樹木、繞過巍峨的巨石，流進地底的洞穴與裂縫中。

「……挫敗的河水匯入如密西西比河般奔騰的憤怒之河，流過莎莉心中的大陸……」

她看見自己的滾滾憤怒幾乎潰堤，挾著泡水的記憶殘骸奔流而下，憎恨與狂怒在我心靈的平野上大肆氾濫。激流騰湧向南，片刻不停，投入墨西哥灣的懷抱。

「從今以後，妳們將合而為一。」他說：「金妮的憤怒、憎恨與傷痛將永遠沐浴在莎莉暖暖的愛中，再也沒有一個獨立的金妮。莎莉為妳敞開心胸，只剩下第五位莎莉，如果有需要，她會把心中的不友善和攻擊的情緒表達出來。當我數到五，莎莉就會醒來，再也不需要另一個獨立的意識。在妳們有生之年，都將合而為一。妳們將會記得……」

我滿懷恐懼。

「一……」

哭泣的聲音。

「二……」

是ISH。

「三……」

它的表情極度痛苦，張大了嘴，眼神充滿憤怒。

「四……」

它為了救我，吸收了金妮所有的憤怒，是奧斯卡。

「五……」

我試圖停止融合，但已經太遲了。

奧斯卡和金妮消失無蹤，我知道協助者為了幫助我融合，犧牲了自己的生命。如今，我爸爸真的死了。

我對他又叫又罵，恨不得連呼吸時都不要停。胸中的熊熊怒火逼得我不得不用力抓緊桌緣，生怕一放手整個人就會撲向他。

「沒關係，莎莉，」他溫柔安慰著我，「我早就知道妳會恨我。」

「豈止是恨！你這噁心的傢伙，你簡直讓我作嘔，你把奧斯卡殺了。」

我不再壓抑心中的情緒，身體不斷顫抖，兩行淚水簌簌滾落，哭得我心力交瘁。

「我愛你，也恨你，我不懂為什麼會這樣。」

「妳找回了所有的情感，莎莉。」

「可是我明明不想恨你。」

「莎莉，妳慢慢會懂得怎麼表達和抒解情緒，妳再也不會是那個個性隨和，永遠一副好脾氣的人。必須生氣時，妳會把怒氣宣洩在對的地方。」

「還不止這樣，有些壞事我也幹得出來。我有辦法說謊、騙人、偷東西，我甚至有辦法殺人。」

「每個人都有能力做出這些事，但這只是五分之一的莎莉。妳的其餘部分還是具備人類的良知，可以幫助妳控制自己。」

「以後我會變成什麼樣子？」

「妳會有個全新的開始，妳會逐漸瞭解自己有多複雜，妳會慢慢恢復人性，妳不會繼續尋找奧斯卡，妳會開展全新的生活。」

「噢，天啊，」我說：「這種感覺跟我先前想的不一樣。我以為，這會是種美妙的感覺。我以為，從此以後，我會過得快快樂樂，享受愛情，探索整個世界。可是，那些以前我在乎的事，現在似乎再也不重要了。」

「那都在預料之中，妳看事情的角度已經不同了。」

「以前，我對是非善惡是那麼篤定。可是，這個世界卻還是那麼糟糕。人還是一天到晚彼此背叛、爭奪、殺戮，不管個人和國家都一樣。我曾以為自己知道所有事情的答案，我夢想著一個大熔爐般不分彼此的世界，我自己不分彼此，人類也不分彼此。然而，現在的我再也沒辦法那麼篤定了。什麼事情沒有黑暗面？什麼東西沒有差異？哪個道理沒有例外？我好像重生在一個不停碎裂的世界，上一秒我才以為找到了答案，下一秒問題就變了。」

「不是只有妳一個人這麼覺得，莎莉，其他人也在尋找解答，善良的人。」

「好壞參半吧。」我說。

他點頭。「現在，妳已經強大得能夠面對自己了。我想，陶德一定很想知道發生了什麼事。」

我默默搖搖頭。「陶德不適合我，他只想要我好的那一面，還有和一個難以捉摸的女人交往的刺激感。我內在有東西隨時可能爆炸，這點可能是令他亢奮的原因。但他只想要我美好的那一面，這也未免太一廂情願了。美好的東西誰都可以愛，多愁善感、道貌岸然、愁容滿面、矯揉造作的美好。」

「那艾略特呢？」

「他很貼心，不過，只要付出對一個人的感情，就可以同時愛五個人，我想這才是吸引他的原因。不了，我要跟他們兩個說再見，我要去找份新工作。」

「對啦，妳說得沒錯，這也沒什麼不──」

「艾許醫生，只有你接受所有的我，不論好壞，你讓我更完整，我只愛你一個。」

他漠然地搖搖頭。「我們討論過了，這只是移情作用。」

「少拿那些狗屁抽象理論當藉口，移情作用也是一種愛的形式。只要能得到你的愛，我在所不惜。」

「這樣吧，我們兩個暫時先不見面，看看在接下來一年裡，融合的結果如何，妳自己又有什麼感覺。等移情作用慢慢淡去之後，先前的人格沒再出現，妳也沒創造出新的人格的話，到時如果妳還想重新開始，我們再試試看。」

我很訝異，沒想到，他竟然現在就要結束這段關係。「我還沒準備好獨自面對這個世界，我要把心裡的感覺，腦海裡氾濫的那些記憶都告訴你，還有我對未來的計畫──」

他把催眠用的那枝金筆遞給我。「全都寫下來，只給妳自己一個人看，深入瞭解自己的生活。妳在戒護病房的時候，我又接到另一個多重人格的個案，她是個六歲的小女孩，有另外七個不同的人格，其中兩個有自殺傾向，一個很暴力，一個是會彈鋼琴還會譜曲的天才兒童。因為我在這個領域的表現，她才會被送到這裡來。」

「又來一個？天啊，真嚇人。」

「這個孩子現在需要我的幫助，多虧從治療妳的經驗中，我學到許多知識，應該可以幫得上忙才是。等一下我就要跟她碰面了，就請妳先離開吧。我不會說再見，明天早上我再為妳送行。」

「不，你不要來，」我說：「我寧願自己一個人離開。」

他在我臉上輕輕一吻，轉身走出辦公室。我一個人在辦公室裡坐了一會兒，瑪姬才來帶我離開。

隔天早上，天空中飄著雪。芬頓太太幫我打包行李，讓我一個人離開。走進電梯，按下大廳的按鈕。我靜靜等著，本以為可能會崩潰，還好撐了過來。下樓後，我望了一眼接待櫃台後面那個時鐘，十點三十二分。回憶過去、體驗現在、期待未來，就某方面來說，這一切都跟時間有關。必須先找到所有零落的時間碎片，然後，你——如果你想的話——才能把它們恢復原位，檢視自己存在的歷史、你自己的年表。公車慢慢靠近，我又看了手錶一眼，十點三十七分。穿過市中心回家這一路上，我能夠保持清醒，一秒鐘也不遺忘嗎？

紛飛的白雪飄落，再被人剷成一堆堆雪。我小心翼翼地前進，踏上公車的那一刻，一個男孩朝我身上扔了顆雪球。我憤怒地對他揮舞拳頭，本以為頸根又會開始隱隱作痛，頭痛卻一直沒有出現。我在街角下車，時鐘指著十點五十九分。我花了二十二分鐘穿越市中心，一秒鐘都沒有遺忘。

上樓後，內心突然湧起一陣澎湃激昂的感覺，從此刻起，我就是個完整的人了，要好好珍惜每一天、每一刻。對於一個真真實實、完完整整的人來說，這可是種幸福呢。

我決定要來越雪中慢跑。離開大樓時，我看見墨菲站在葛林柏先生店裡。「我成功了，墨菲。」我告訴他，準備啟程。「我是個完完整整、貨真價實的人了。」還是沒看見他的警棍，不過，他不再對世界比中指了。有人把他的右手掌轉向前，擺出指揮交通的姿勢，我覺得他好像在對世界揮手。

我也對他揮了揮手。

獻給阿爾吉儂的花束 新譯本。

丹尼爾·凱斯Daniel Keyes—著

《24個比利》作者丹尼爾·凱斯最膾炙人口的經典代表作！
如果那些歧視變得可以理解，如果愛情不是不可能，
如果過往的記憶漸趨鮮明……真的會比較幸福嗎？

很多人都笑我。但他們是我的朋友我們都很快樂。查理吃力地將這兩句話寫在〈進步報告〉。他患有智能障礙，最希望能「變聰明」，純真地以為這樣就能交到很多朋友，再也不會感到寂寞。

聲稱能改造智能的科學實驗在白老鼠「阿爾吉儂」身上獲得突破性的進展，下一步急需進行人體實驗，個性和善、學習態度積極的查理於是成為最佳人選。手術成功後，查理的智商高速進化，然而那些從未有過的情緒和記憶也逐漸浮顯出來……

他終於明白那些「朋友」說「去整查理·高登」是什麼意思；他終於知道為什麼看到愛麗絲會心跳加速、手足無措；他終於回想起那段童年陰影，原來那就是痛苦、悲傷、恐懼這些辭彙的意思。而當心理醫師宣稱自己是「天才查理」的造物主，他再也忍無可忍！

然後，憤怒與懷疑變成查理對周遭世界的反應。我是我生命的全部，或只是過去這幾個月的總合？我做過什麼，為什麼有股無法言明的罪惡感席捲而來？就在此時，阿爾吉儂發生了異常的變化，實驗真的成功了嗎？查理深陷在自我認同的重重迷障中，而更大的危機即將到來……

在這部一鳴驚人的處女作中，丹尼爾·凱斯藉由查理·高登的蛻變日記，細膩又寫實地反映出心智障礙者置身現實世界的模糊定位與艱難處境，字裡行間更展現了他對自私人性的犀利控訴！無可取代的題材、扣人心弦的文筆和發人深思的意涵，即使在經過多年之後，依然是絕對不能錯過的必讀經典！

食夢者的黑暗書

高登・達奎斯Gordon Dahlquist—著

今年最具爭議性的小說！
是文學還是情色？是天才之作還是譁衆取寵？

繆小姐完全不明白，為什麼事情會走到無可挽回的地步！她不但在與「食夢者」集團的衝突中親手射殺了未婚夫，還從飛船上墜海而身受重傷，可是當她在鋼鐵海岸邊的小漁村甦醒過來時卻是孤單一人，原本一同對抗「食夢者」的夥伴小張主教與史文生醫生竟已不知去向。

原來在繆小姐昏迷期間，村子裡接二連三地有村民死亡，死者的喉部都遭到撕裂，而小張主教竟成了頭號嫌疑犯！小張主教決定和史文生醫生聯手展開調查，卻意外發現「食夢者」集團的陰謀並未終止……

另一方面，「食夢者」集團分裂成幾股勢力，彼此互相競爭。萊克史芙莎女伯爵在獲得僅存的「玻璃書」後，企圖利用書中吸取的「記憶」，啟動令人匪夷所思的「復活」功能，以奪取集團的控制權！而好不容易才重新會合的繆小姐、小張主教與史文生醫生三人，也將和「食夢者」集團、龍騎兵展開一場新的死鬥……

他如此細膩地下筆，卻給你重重的一擊！閱讀高登・達奎斯的《食夢者的玻璃書》是一場兼具奇幻、歷史、驚悚和懸疑的超級冒險，而更精采的二部曲《食夢者的黑暗書》則直探激情、秘密及瘋狂的人心，高登・達奎斯神乎其技的說故事藝術，讓我們彷彿手中也捧著一本能侵入記憶與心靈深處的玻璃書！

日落之後

史蒂芬·金Stephen King—著

故事中的故事，超越《四季奇譚》！
書中之書，史蒂芬·金生涯攻頂之作！

就在日落之後，史考特遇見了怪事！那些死於九一一事件的同事，原本應該早已毀於大火中的遺物，竟然神秘地出現在他的公寓裡！他害怕地立刻把這些東西全都扔掉，但沒過多久，它們卻又自動回來了……

就在日落之前，圖書推銷員莫奈讓一個自稱又聾又啞的背包客搭上了自己的便車。當那人睡著時，莫奈忍不住說起自己的滿腹委屈：老婆外遇又盜用公款，連女兒的大學學費都沒了！兩天後，警方找上莫奈，告知他的妻子與情夫竟然被人殺死了……

就在丈夫詹姆士的葬禮後，憂傷的安接到一通只有她聽得見鈴聲的電話，電話彼端竟是已死的詹姆士！安問起死後的世界，並向詹姆士訴說來不及說出口的愛意；多年之後，當安再次回到舊屋，看到答錄機顯示有一通未接來電，她滿懷希望地回撥，聽到的卻是……

在一九九九年的那場車禍中，史蒂芬·金只差一點就會喪命，從此死後的世界就成為他小說題材的豐富創意來源。在《日落之後》的十三個故事中，當想像力開始奔馳，生與死的界線變得如此模糊，而愛得以穿越重重障礙，完成救贖。在大師筆下，日落之後，生命，才真正開始！

殺了妳，然後愛上妳

愛蜜麗‧諾冬Amélie Nothomb—著

那些要死不活的頹廢和無以名狀的憂鬱，
都被愛蜜麗‧諾冬寫出來了！
【巴黎競賽】：作者是文學界的搖滾巨星！

原來不可告人的快樂才是最棒的！深深陶醉、完全沉迷，他無法想像比殺人更美好的事……

先按下腦海中的Play，用「電台司令」的歌當背景音樂，然後專注、慎重地瞄準目標——砰！砰！乾淨俐落，兩槍斃命。有人因為恐懼而殺人，而他則著迷於恐懼本身。如此細緻美好的恐懼啊，正是這種恐懼帶給他前所未有的刺激。直到那一次的殺人行動，事情有點不一樣……

他殺了一個十六歲的女孩，並帶走少女遺留的日記。在好奇心的驅使下，他打開這本日記：幼稚清秀的字跡，離離落落的隨筆，無關愛情、友情、爭執，但每個段落都代表一個純淨透明的青春靈魂。少女獨樹一幟的字語和思想不可思議地擄獲他冰封已久的心靈，微風、香氣、鳥鳴……冷酷的殺手對所有東西竟然都有了N次方的感受，原來這就是愛情！

然而他沒有想到，還有別人也想得到這本日記。為了永恆保留珍貴的記憶，為了救贖自己殺害年輕生命的罪過，為了延續日記不可侵犯的神聖性，他決定要用他們都意想不到的方式來保護這本日記……

國家圖書館出版品預行編目資料

第5位莎莉【新譯本】 / 丹尼爾・凱斯(Daniel Keyes)著；吳俊宏譯. -- 初版. -- 臺北市：皇冠, 2010.09
面；公分. -- (皇冠叢書；第4023種 CHOICE；201)
譯自：The fifth Sally

ISBN 978-957-33-2705-9 (平裝)

874.57 99015309

皇冠叢書第4023種
CHOICE 201

第5位莎莉
The fifth Sally

作　　者—丹尼爾・凱斯
譯　　者—吳俊宏
發 行 人—平雲
出版發行—皇冠文化出版有限公司
台北市敦化北路120巷50號
電話◎02-27168888
郵撥帳號◎15261516號
皇冠出版社(香港)有限公司
香港上環文咸東街50號寶恒商業中心
23樓2301-3室
電話◎2529-1778　傳真◎2527-0904
責任編輯—許婷婷
美術設計—王瓊瑤
印　　務—林佳燕
校　　對—余素維・洪正鳳・許婷婷
著作完成日期—1980年
初版一刷日期—2010年03月
初版三刷日期—2018年10月
法律顧問—王惠光律師

讀者服務傳真專線◎02-27150507
電腦編號◎375201
ISBN◎978-957-33-2705-9
Printed in Taiwan
本書定價◎新台幣320元/港幣107元